明智小五郎回顧談

The Reminiscences of Kogorô Akechi

平山雄一

集英社

明智小五郎回顧談

序

「この期《ご》に及んで、僕の話など聞いて、何になるというのです？」

明智小五郎は、日本人ばなれした彫りの深い顔に笑みを浮かべながら、じっと簑浦《みのうら》を見つめた。特徴的なモジャモジャ頭は、かつて簑浦元警部補が事件の相談を持ちかけたときと、ほとんど変わりがなく、まだ白髪が混じることもなかった。しかし六十歳を過ぎた彼の顔には、細かな皺が刻まれていた。

「すでに主だった事件は、江戸川乱歩君が小説という形にしろ、まとめてくれているし、その他の事件はいささか公表するのが憚《はばか》られるような事情があるじゃありませんか。僕は完全な黒衣《くろご》として動き、表向きはすべて警視庁の手柄としている事件も、いくつもありますよ。それを今さらひっくり返してみても、何の得にもならないでしょう？」

老いた明智は、富士見高原療養所の芝生のベンチにゆったりと腰を下ろした。一般病棟に行き交う人々がまぶしい。黒い上着のポケットから、銀のシガレットケースを取り出した。紙巻き煙草を一本つまみ出す。秋の空が青く深く晴れ渡っている。台地の上を吹く風が心地よい。かつては横溝正史、堀辰雄らが結核の療養に滞在した高原療養所に、明智の妻文代《ふみよ》が入院してからすでに数年が経過していた。施設は古いが、初代院長の正木不如丘《まさきふじょきゅう》を友人の江戸川乱歩から紹介してもらったおかげで、妻の文代は何の心配もなく療養生活を送ることができていた。今は亡き正木不如丘も奥さんを亡くしたばかりの頃だった。

明智が文代を見舞いに週末ごとに信州を訪れるようになってから、もうしばらく経つ。そんな明智を追って、かつて警視庁に奉職中に彼に世話になった簑浦が、日曜日に訪ねてきた。

「失礼、建物の中では吸えないものでね」

白壁に赤い屋根の二階建ての建物をちらりと振り返り、人差し指と中指の間に煙草を挟み、左手でマッチ箱を取り出そうとしたときに、すっと蜻蛉《とんぼ》が煙草の先に止まった。目を見開いて蜻蛉を見つめると、明智は微苦笑しながらマッチをポケットの中に戻した。

簑浦は、不器用そうに訥々《とつとつ》と説明を続けた。

「先生もご承知の通り、現在警視庁では『警視庁史』をまとめているのです。先日明治編が刊行されて、先生のお手元にも一冊届いたかと思います。この後、大正編、昭和前期編、昭和後期編の出版が予定されているのですが、それに加えてぜひ明智先生のご活躍も記録に残しておくべきだという、編纂委員会の意見なのです」

「それはどうかな。僕が余計な口出しをしたことが明るみに出ると、困る人もいるでしょう」と明智は言って、煙草を持った右手はそのままに、小首を傾《かし》げた。

「おっしゃる通りです。いろいろ差し障りがあるのは、重々承知の上です。ですから、先生のご活躍については、失礼とは思いますが、部外秘の資料として扱うことになりました」

「ほう、『警視庁史』には含めない、と」

明智は目を瞠《みは》った。

「はい、あくまでもこれは内部資料として、後世の警察官の参考のためにまとめるのです。民間探偵の助力を得て事件を解決したことを公にするのに、難色を示す幹部もおりますので」

「なるほど」と言いながら、老探偵はうなずいた。

「そういうわけで、以前から先生に教えを受けていた自分が、お話を伺いに派遣されたという次第です」

「簑浦君、君はもうすでに現場は離れているのかい？」明智は、昔なじみの警視庁の刑事に向かって質問した。彼と会うのも数年ぶりである。

「はあ、先日退職いたしまして、民間の警備関係で働かせてもらっておりますが、編纂委員会のほうから依頼が来ましたので、こうしてお邪魔させていただいています」

つ、と蜻蛉が飛び立った。その行方を見守っていた明智は、ようやく煙草に火をつけた。

「安井一課長は残念なことをしたね。退職後すぐに急逝するとは誰も予想していなかっただろう。あれほど頑健だった男が……」

簑浦の上司の名前が、明智の口から出た。安井一課長は昔から明智と親しく、部下たちにも難事件で行き詰まったときには、明智の助言を聞きに行くよう勧めるほどさばけた人物であり、人望も厚かった。簑浦も、そして同僚の花田警部も、安井の引き合わせで明智と親しく交わるようになったのだ。

「私たちも驚きました。それだけ命をすり減らしてご奉公をしていたということなのでしょうか」

「確か安井君は心臓だったね。やはり無理がたたったんだろう。病院とは縁がなさそうに見えたのに。それに比べると、文代は具合が良くなったり悪くなったりでね。一病息災というのもなんだがね。いったん退院はしたものの、肺の機能が衰えてしまい、やはり空気がいいところにいたほうがいいようだ。それになぜかここが気に入ったようなんだよ。僕も東京からここに移って来ることも考えている。いずれはこの近くに小さな家でも建てて住めればいいんだが」

「先生が時々東京をお留守にされていたのは、信州にいらしていたからなのですね。お話が伺えるのなら、こちらまで通います」

「いやいや、今すぐにというわけではないから、安心したまえ。すでに引退した身だから、時間は十分にある。老人の一人暮らし、何のおもてなしもできないが、麴町《こうじまち》アパートまで来てくれれば、いくらでも協力するよ。ところでこんな聞き書きをしようとしているのは、僕だけじゃないのだろう？」

明智はいたずらっぽい笑みを浮かべて、蓑浦の顔を覗き込んだ。彼にはすべてがお見通しである。

「はあ、ご推察の通りです。警視庁に協力してくださった、ほかの民間探偵の皆さんにも、同じようにしてお話を伺うことになっていて、それぞれ親しかった元警察官が、担当に任命されています」

「ふふふ、きっとそんな記録集は、かつての大河原《おおがわら》元侯爵ならば、喉から手が出るほど欲しがるだろうね」

明智は、簑浦と一緒に手がけた昔の事件を思い出して、面白そうにつぶやいた。

「大河原氏はあの事件以降、すべての役職を辞し、探偵小説や犯罪学の膨大な蔵書も売り払って、鬱々と日々を過ごしていたそうですが、奥様の由美子さんがこの世を去ったのを追うようにして、亡くなったと聞いていています」

「ああ、そう。気の毒なことだったね。しかしあの悲惨な事件のせいで、僕はもう時代に取り残されているのだと痛感したのだよ。あんな事件は戦争前の人間には理解できない。アプレゲールという言葉が一時期流行ったが、それともまた違う、完全に人間が壊れてしまう時代が来たのではないかな。こんな理不尽な犯人が横行する時代には、論理的推理に頼る探偵は時代遅れなのではないだろうか。僕たちはもう、旧時代の遺物なのだよ。

この間、江戸川君が小説家仲間を引き連れて、警視庁の鑑識課の見学に行ってきたそうだ。これからは一人の探偵が職人芸で推理をする時代ではなく、科学捜査と組織捜査の時代になるだろう。もし僕が昔扱ったような事件が現代に起きたとしても、犯人が様々な変装をしたり、死体をこれ見よがしに飾り立てたり、挑戦状を送りつけたりするのは、自分で自分の首を絞めるようなものだ。科学捜査にかかっては、それらは証拠の山のようなものだからね。絶対に過ちを犯さない犯罪者はいない。余計な手を加えれば加えるほど、そこにほころびが生じる。そんな目に見えないような手がかりを、科学捜査は見逃さない。そしてその調査能力はどんどん進歩していく。今はまだ不十分でも、十年後、二十年後には、僕たちが想像もできないほど進歩した科学捜査が行われるはずだ。

国鉄総裁の下山さんが亡くなった事件も、東京大学と慶應大学の医学部同士で鑑定結果が分かれ、果たして自殺なのか他殺なのかさえはっきりしていないようだが、今回の混乱を教訓にして法医学は発展するに違いない。同じような事件がもし十年後に起こったとしても、きっと科学は正しい判断を下すことだろう」

「先生は、下山事件をどうお考えでしょうか？」と思わず簑浦は訊いた。

「ふふふ、それを言うと、古畑君に気の毒だ。言わぬが花だよ」と、明智は口を濁した。「犯人の死刑が確定した帝銀事件も、僕にはいくつか引っかかる点があったが、そのままになってしまった。きっとこれからも揉めることだろう」

「担当の平塚刑事は、先生の意見を伺いに参上しなかったのですか？」

「うん、彼は頑固だからねえ。一介の素人探偵の意見など聞くわけがない」明智は苦笑した。「さらに昔は電話がある家が珍しかったのが、現代は無線自動車が普及し、各地の警察官には即座に連絡が取れるようになっている。あっという間に捜査網が敷かれて、犯人は逃げる隙もない。そんな現代に、かつて僕が手を焼いた魔術師や蜘蛛男《くもおとこ》が現れても、すぐに逮捕されてしまうに違いない。驚くほどの時代の変化だ。そんな新時代でも、まだ僕のようなロートルの昔話が役に立つというのなら、いくらでもお話ししよう。それでもいいのかな？」

簑浦は黙ってうなずいた。

一

麹町アパートの明智小五郎の書斎には、煙草の煙が漂っていた。安楽椅子に腰をかけた明智は、来客があるからなのだろうか、かつて第一線で活躍していたときと同じ、黒ずくめのスーツに身を包んだ、一分の隙もない洒落た姿である。

明智小五郎の回顧録の聞き取りに、簑浦は久しぶりに麹町を訪れていた。建物も室内もかつてのままだったが、往時の活気はすっかり失われてひっそりとしていた。壁一面を覆っている作り付けの書棚に並んでいる国内外の犯罪学の専門書にも埃がうっすらと積もり、背の金文字も心なしか輝きを失っているように見えた。

「僕が淹れた紅茶で申し訳ないが、どうぞ飲んでくれたまえ。あの頃は小林君が用意してくれたものだが、今では何もかも一人でやらなくてはいけないのだから、仕方がない」

「小林君は、あれからどうしたのでしょう？」あたりを懐かしく見回しながら、簑浦は質問した。

「もう彼も少年、という歳ではないからねえ」明智は微笑した。「少年探偵団も解散して、普通の学生生活を送っている。すっかり独立して、学校の近くの下宿で一人暮らしをしているよ」

「その前の小林君はどうしていますか。最後の小林君のお兄さんだったのですよね。確か二人は、戦前の小林君の従兄弟でしたか。彼は、自分がお世話になった大河原氏の事件が最後で、引退したのでしょうか？」

　昭和二十四年末に発生した事件のことだ。先年江戸川乱歩が『化人幻戯《けにんげんぎ》』という題名で発表しているが、当時警部補だった簑浦は事件の相談のために、たびたびここ麴町アパートを訪れていた。

「彼は大学を出たあとに警視庁に入ったのだけれども、ちょうど君と入れ替わりになってしまったのかな」

「おお、そうだったんですか。それは失礼しました。もうそんな歳になっていたんですねえ」簑浦も、リンゴのような頬をした小林少年を思い出して、感慨深げだ。「彼が我々の後輩になってくれたとは、心強いことです」

「先代の小林君も終戦直後から、よくがんばってくれた。四、五年ほどだったけれども、戦争前の最初の小林君にも引けを取らない活躍ぶりだったよ」明智の表情が心なしか曇った。「最初の彼には気の毒なことをした。子供時代から苦労ばかりだったと思うと、申し訳ない気がする」

　その「子供」という言葉を簑浦は受けて、「明智先生はどんな子供時代を送られたのでしょうか」と質問を投げかけた。

「おやおや、事件の記録をとるだけではなかったのかな。僕の伝記でも書こうというのかね」

「先生の人となりも把握しておきませんと、物の考え方を大きく捉えることができないと言われました。外《ほか》の探偵の皆さんにも伺っているのです」

「そうかね、決まっているのなら仕方がない。いくらでも話すと約束をしていたのだから、お答えしよう。いつ頃まで遡ればいいのかね」

「それは先生にお任せいたします。お生まれは東京なのでしょうか」と、簑浦は話を促しながら、ポケットから手帳と鉛筆を取り出した。話を聞きながら記録するのは、刑事時代からの習慣だ。

「その通り、東京生まれの東京育ちだ。こんなバタ臭い顔をしているけれども、正真正銘の東京っ子だよ。大人になってからはバタ臭さがいくらか落ちついて、多少彫りが深いといったところだけれども、不思議なことに子供の頃はもっと色が白く、髪の毛も茶色味がかっていて、よく西洋人と間違えられたよ。そのせいで、かなりいじめられたものだ」

＊　＊　＊

「やあい、毛唐《けとう》、毛唐！」

そうはやし立てられるのは、いつものことだった。うららかな日差しが包み込む裏通り、着物姿の子供たちがわらわらとどこからともなく集まって来て、僕の周りをぐるぐる回りながら、甲高い声ではやし立てる。手に手に木の枝やら竹の棒やらを持って、振り回していた。

「露助《ろすけ》はロシアに帰れ」

「露探《ろたん》め、ここをどこと心得えとるんじゃ！」

などとも言っていた。

「露探」とは、ロシアの軍事探偵のことだ。僕が小学校に入って数年してから、日露戦争が始まった。その少し前から、「露探」という言葉が流行り始めたのだ。別にロシアとは関係ないのだが、この僕が「探偵」と呼ばれた最初が、この言葉だった。

この頃から、僕はすでに同年輩の子供たちよりも、頭一つ抜けて背が高かった。これは血筋なのだから仕方がない。しかし彼らは、それも面白くない様子だった。それにその頃の子供といえば、薄汚れた縞の筒袖の着物が当たり前だったのに、僕だけは洋服を着ていたのだから、なおさら目立っていた。当時の小学校では、訓導の先生が詰襟を着ているのが唯一の洋装だったと言ってもいいだろう。もっともこの僕が、筒袖を着てもツンツルテンで似合わないことおびただしかっただろうがね。

子供たちは僕に向かって、

「なんとか言ったらどうなんだ、ロスの癖に」

と言いがかりをつける。「ロス」というのも、ロシアを蔑んだ言葉だった。しかし別に僕はロスでもないし、何か文句を言ったところで、余計に難癖をつけられるだけなのはわかっていたから、ポケットに手を突っ込んで唇を尖らせながら、黙っていることにした。するとその態度に、先頭に立って僕をはやしていた餓鬼大将はますます苛だちを募らせたようだった。いきなり手を出して、どんと僕の肩を突いてきた。いや、突いたつもりだった。僕はふわりと風に流されるようにして身を引き、汚い手を受け流した。餓鬼大将は相手を失って、たたらを踏んだ。

間の悪いことに、それを見計らったかのように、空の上からカラスが一声、合いの手を入れた。それが大将を逆上させた。

「やい、ロスのくせに味な真似をしやがるない」

大将は顔を真っ赤にしながら、片手に持っていた竹の棒をめったやたらに振り回した。子分たちも、大将の一大事とばかり、四方八方から僕に摑み掛かってきた。いくら小柄でもたばになってかかってこられると、さすがに防ぎようもない。竹の鞭《むち》やら拳固やらが雨あられのように降り掛かってきた。こんないじめはしょっちゅうだったから、驚きはしない。せめてもの抵抗とばかり、革靴でたまたま正面から襲いかかってきた奴を蹴飛ばすと、今まで草履や素足でしか蹴られたことがなかった腹には、かなりの驚きだったようで、物も言わずにひっくり返った。しかし僕も図に乗って足を上げすぎたようだ。片足で立っていたことを、すっかり忘れていた。仇討ちとばかりに、次の奴が僕に足払いを喰わせた。もともと重心が高いのだからどうしようもない。ドウとばかりに土煙を上げて倒れ込んだ。

それまで多勢にもかかわらず攻めあぐんでいた彼らは、まるで生肉を投げ与えられたハイエナの群れのように、僕に襲いかかってきた。尻を蹴る者、腹を殴る者、よくこねた泥を口の中に詰め込もうとする者、あっという間に、僕の洋服は、連中の筒袖と変わりなくなった。でも僕は声をあげなかった。なぜか黙ったまま両手両足で精一杯の抵抗をするだけだった。しかしその両手両足も、彼らに押さえつけられた。餓鬼大将が両手に一杯こしらえてきた特大の泥団子を口の中に押し込むつもりのようだ。大将はこの大盤振る舞いにご満悦の様子だった。びしゃりという音とともに、目の前が真っ暗になり、ひんやりとした感覚で顔がおおわれ、同時に息ができなくなった。僕は夢中で首を左右に振った。ところが、

「馬鹿者、何をするか！」

鍛え上げられた怒声が、常磐木《ときわぎ》の小枝を震わせた。まるで八丁先まで聞こえるような、空気を震わせる蛮声だった。

僕たちが取っ組み合っていた道の、ちょうど正面の家から、八の字髭の中年男が、袴の裾をはためかせながら裸足で飛び出して来た。髭男は唾を飛ばしながら大声で叱責していた。あまりの声の大きさに、みな凍り付いたように立ちすくんだ。大人が乱入して、形勢は一気に逆転した。筒袖たちは竹の棒を放り出すと、四方八方に散り散りになって全力で逃げ出した。髭の男は大将の後を追いかける真似をしてみせて、駄目を押した。

「弱虫めらが」とつぶやきながら背を向けて、倒れたままの僕に手を貸してくれた。その言葉は、逃げて行った彼らに向けられていただけでなく、この僕にも向けられていた。

「しっかりせい、これしきのことで。サッサと立ち上がって手足、いや顔も洗ってこんかい」

僕は返事をしたかったけれども、口の中に泥が詰め込まれていて声にならなかった。ズボンやシャツの泥を払い落としてもらうと、僕は蚊トンボのようにふらふらしながら、玄関の傍を通って勝手口へ回っていこうとすると、玄関から母が青白い顔をのぞかせて、

「兄さん、ご迷惑をおかけします」

「なに、男子たるもの、このくらいの喧嘩は当たり前だ。もう少し強いかと思ったが、まだまだ鍛えが足らん。体格は父親に似て大したものだが、いかんせん線が細い。柔術でもやって鍛えなくてはな、のう」

そう言いながら、髭の男は玄関に入って来た。そこでようやく自分が足袋はだしで表に飛び出

したことに気がついて、

「いやあ、わしもまだ修行が足りんのう」と、上がりかまちに腰を下ろして、破顔一笑した。

実はこの髭の男は、僕の伯父なのだ。

僕と母親は、ほとんど毎月のように麻布の伯父の家を訪ねるのを、習慣にしていた。それは、僕の父親からの手紙を読んでもらうためだった。我が家の親戚の中で英語の読み書きができたのは、母の実家を継いだ長兄の義一《よしかず》伯父と、陸軍を少佐で退役して、今は北辰一刀流の道場を営んでいる次兄の義光《よしみつ》伯父だけだった。そして母一人子一人となった末っ子の紫《むらさき》、つまり母の境遇を哀れんでくれるのは、元軍人のこの麻布の義光伯父しかいなかった。そもそも、父と母の馴れそめは、義光伯父の仲立ちだったのだから当然と言えば当然だった。

子供の頃は、この縮れた髪の毛、白い肌、高い鼻といった、鏡を見るたびによその子供とはかけ離れた、バタ臭い顔立ちをいつも呪っていた。さらに小学校に入ってしばらくすると、みるみるうちに背が高くなり、そこいらへんの大人とはほとんど変わりない背丈になってしまった。手足もむやみに伸び放題に伸びて、まるで寄席で人気を集めていた「蜘蛛男」のようだと、あざけられた。物の本には、その男は「胴の長さ僅か四寸余、手細くして長く、足縮んで短く、その形が蜘蛛そのまま」とある。さすがに僕の足は反対に長過ぎるほど長かったけれども、それがかえって蜘蛛に近づいている、と言われた。また本家の「蜘蛛男」は唄や踊りをよくするとも言われていたが、あだ名が「蜘蛛男」だとはいえ、そんな愛想を振りまく謂《いわ》れもないし、余裕もなかった。子供の頃は、いい思い出なんてほとんどなかったよ。

加えて、ロシアが満洲に居座るようになり、朝鮮国境をも窺うさまを見せるようになると、日本国内では、急速に「ロシア討つべし」の声が高まってきた。そもそも日清戦争の三国干渉の頃から、「臥薪嘗胆《がしんしょうたん》」と言われてロシアへの警戒心はあったのだから、なおさらだ。今にも戦争が始まるのではないかという雰囲気の中、ロシアの軍事探偵を用心しろと言われだし、そのせいで西洋臭い顔立ちの僕にまでお鉢が回ってきて、学校でも「ロス」だの「露探」だのと呼ばれていた。とは言っても、顔を取り外すわけにもいかず、じっと耐えるしかなかった。そんな息の詰まるような学校から逃れて、久しぶりに義光伯父の家に遊びに来ても、ちょっと外に出たとたんに近所の子供に捕まって、同じことを繰り返されるとは、思ってもみなかった。

しかし、それほどまでに呪わしい顔と体を与えた父親を、なぜか恨む気にはならなかった。どうしてかは、僕にもわからなかった。自分が生まれる前に日本を離れ、シナの奥地へ旅立って行った父親の顔を、この目で見たことはそれまで一度もなかった。それでも小さな僕にとって、父親は身近な存在だった。毎月のように手紙と為替が届くだけではない。何よりも母が、父と暮らした半年足らずの月日ほど、幸せなときはなかったと、繰り返し言い続けていたからではないだろうか。

「口をすすいだかな」と、義光伯父は勝手口に向かって大きな声を張り上げた。

「今やっているところでございますよ」と、婆やもまた大きな声で答えた。これは耳が遠いせいらしい。

「マアマア、子供の喧嘩とはいえ、むごいことをする。一度、親に厳しく言って聞かせませんと」と、伯母は洋服の汚れを、濡れ手ぬぐいで落としてくれながら言った。

「それには及ぶまい。所詮子供の喧嘩じゃ。しかし負けて帰って来るのは、業腹じゃぞ。残念だが、剣術では徒手空拳ではどうしようもない。無論剣術も大事だが、柔術で体をつくっておくのも大切だ。それが武術というものだ。うむ、柔術だ、のう。わしも若い頃は北辰一刀流を修めるだけでなく、講道館に通って、嘉納治五郎先生から直々に教えをいただいたのだ。なにしろお前の父親も、柔術の修行にはるばる日本までやってきたのだからなあ」と、義光伯父は座敷に戻って来た僕に声をかけた。

「そうそう、そうでしたね。まさかと思いましたが、すでにロンドンで日本人会の方から柔術の基本は教わっていたそうですね」と、一緒に戻って来たおしゃべりの伯母が引き取る。母親はそれを、にこにこしながら見ている。父のことが話題になるのが、本当に嬉しそうだった。

「うむ、なかなかの腕前だった。ふらりと講道館に現れたときは、いつものようにただの物見遊山の外国人かと思ったが、わざわざ日本まで柔術の腕を磨きに来たと聞かされて、びっくりしたわい」

「そういう一途なところのおありになる人ですから」と、母は言った。

「嘉納先生が外遊をされたときにも手ほどきを受けたと聞いて、慌てて先生を大学まで呼びに行ったのは、このわしじゃ」と言いながら、伯父は自分の修行時代を思い出したように、利き腕を振り回した。

「そしてお前様が縁結びの神様でもあったわけで」と、伯母は茶々を入れた。こうした昔話だけが、父親を知る手だてだったので、僕は聞き耳を立てた。少しでも聞き逃したくなかった。

「まあな。たまたま講道館で最初に言葉を交わしたのも何かの縁、あちらこちらに連れ回して一緒に遊んだり、家に連れてきたりしているうちに、まさか紫とくっつくとは、思ってもみなかったわい」と言って、義光伯父は大声で笑った。母も伯母も恥ずかしそうに、小声で付き合った。

「義《よ》っちゃんは、今日はお帰りにならないのかしら」と、母は尋ねる。

「日曜日だから、幼年学校もお休みの外出日ですけれども、朝早くに帰って来たと思ったら、どなたか先輩をお訪ねするのだとか言って、出て行きましたのよ」と、伯母は呆れた調子だ。僕の従兄、義昭《よしあき》のことだ。彼は難関中の難関、陸軍幼年学校に進学していた。そこらの中学校などとは比べ物にならないほど難度が高い入学試験を突破しただけでなく、幼年学校卒業後は士官学校を経て陸軍将校になるのだから、強靭な肉体と精神力も具わっていなくてはいけない。伯父たちの自慢の息子だった。

「なあに、もうすぐ帰って来るだろう。将軍閣下も豆将軍連に一日中居座られては、かなわんに決まっている」

伯父は高をくくっている様子だ。

「そうおっしゃっていますけれど、先の日曜日は我が家に敵襲がまいりましたのよ、それも七人も」と、伯母は冗談めかして言った。

「敵襲とはひどいことを言う。将校生徒諸君に実地の軍務の講話をするのは、上官としての役目の一つじゃ。将校生徒が誰も寄り付かんようでは、それこそ頼りにされておらんようで、かえって肩身が狭い。それに日曜日だからといって遊んでばかりではいかんから、道場の方で少々揉んでやることにしているじゃないか」

「将校生徒の皆さんは、ありがたい講話や稽古よりも、餡《あん》パンの陣地の攻略に夢中でいらしたようでしたわよ」

「ハハハ、それは手厳しい。うちは東京者だからまだましだ。田舎出身の将校連は毎日曜日、同郷の将校生徒の襲撃を受けておる。東京に家がある連中は、自分の家に帰って羽を伸ばしているから、我々も安心だ」と、旗色の悪くなってきた伯父は話題を元に戻そうとして、「お前の父親も大した律義者だぞ。西洋人は日本とは別に、母国に妻や子供のおるのも多いというのに、きちんとヤソの教会で結婚式を挙げてくれたのだからな。そうめったにはおらん」そう言いながら、伯父は自分の言葉にうなずいた。「向こうの国にも女房子《にょうぼこ》は未だにおらんそうだし、いずれまた日本に帰って来るのではないかな」

「そうだとよろしいんですけどねえ」と、伯母も相槌を打った。

「お忙しい身ですから」と、母は答えた。

「いいや、必ず帰って来るに違いない。この手紙にも、数年のうちに引退するかもしれないと書いてあったではないか。あと少し辛抱して待つことだな。なにしろ息子の名前をきちんと用意してから、チベットに旅立ったほどの男だ。それも嘉納治五郎先生にあやかった名前をな。だからこそ、お前も嘉納先生の門下に入らなければしめしがつかんぞ、のう、小五郎よ」

そう伯父は言って、ひょろながい僕に向かって大いに笑った。

「ただ今もどりました」

玄関で元気のいい声が響いた。従兄の義昭が帰ってきたようだ。やがて真っ黒に日焼けした小さな軍人さんが、茶の間に顔を見せた。彫りが深くて眼光鋭く、鼻は高い。明智家の人間はもともと皆がバタ臭い顔つきだったので、僕の場合、なおさら強調されてしまったのだろう。従兄と僕とは八歳違いだが、背の高さはほとんど同じだ。しかしがっしりした肩幅と、みっしりついた筋肉は、やはり大人と子供の差がある。幼年学校で三年も鍛え上げると、これだけの差がつくのだ。

「おかえりなさい、兄さん」と、僕は言った。兄弟がいない僕は、まるで本当の兄のように慕っていた。

「おう、来ていたのか」と、義昭兄は白い歯を見せた。軍帽を婆やに渡すと革帯を解き、どっかりとあぐらをかいた。

「どこの将軍のお宅にお邪魔したのかね」と、伯父は訊いた。

「いえ、今日は青木宣純《のぶずみ》大佐殿のところに伺いました」

「おお、市ヶ谷の」

「はい、念仏坂まで」

「わしも一度行ったことがある。何人で行った」

「自分と山中の二人です。山中は日曜日はいつも大橋図書館に立てこもるのですが、行き先が青木大佐殿のお宅だと聞くと、珍しくついてくると言い出しました」

「ああ、あの大阪幼年学校から来た眼鏡の生徒だな。東京では知り合いも多くはあるまい。またうちに呼んでやるがいい」

「それがなかなかの変物《へんぶつ》で、本ばかり読んでいるので、社会党だと誤解した連中と一悶着起こしたこともありました」

「ほう、軍人が社会党では困るな」と、伯父が渋面を作ると、「そんなことはありません」と、義昭兄は笑った。「最初に言い出した方がわけがわかっていないのです。彼は宗教にも興味があるようです。なんでもキリスト教の教会で説教を聞いている姿を見たという話もあります。しかし決して山中は社会党ではありません。あまりにあいつはグシャすぎるのです」

グシャというのは将校仲間の言葉で、とても頭がいいという意味だ。頭が柔らかくていろいろなことを吸収できるというのが、語源らしい。その反対に頭が悪いのはスタという。ドイツ語で石という意味の「スタイン」が元で、頭が固くて知識が入っていかないということだそうだ。

「多分同期から真っ先に将軍になるのは、山中だろうというもっぱらの噂ですよ。もしかしたら大臣か次官になるかもしれない」

「そういう自分はどうなんだ」と、伯父は笑いながら言った。

「自分は陸軍省で机に向かって仕事をするのは、性に合いません。しかし最前線で兵を指揮するのも、ぴったりだとは思っていません」

「では兄さんは、どういう仕事がいいんですか」と、僕は横から口を出した。

「だから今日、青木大佐殿の元を訪れたのだ。俺は青木大佐殿のような、情報を扱う仕事をしてみたい。大佐殿は北京で八年以上駐在武官を務め、シナの隅々まで調べあげるという仕事をされていた。義和団の乱のときも大佐殿が作られた秘密地図がなければ、北京で包囲されていた各国の外交団を救出する援軍も、大いに遅れていたに違いない。しかもその後の北京の秩序安寧にも心を砕かれて、清国の高官らの信頼も厚いという。相手の懐に飛び込んでの探偵活動、まさに探偵とは誠《まこと》なり、と言うのだろうな」

「青木大佐というのは、それほどの軍事探偵の大物なのですか」と、僕は興味をそそられた。

「ああ、大物だとも。特にシナを探偵するについては、右に出る人はいないだろうな。他にはそうだな、父さんの同期の真澄少佐殿は、満洲からシベリアにかけての専門家だ。かなり長い間潜行旅行をしていたんでしょう？」

「うむ」と伯父はうなずいた。「詳しいことは知らんが、真澄は軍服を脱いで三年の間、シベリアを軍事探偵としてくまなく調査して回ったということだけは、聞いている。仲間も相当の数を失ったそうだが、それを補って余りある情報を土産に、なんとハンガリー貴族に変装して帰国したそうだ」

「ハハハ、それは痛快ですね」と、義昭兄は言った。「敵を知り己を知れば、と言うじゃありませんか。自分も情報ひとつで、敵国を転覆させてみたいものです。どうだ小五郎、お前も父親譲りの知恵で、俺と一緒に軍事探偵にならないか」

「軍事探偵もいいかもしれないけれども、僕のようなのは、軍人向きとは思えないなあ」と言って、僕は首を振った。自分のような面相の人間が、果たして軍隊の中で無事勤まるとは思えなかった。ついさっきのような理不尽な暴力の的になるのは、目に見えていた。

「軍隊にも了見が狭いのがいるのは確かだからな」と、義光伯父は引き取った。「しかしその顔ならば、たとえロシアに潜入しても日本人とわかるまい。惜しいことだ」

「そうかな、自分は強力に幼年学校の受験を勧めるがなあ」と、義昭兄はいかにも残念そうに言った。「どうせ徴兵で軍隊に取られるのだから、いっそのこと将校になってしまった方がいいじゃないか」

「まだまだ先のことですよ、義昭さん」と、母がなだめた。「あんなにいじめられたのに、それでもお前は探偵が好きなのだねえ。やはりお父様の血は争えないのかしら」

「あの連中と探偵は関係ないよ」と、僕は不満に思った。「あれはただの言いがかりだ。ただ上辺を見ただけで、なんでも露探扱いは嫌だよ。ちゃんと中身までよく見ないとだめだ」

「あれまあ、お父様のようなことを」と、母は嬉しそうに言った。「よくおっしゃっていたのよ、見るのではなく観察しなさい、と」

二

ここまで話し終えると、明智は自分で淹れた紅茶を口に含み、しばらく視線を落として黙っていた。窓の外ではそろそろ冬を感じさせる風が、密やかに音を立てている。まだ暖房を欲しがるほどではないが、日の落ちるのも次第に早くなってきている。

「先生は、母一人子一人の境遇でお育ちになったのですか」と、簑浦から誘い水を向けた。

「そうだ」と、明智は夢から覚めたように目を見開いて答えた。「元々明智家は直参でね、御一新の後は、祖父の義兵衛《ぎへえ》がそれまで腰に馴染んだ大小を捨てて、輸入雑貨商の天猶堂《てんゆうどう》を始めた。武家の商法というのは失敗すると相場は決まっていたけれども、幸い祖父は外国方の役人をしていたので、横浜の外国人居留地とも馴染みが深く、知り合いのランドルフ・モーアというイギリス人貿易商に、手取り足取り商売を教えてもらうという幸運があった。成功できたのも、人に先んじて外国と商売ができたからだと身にしみていたので、銀座に煉瓦街ができたときには、他の商人たちがまるで穴蔵のようだと敬遠していたのを尻目に、早速入居した。空き家ばかりが目立つ中で、天猶堂は、銀座通りでもかなり目立った存在だった。ほら、その先の角を曲がったところには、精錡水《せいきすい》で有名な楽善堂《らくぜんどう》があった。店主の岸田吟香《ぎんこう》とは親しくしていたそうだ」

＊　＊　＊

その頃の銀座といえば、まず新聞社が数多く建ち並んでいたのが知られているが、祖父はそれを見逃すことがなかった。足繁く新聞社に通い、珍しい舶来ものの煙草を惜しげもなく新聞記者たちに勧めながら、毎日のように雑談にふけっていた。しかしそれは単なる旦那の暇つぶしではなかった。こうして祖父は新聞に発表されるよりも前に、様々な情報を抜け目なく仕入れて、貿易や相場で大儲けをしていた。

祖父には子供が三人いた。長子の義一、そして次男が遠縁の本郷家に養子にいった軍人で武道家の義光、一番下が僕の母の紫だった。ほら、明智家の紋所は桔梗紋だろう。紫という名前はそこからとったんだ。

義一伯父が祖父の跡を継いだのだが、生来おとなしく商人に向いていないというのが、もっぱらの評判だった。それでも有能な店員がいたうちは問題にはならなかったのだけれども、悪いことに女運がなかったようだ。嫁をもらっても子ができず、しかも先立たれてしまう。後継には番頭を夫婦養子にでもしようかと、親戚筋ではささやかれていたときに、若い後添えをもらったのだけれども、これがとんだことだった。

店に出入りしていた馴染み客の中に、やはり旧幕の遺臣の息子がいて、その人の口利きだった。僕もその人は今でも覚えているよ。金縁眼鏡にぞろりと絽《ろ》の着物なぞを着て、美学者を気取っているけれども、論文一つ書いたことがないらしい。知り合いの実業家の娘が結婚式をあと一月後に控えた頃、婿になるはずだった物産会社の鉱山部に勤めていた男が、羽田沖で釣りをしていたときに、海に落ちて死んでしまった。船底には好物のビール瓶が何本も転がっていたそうだから、酔っ払って立ち上がったところに、横波でも喰らって転落したのだろう。実はその前に、その青年が中等学校の恩師の家にビールを手土産に持って遊びに行ったんだが、飼い猫が飲み残しのビールを舐めて酔っ払い、水瓶《みずがめ》に落ちて死んでしまったことがあったそうで、この事故は猫の祟《たた》りではないかとささやかれたそうだ。それはともかく、婚礼の準備を万端整えたのにこんな不祥事では世間に顔向けができないとばかり、後添えでもなんでもいいからと、あちこちに話を持ちかけて、慌てて話をまとめたというわけだ。花嫁にしてみればとんだ迷惑な話だが。

その後添えになった伯母は富子《とみこ》というのだが、美人で鼻っ柱が強く、自ら望んで嫁に来たわけではないという鬱憤もあってか、何事につけても慎重な義一伯父を愚鈍扱いして馬鹿にし、自分一人で店を切り盛りしているとのぼせ上がっていた。当然亭主の血筋も軽んじるようになり、義妹の紫には、面と向かって憎らしい言葉を投げつけた。

「どこの種だかわからないような毛唐の子を産んだりして、本当に我が家の面汚しですよ。すいませんがお店の方には顔を出さないでもらいます。出入りの時は裏木戸からにしてくださいな」

などと言われて、快く訪問ができるだろうか。

西洋の血を引く僕に対しては、なおさらだった。父からの手紙や為替を受け取りに行ったり、正月などの節目では、嫌でも銀座に行かざるを得ないときもある。そうしたときに富子伯母に嫌味を言われるのは必定で、親戚の中でも我々二人を庇ってくれるのは、義光伯父くらいだったから、言われるままにしていた。しかし本家の一人娘の勢子《せいこ》にはほとほと手を焼いたな。僕よりずっと年下だったのだけれども、母親譲りのわがまま者だった。おそらく母親が口にする悪口を、聞きかじっていたのだろう。子供同士で遊ぶように言われると、

「嫌よ、こんな毛唐とは」などと口答えをしたり、「あんたの父さんは探偵なんですってね。西洋の犬じゃないの。だったら今日からカメという名前になさいよ」

とまで言われたことがある。「カメ」とは、文明開化の頃に横浜で西洋人が飼い犬を呼び寄せるときに、「カモン！」と言ったのが、日本人には「カメ」と聞こえ、犬を英語で「カメ」と言うのだと勘違いしたことからできた言葉だ。もちろん勢子がこんなことを言うのは、母親の富子の受け売りであるのは、間違いない。その他にも、何かといっては僕の腕をつねり上げて青あざをつくって喜んでみたり、廊下の薄暗がりで足を引っ掛けてみたり、階段の上から突き落とそうとしたりした。たいていはうまくかわしていたのだけれども、たまに僕がもんどり打ってひっくり返ったりすると、勢子は甲高い声で笑い転げていた。

それでも僕は抵抗せずにニヤニヤするしかなかった。勢子に口応えでもしようものなら、あることないこと母親に告げ口をするに決まっている。母や自分の立場を思えば、ただひたすら黙って我慢するしか、僕には道はなかった。そうした態度が、また勢子には憎らしかったようだ。黙っている僕の縮れた髪の毛をむしろうとするので、逃げ出すしかなかった。

そんな僕には、もちろん近所の子たちも冷淡だった。同年輩の中でも頭一つ大きいわりには、何を考えているかわからない、彫りの深い縮れ毛の少年には、胸襟を開いて交わろうという子はいなかった。いつも僕は、原っぱや校庭の隅で、級友たちが歓声をあげて転げ回っている姿をぼんやり見ているだけだった。彼らは最初、こんな僕をからかいいじめていたが、年を経るごとに、どんどん僕の背が伸びて行き、大人とほとんど変わらなくなってからは、次第に彼らも「子供の領分」から逸脱した僕を、いじめる対象からさえも、除いてしまった。もう僕は、あちら側の人間になってしまった。

しかし大人の世界が僕を受け入れてくれたわけではない。たとえ背が五尺を超えて六尺に近づこうとも、僕は大人ではなく、「異界の人」なのだ。僕は孤独だった。

でもそんな僕に近づいてくる人物も、いないこともなかった。

尋常小学校から帰ると、いつも僕は原っぱの隅の土手の斜面に寝転がっていた。そこからは、向かい側の道路がよく見えたから、そこを通る人々を、じっと観察するのが習慣になっていた。そんな姿は、普通の子供にしてみれば理解し難く、不気味にしか思えないだろう。僕は孤独に逃避していたのだよ。

ところが、その日はいつもとは違っていた。ざわざわと草を踏む音がしたかと思うと、人の気配が頭の方から寄って来た。観察を邪魔されて、苛だたしげに視線だけを上に向けた。視界の隅を赤いものが横切った。

「何してんの」

ささやき声が、すぐ横で聞こえた。頭を巡らせると、そこには色白の小柄な娘が、しゃがみこんでいた。

「ねえ、何してんの」

娘は寝転んでいる僕の顔を、上から無遠慮に覗き込んだ。陽の光が遮られて、目の前の娘の顔がよく見えなかった。娘は、鼻でふふんと笑った。

「人を見ている」と、ようやく僕は返事をした。

すると、娘は僕の横に、ころんと寝そべった。

「おい、やめろよ」僕は驚いた。学校でも、一度も言葉を交わしたことがない、名も知らぬ下級生だと気づいた。ただ、時々じっと見つめられていたことがあったのを、思い出した。

「いいじゃない、誰も見てないわ」

娘はまったく平気だった。図体の大きい僕よりも、ずっと大人びていた。猫がするように、娘は僕の脇腹に体を擦り付けてきた。どうしてそんなことをするのだろうと、僕は恐怖を感じた。この娘は化け猫なのだろうか。今まで話したこともない娘に、いきなりこのような馴れ馴れしくされて、一体どうしていいのかわからなくなった。しかしだからといって、それは決して不愉快な出来事ではなかった。むしろずっとこのまま続けて欲しいとも、感じた。母親に抱かれて感じる心地よさとはまったく別物の、心ざわめく感情に、僕は戸惑っていた。

「あたし、もう帰る」

いきなり娘は立ち上がって、言った。あとを振り向くこともなく、そのまますたすたと土手の上を歩き去った。僕はそれを、身を起こすこともなく下から見送った。着物の裾から下に伸びる白い脛《すね》と、一瞬見えた薄暗い太ももの内側が、不可解な罪悪感を増幅させていた。

それから娘は、何度も土手に寝転ぶ僕の元を訪れるようになった。もしかしたら、僕も彼女を待っていたのかもしれない。少女はいつも黙って僕の横に寝転んで、両手を頭の後ろに組んでいる僕の腋に、顔を擦り付けてきた。高い草に囲まれた中でまだ子供の二人は、わけもわからず無言で体を擦り付けていた。

娘は大抵いつも目を閉じたまま、こうやってすり寄ってくるのだが、なぜかその日は違った。

ひとしきり顔を擦り付けてから、上目遣いに僕の顔を見上げて、ニッと笑った。その顔が、なんとも動物めいた生臭さを感じさせた。夢から覚めたように僕は飛び起き、退いた。ひっくり返りそうになった娘は、手をついて体を支え、反射的に僕の方に身を乗り出した。思わず野獣に襲われるような恐怖を感じて、僕の右手は彼女の頬に飛んでいた。乾いた破裂音が響く。それでも少女の口から、悲鳴が漏れることはなかった。

女を叩いてしまったことに我ながらびっくりし、さらにその女が悲鳴もあげずに、こちらを見つめ続けていたのに恐怖を感じた。娘はまばたきもせずに、そのまま無表情ですり寄ってきた。瞳は一点を見つめている。少女の顔が、くっつきそうなまでに接近してきた。生臭い息が、鼻と口に吹きかけられる。その息の中に混じって声が聞こえた。

「もう一度、ぶってちょうだい」

僕は混乱した。

「ね、もう一回お願い」

そう言って、娘の舌がペロリと僕の頬を舐め上げた。

僕は、わあっと悲鳴をあげて、四つん這いのまま土手を必死で上っていった。未知の恐怖に全身が包まれていた。僕よりも小さな少女が、とてつもなく大きな化け物のような気がした。あの小さな貧弱な体の中に、どうしてあのような欲望が秘められていたのだろう。なにものかが少女の姿に化けているとしか思えなかった。

言い知れぬ恐怖に襲われた僕は、草いきれの中を裸足で走っていった。少女はその場から動いていないにもかかわらず、まるでその舌が伸びて僕を追いかけ、首に巻きついてきて引き寄せられるのではないかと、ひょろ長い手足をばたばたさせながら、走った。

「なによ、まだまだね」

と、娘が不服そうに呟くのが、遠くから聞こえた気がした。振り返ると、彼女が立ち上がり、両手に僕が残していった下駄をぶら下げながら、どことなし機嫌良さそうに、反対方向へ歩いていくのが見えた。

その翌日からは、娘の姿をその土手でも、町でも見かけることはなかった。噂では、よその町に引っ越したのだとも、夜逃げをしたのだとも言われていた。果たしてそれが本当なのか、それとも単なる噂に過ぎないのかは、知るすべもなかった。しかしこの娘と十数年の時を隔てて再会するとは、知る由もなかった。

三

結局僕は、従兄の勧めにもかかわらず、軍人の道は選ばなかった。そのことについては後悔していない。陸軍幼年学校の受験はせずに、中等学校へ進んだ。ただし義光伯父の言葉通りに、柔道部に入った。最初は先輩連中も僕の蚊トンボのような体つきを見て馬鹿にしていたが、実際に組み合ってみると、思いもよらないところから手足が伸びてくるので、アレヨアレヨという間に翻弄されてしまう。細くて長い脚が弱点だろうと足払いを仕掛けても、逃げる足の距離が尋常ではない。いくら払っても、先輩連中の短いイノシシの脚では、到底届かなかった。では寝技はというと、今度は蜘蛛の手足のようにあちらからもこちらからも絡みつき、相手はまったく身動きが取れなくなってしまう。今まで出会ったことがない対戦相手に、柔道部員は四苦八苦したようだ。

父親には未だに会えずじまいだった。日露戦争の頃に、ロンドンの探偵事務所を閉めたという連絡は来た。ようやく日本にやってくるのだろうかという、淡い期待もあった。しかしそれは期待だけに終わった。父は犯罪捜査から手を引いて、再び軍事探偵の仕事についたようだ。

しばらくすると、父からの音信も途絶えてしまった。父の兄と名乗る人からの手紙によれば、今度はアイルランドに潜入したという。僕が赤ん坊の頃も、交通の途絶したシナの奥地やアラビアに行っていた折には、代わりにこの伯父が手紙と為替を送ってきてくれたものだと、母は言った。いかに未開の土地であっても、父は自分の兄にだけは連絡がつくように、準備を整えていたのだろう。イギリスの伯父は、御一新の頃に横浜のイギリス公使館の書記官として赴任していたという。手紙の中には、その昔を懐かしむような文言も混じるときがあった。

「まだ私も若かったので、日本に赴任するときは、インドよりさらに東の国だということで、かなりの優越感を持っていたのは事実でした。しかしそのような思い込みは、到着して数日で脆くも崩れ去りました。ユーラシア大陸の反対側に、もう一つの文明を持つ島国があると知ったのです。確かに機械文明は我々ヨーロッパ人の方が、はるかに進んでいますが、それ以外の面では同程度、いや繊細な芸術では敵わないと痛感しました。また論理的思考においても、ショーグンの政府の役人たちは、我が政府の役人となんら変わりがありません。特に弟が携わっている犯罪捜査の分野では、江戸の警察官であるセンバ氏の優れた探偵能力と論理性には感心するばかりでした」

残念ながら、同時代に横浜の居留地に出入りしていた明智の祖父と、イギリス人の伯父との交流はなかったようだし、このセンバ某という奉行所の同心が誰かもわからなかったが、それでもなおこのような真情の溢れる手紙をもらって、母も僕も父の仕事の成功を祈り、一日も早い再会を念じていた。

しかしその日が、母に訪れることはなかった。

僕が中学校に入学して間もなく、母は毎日微熱が続くようになった。

肺病だった。

ロシアとの戦役で現役に復帰して大陸に派遣された義光伯父は、それを最後に退役していたので、手回しよく母の入院手続きをしてくれた。一人残された僕に、自分の家に移ってくるよう勧めてくれた。

「義昭は任官して近衛連隊に入り、ずっと兵舎暮らしで家に帰って来ない。東京にいても、いないも同然だ。せっかくの部屋がもったいないじゃないか」

「そうですよ、中学もここから通える距離なのだから、遠慮せずにいらっしゃい」と、伯母も言った。

だが僕は、母親が入院した後の、ガランとした借家から離れなかった。もし伯父のところに厄介になったら、それまで母と住んでいた小さな家の生活が、消え去ってしまうような気がしたのだ。

僕も数年もすれば高等学校に入る。そうすれば二年間は学校の寮に入らなくてはいけない。そのときまでに母が家に戻って来られなければ、この家を諦めて伯父に厄介になるのも仕方がない。しかしせめて自宅から学校に通える間は、母との生活をそのままにしておきたかった。だから僕は、母が独り身の時から付き添っていた婆やとともに、寂しい借家暮らしを続けた。しかし毎日母のいない家に帰ってくるのも、苦痛だった。

結局、母は僕が高等学校に進む直前に、亡くなった。僕はロンドンの伯父に手紙を書いた。丁寧な悔やみ状は届いたが、父からの手紙はとうとう届かなかった。

僕の身辺にその頃起きた事件は、それだけではなかった。

母親の具合が悪くなってからは、なおさら足が遠のいていた銀座の天猶堂にも、少なくとも月に一度は、イギリスからの手紙を受け取りに行かなくてはならなかった。しかし富子伯母が采配を振るようになってから、徐々に店の様子が微妙に変化していた。それまではつねに客足が途絶えることはなかったのが、いつの間にかまばらになっていた。店頭に並べられていた選りすぐりの舶来の一流品は、質の劣る商品に取って代わられるようになり、子飼いの店員が、一人また一人と、姿を消していった。

ある日、僕が手紙と為替を取りに行ったときのことだった。伯父は取引で外に出ていた。伯母は何も言わずに放り出すようにして、封筒を寄こした。従妹の勢子も顔を見せなかった。

店の裏口から出て角を曲がろうとしたところで、店に残っている古参の大番頭の岩瀬と、行き会った。

「おやまあ、これは小五郎坊ちゃまではありませんか。お久しゅうございます」

「坊ちゃまはやめてくれと言っているだろう、岩瀬。見てごらん、僕の方がずっと背が高いのだよ」

「ハハハ、それを言われるとかないません。紫奥様のお具合はいかがでいらっしゃいますか」

「相変わらずだよ。年が越せるかどうか」

「何をおっしゃいます、きっとよくなりますですよ。坊ちゃまがそうお思いにならないで、どうなさいますか」と言いながら、岩瀬は歳の割には寂しくなってきた頭を、何度も振った。

「店の雰囲気がずいぶん変わったね」と僕が言うと、彼は悲しそうな顔をした。

「もう天猶堂も、おしまいかもしれません。商売の方がさっぱりいけなくなりました」

「一体どうしたというの?」

「ここだけの話ですが」と、岩瀬は声を潜めた。「旦那様が体調をくずされて、奥様が帳場に口を出されるようになってからでございますよ。ご自分では商売がおわかりのつもりなんでしょうが、まったくいけません。昔からの取引先を切って、新しいどこの馬の骨ともわからないようなところから、とんでもない偽物を仕入れたり、落ちない手形を散々に掴まされたりしているんでございますよ。しかも少しでも意見をすると、青筋を立てて怒鳴りつけるのですから、皆愛想を尽かしているのです」

岩瀬は、胸のつかえがとれたように、ほっと息を吐いた。

「岩瀬は、まだ頑張ってくれているのだね」

「私がいなくなってはおしまいですから」と、寂しそうに笑った。「そう思って辛抱をしているのですが」そこまで言って、岩瀬はますます声を潜めた。「もう限界かもしれません。実は奥様は、外に男をこしらえているようなのです」

「え？」僕も、いきなり言われてびっくりした。

「よくはわかりませんが、役者か芸人のようです。お店の金箱からどんどん売り上げが消えていっています。うちの小僧が、奥様と見たことのない男が連れだって歩いているのを、使いの帰りに見たと知らせてくれました」

僕は返す言葉もなかった。

「そろそろ潮時でしょう。私がお暇をいただくのが先か、それともお店がいけなくなるのが先か、さてどうなることやら」

「もしそんなことになったら、岩瀬はどうするんだい」

「折角商売のイロハを教えていただいたのですから、親類のいる大阪にでも行って、小さな店でもかまえてみようと思っています。どうぞ小五郎坊ちゃまもお元気で。紫奥様にもよろしくお伝えくださいますよう」

岩瀬は深々と頭を下げた。

銀座の天猶堂がのれんを下ろしたのは、それからまもなくのことだった。岩瀬が身の振り方を思案する暇さえなかったよ。伯母の富子は、素人商売で店の屋台骨を揺るがせただけではなかった。ある朝、店の売上金すべてとともに、娘を連れて姿を消していた。朝早く、店の小僧の竹どんが飛んできたときは、まだ僕は中学校に行く前だった。

「坊ちゃま、こちらにうちの奥様はいらっしゃっていませんか」と、息を切らして玄関の格子戸に摑まりながら、竹どんは言った。すねまで泥だらけの裸足で、鳥打ち帽もどこかへ飛ばしてしまったのか、坊主頭がむきだしだった。

「いったいどうしたんだ、そんなに慌てて」

婆やが水を汲んで竹どんに手渡すと、一気に飲み干して、先を続けた。

「奥様とお嬢様の姿が見えないのです。夜中のうちにどこかに行ってしまわれたようなんです」

「義一伯父さんはどう言っているんだ」

「まさかとは思うが、家出ではないかと、旦那様はおっしゃっています」

「馬鹿だよなあ、富子伯母さんが家出したのなら、うちに来るわけがないじゃないか。それより牛込の金田さんの屋敷には確かめたのか」

「そっちは正《まさ》どんが行きました」

竹どんは両手を膝について、肩で息をしている。

「行くならむしろそちらの実家だろう」

「とにかく小五郎様もいらっしゃってくださいまし。店の中は、それは大変なことになっているんです」

竹どんに引っ張られるようにして、僕は銀座へ急いだ。むろん学校になど行っている場合ではない。

店の大木戸は閉まったままだった。脇の潜《くぐ》り戸から竹どんと一緒に中に入ると、一気に年老いた伯父が、転《まろ》び出るようにして、奥から迎えに出てきた。

「おお、小五郎か。富子は知らないか、富子は」と言いながら、頭一つ大きな僕に摑みかからんばかりの、勢いだった。

「伯父さん、しっかりしてください。僕の方には伯母さんは来ていません。もし行き違いで顔を見せるようなことがあったら、婆やから知らせてくるはずです。僕は取るものも取りあえず、駆けつけました。いったいどうしたというのです」

「出て行ってしまったのだよ、富子が。勢子も一緒だ。しかも蔵の金を洗いざらい持っていってしまった」と言って、伯父はくたくたと板の間に崩れ落ちてしまった。両手をついて、顔も上げられない。

「竹どん、伯母さんの部屋を見せてくれないか」

伯父からはまともに話を聞けないと感じたので、僕は竹どんに声をかけた。奥に入っていきながら振り返り、「伯母さんは置き手紙を残してはいかなかったんですか」と、尋ねた。伯父は向こうを向いたまま、力なく首を横に振った。

勢子が生まれて以来、伯父と伯母は寝間を別々にしていた。伯父は一人で、富子伯母は娘と同じ部屋で寝起きしていた。だから伯父は、二人がこっそり出て行ってもまったく気がつかなかったのだ。

「こちらの部屋です」

竹どんがふすまを開けた。前の晩に女中が敷いた二組の布団が、朝日の中に照らし出されていた。まったく乱れがなく、親子とも寝ていないのは、明らかだった。

さらに僕は箪笥に歩み寄り、下から順番に開けて、手早く中身を確認した。着物はほとんどそのまま残されていたが、数枚ずつお気に入りの着物や帯がなくなっているようだった。

十年後の僕だったら、きっとこれらを観察して、もっとたくさんの事実を割り出せただろう。しかし中学時代の僕は、まだ探偵になろうという考えさえも持っていない、ただの子供に過ぎなかった。しかしそれでも、呆然として座り尽くすだけの伯父に比べれば、ずっとましだった。

「ただいま戻りました」と、声が聞こえた。

「正どんが戻ってきたよ」皆は閉めたままの店に、我さきに集まった。

「どうだったえ、金田さんのところは」と、最後に残った大番頭の岩瀬が意気込んで尋ねた。しかし、正どんの顔を見ればわかりそうなものだった。

「いいえ、駄目でした、全然駄目でした」と言う正どんの目から、涙があふれ出した。「後から金田の旦那さんもこちらへ向かうと、おっしゃっていました。三ヶ月前にご実家に顔を出されてから、一度も牛込へはいらしていないそうです」

「何を言っているんだ。富子は毎週のように実家に帰っていただろう」と、義一伯父は金切り声をあげて、手近にあったそろばんを投げつけた。「シゲを呼べ、シゲを。いつもあいつがついていったはずだろう」

伯父は、実家から嫁についてきた婆やの名前を呼んだ。富子伯母が外出するときは、必ずお供をしていたはずだった。台所からよろめくようにして駆けつけたシゲ婆やは、両手をつき、額を床にすりつけて、ひたすら謝るばかりだった。

「だから、お前は富子とどこに行っていたんだ」

「申し訳ございません、申し訳ございません」

「同じことを繰り返しても埒《らち》が明かない。白状してしまえ。牛込に行っていたのではないのなら、どこに行っていたのだ」

シゲは小狡《こずる》そうな小さい目で、ちらりと見上げて言った。

「最初は木挽町《こびきちょう》に行ってらっしゃいました」

「芝居か」と、伯父は苦々しげに吐き捨てた。

「初めはそうだったのですが、しばらくすると奥様は、わたくしには一日ひまをあげるから、好きなところで遊んでいらっしゃいとおっしゃいました」

「別々になったのか」

「はい、おっしゃるとおりでございます」と言うと、婆やはわざとらしい大きな声で泣き伏した。

おそらく役者か何かに入れ揚げた挙句の逃避行であることは、誰がみても明らかだった。足手まといになる婆やは勝手にさせておいて、どこか貸し座敷で待ち合わせをしていたということなのだろう。皆、そのことをわかってはいたが、口には出して言えず、沈黙が続いた。すると、先ほど用事を言いつけた小僧の竹どんが戻ってきて、僕に耳打ちをした。僕は大きくうなずいて、伯父に向かって「探してもむだでしょう」と言った。

「どういうことだ」と、伯父はきょとんとした顔で答えた。

「今、店に出入りの俥屋《くるまや》まで竹どんを聞きにやらせてきました。やはり思った通り、夜中に二人乗りを一台、こっそり裏口まで都合してくれと、言われていたそうです」

「で、どこに行ったというのだえ」

「新橋駅」

「ああ、そうか」

「夜行列車に乗ったなら、今頃は箱根の山を越えているでしょう」

義一伯父は、がっくりと床に突っ伏してしまった。

「そう言えば、昨日は月末の千秋楽です。相手の役者は舞台を勤め終えて、きっと次の興行場所へ移動するのでしょう。それについて行ったのではないでしょうか」

しかしこのまま手をこまねいているわけにもいかず、警察に届けたり、義光伯父のつてで名古屋の知り合いに連絡をしたり、この結婚を取り持った美学者の親戚が静岡に住んでいるというので、慌てて電報を打って駅に急行してもらい、怪しい三人連れがいないかどうか調べてもらったけれども、まったく徒労に終わってしまった。蔵の金を洗いざらい持ち出された天猶堂は、木戸を上げることも叶わず、そのまま店をたたまざるを得なかった。義一伯父は田舎に引っ込んで、程なくして亡くなった。店の跡地は、所有者が転々とした末に、玉村商店という宝石商が買い取った。

母親を喪い、またその実家も立ち行かなくなった頃からだろうか、僕はあてもなく街を彷徨《さまよ》うようになっていた。寂しさを紛らわすためか、それとも小さい頃からの人間観察の延長だったのだろうか。そうは言っても、まだ中学生だし、悪さをする仲間もいない孤独な少年だった。浅草の雑踏や裏道を放浪し、見世物を覗いたりするのがせいぜいだった。その中でも、祭文《さいもん》語りのような不思議な節に合わせて押絵を繰り出していき、レンズを通して見物する、覗きからくりには何度も通った。直接手にとって見れば、いかにも押絵なのだが、レンズを通して見ると、なぜか艶《なまめ》かしい息遣いが感じられ、思わず息を飲むこともあった。普通そんな見世物をしている親方は、いかにも胡散臭《うさんくさ》い香具師《やし》と相場は決まっているものだけれども、なぜか僕を魅了した覗きからくりの主人は（親方とはとても呼べない、主人としか呼びようがないのだ）、四十歳にも六十歳にも見える、西洋の魔術師のような風采の、黒い背広服に黒いマントを身にまとった男だった。祭文めいた語りは下手くそで、ほとんどの客は見向きもしない。ただ彼はそんなことは頓着せずに、前半の押絵はあっという間に済ませてしまう。そしてなぜか一番最後の、緋鹿《ひが》の子《こ》の振袖に、黒繻子《くろしゅす》の帯の、十七、八くらいの水のしたたるような美少女が、これも黒い古風な洋服を着た中年男の膝にしなだれかかっている場面ばかりをしつこく語るのだ。どうしてこんな古臭い見世物に洋服姿の人物が登場するのか、訥々とした主人の語りを聞いてもよくわからなかった。以前の親方に大金を支払って、道具も権利も、ある金持ちが買い取ったらしいと噂されていたが、その見世物もいつの間にか姿を消してしまった。

そのうち勇気が出てきて、時たま浅草十二階下の銘酒屋のあるあたりを探検してみたりもしたが、足早に通り過ぎるのが精一杯だった。それも、「オヤ、学生さん、せっかくだから寄っていきなよ」と言われると、かえって慌てて歩みを速める程度の、小心さだった。しかしだからと言って、敬遠していたわけじゃない。あの年頃なのだから、おわかりだろう。それに同じような冷やかしの客はいくらでもいたし、中には格子越しに長々と、女たちと話し込むのを楽しみに、通い詰める強者《つわもの》さえいた。店としてはとんだいい迷惑だが、そんないい加減なことが許されてしまうというのも、なんだか浅草的であるとも言えるし、また四方を堀で囲まれた吉原にはない、真ん中から四方にだらしなく広がっていく十二階下独特の雰囲気であったのかもしれない。

蜘蛛の巣のように複雑に入り組んだ、十二階下の小路をどこということもなく、さまよい歩いていると、道の左右に狭苦しく建ち並ぶ銘酒屋からは、

「ちう、ちう、ちう」

というネズミの鳴き声を真似した娘たちの声がかかる。どこから聞こえてくるのだろう。銘酒屋の建て付けの悪い小さな窓がほんの少しだけ開いていて、そこから聞こえてくるのだ。

中を覗くと、さっと人影が動いた。そう、銘酒屋と名乗っても、ほんの申し訳程度に並んだ埃だらけの瑠璃色や紅色の洋酒の空き瓶がこの店の主役ではないことは、主人も客も承知済みだ。

本当の商品は、この「ちうちう」鳴く娘たちなのだ。僕とそんなに歳の変わらぬかもしれない娘たちから、さらに上の年増まで、様々な大鼠小鼠が、すえた匂いのする裏通りで、ささやくようにして獲物をおびき寄せていた。もちろん僕も若かったから、こうした誘惑に朴念仁《ぼくねんじん》でいられるわけじゃない。しかし有田ドラッグ商会の店頭に飾られていた、性病患者の生々しい蠟人形模型が脳裏から離れなかったし、薬屋の主人が、不貞を行った妻の死体を模型そっくりの屍蠟にして、ショーウインドーに飾ったという事件も、わざわざ見物しに行ったことがある。そんな体験のおかげで、最後の一歩のところで、ようやく踏みとどまっていた。だったら来なければいいものを、やはり青年の好奇心というものは、抑えられないのだね。

まあ、小鼠たちがちうちう鳴くくらいなら、まだいいんだが、鼠どころか甲羅に苔が生えたような怪物が、時には寝ぐらから飛び出してきて、獲物を捕まえるときもある。まさに弥次喜多道中の、街道筋の旅籠《はたご》の客引きさながらだ。またうっかりしていると、帽子をさらい取ったり、鞄をひったくったりして店の中に逃げ込んでしまう。これらは、どうもこうも客がつかず、御茶を挽《ひ》いている娘たちであることが多い。だから彼女たちも必死で客を呼び込もうとしているのだ。十二階下を冷やかそうというような男どもは、それなりの助平心があるのだから、無理やり引きずり込まれたふりをして、これ幸いと客になる連中も少なくない。しかし僕は懐具合だけでなく、度胸もいささか不足していた。ただ持ち合わせていたのは好奇心だけだったから、こうした強引な誘いは、かえって逆効果だった。しかしぼんやりしていた僕は、腕をあっという間に摑まれてしまった。

「さ、もう観念しなさいな、学生さん」

と、女とは思えないほどの力で引き摺り込まれかけた。僕は大いに慌てたね。万一引き込まれでもして、金がないとわかったら、どんな目に遭わされるかわかったものじゃない。必死で引っ張り返そうとした。柔道の技でも使えば難なく放り投げることもできるのだろうけど、女相手にさすがにそんな乱暴もできず、ひたすら引っ張り合うだけだった。思わず、「助けてくれ」と情けない声を出してしまった。

「頑張れ、ここで引き摺り込まれたら、おしまいだ」と、あたりをそぞろ歩いていた野次馬たちが取り囲み、下卑た笑い声を立てた。店の女たちも、久しぶりの見ものに甲高い声援をあげて騒ぐ。

「痛い、痛い、これでは敵わない」

「大岡越前守じゃあるまいし、あんたを産んだ覚えはないから、離さないわよ」

女も無茶なことを言う。

すると、店の中から小柄な仙台平《ひら》の袴を身につけて、髪の毛をきっちり分けた男が出てきた。ぶざまな僕の姿を見て、ニコニコしている。まだ若いのに、どうやら店の客らしい。鉢の開いた頭を揺らしながらしばらく見物していた末に、

「ナツさん、そろそろ学生さんを許しておやり。どうせ商売になりはしないのだから」と言って、仲裁に入った。どうやらこの界隈では相当の馴染み客らしい。彼の一言で、女も渋々手を離した。僕の腕には真っ赤に指の跡が残っていた。

「せっかく捕まえたのにねえ。ちょっと様子見のいい学生さんなんだから、おあしはこの次でもよかったんだけどさあ」

「そんなことを言っていたら、おかあさんに怒られるよ」

「石川さんにそう言われちゃ、しょうがないわ」とつぶやきながら、ナツは店に入った。

「学生さん、とんだ災難だったね」と、石川と呼ばれた男が僕に声をかけた。

「ありがとうございます。おかげで助かりました」見下ろす形にはなるけれども、帽子を取って頭を下げた。

「中学校の学生さんだろう？　ここいらをうろつくには、まだ早いんじゃないかな。僕は東京朝日新聞の石川というものだ」

「記者さんでしたか」と、僕が言うと、

「いやいや、ただの校正係さ」石川は首を振って笑った。「で、助けた代わりと言ってはなんだが、今度は君が僕を助けてくれないか？」

「はあ、金のこと以外でしたらなんでも」と、冗談めかして答えると、

「実はその金のことなんだ。いや、無論君に寸借しようというのではないさ。君が金を持っていなさそうなのは僕でもわかる」と、石川は顔の前で手を振った。「頼まれて欲しいのは、使いなんだ。いささか居続けしすぎてしまってね。僕の友人の家まで、無心の手紙を届けて欲しいのだ」

「それは構いませんが」

「よかった、助かったよ」石川は、人好きのする童顔をニッコリとして崩した。きっとそのお人好しの友は、この笑顔に何度も騙されているのだろうと思った。そんな友達を利用しても、なんの心の痛みも石川は感じないのだろう。そういう人間もたまにいるのを、僕は知っていた。

「國學院の講師をしている人なんだけれどもね、本郷森川町の蓋平館《がいへいかん》という下宿屋にいる、金田一君という。金田に数字の一と書いて、キンダイチと読む。僕の故郷ではさほど珍しくない名字なのだが、東京ではさっぱり読んでもらえないと、彼はぼやいていたよ。まあ、今から手紙を書くからちょっと待ってくれ給え。さあ遠慮せず入って、入って」と、石川はその店に僕を招き入れた。「大丈夫、もう取って食おうなどとはしないから。君を餌食にするよりも、僕の手紙を運んでもらう方が、店にしたらずっと重大問題なのだからね」

森川町の蓋平館は、すぐに見つかった。板塀に囲まれた二階建ての玄人《くろうと》下宿屋で、学生だけでなく勤め人や教師の住人も住んでいた。案内を乞うと、通りかかった学生が、目当ての部屋は二階だと教えてくれたので、ギシギシと鳴る薄暗い階段を上った。

金田一氏の部屋の前で声をかけると、中から、「どうぞお入り」と、妙に甲高い声が聞こえた。男子専門の下宿屋ではなかったのだろうか、女学生も住んでいるのだろうかと妙に思ったけれども、中に入ってみると、そこにいたのは二十代後半の男性が二人だけだった。これはどういうわけだろうと、よく片付いた室内をきょろきょろと見回していると、

「学生さんのようですけれど、うちの学校の学生ではないようですね。どちらから来られましたか?」と、顔の長い方の男が尋ねた。先ほどの甲高い声は、この男だった。声変わりを忘れてし

まったらしい。これが石川氏の友人の金田一氏という、國學院の講師らしい。そう見当をつけて、僕は懐から預かった手紙を出した。

「実はこの手紙を、石川さんという方から言付《ことづ》かりまして、お届けに来たのです」

その一言、いや、石川という名前を聞いただけで、二人はがっくり打ちのめされたようだった。

「また石川君か!」と、顔の丸い大男は、やるせないように吐き捨てた。

「せっかく久しぶりに来てくれたのに、申し訳ないね、野村君」と、金田一はしおれた声を出した。「今日はどこから来たんだね。やっぱり浅草かな?」すっかり諦めている様子だった。

「ええ、おっしゃる通りです。仔細は手紙に書いてあると思います」と、僕も気の毒になりながら答えた。思った通り、この金田一という友人は、毎度毎度石川の尻拭いをさせられているようだ。しかしそれでもなお、友人を見捨てずにいるというのは、どうしてなのだろうと思った。

「金田一君、もう大概にしたまえ」と、野村と呼ばれた大男は、眼鏡がずり落ちそうになるのを指で押さえながら忠告した。「君はいくら彼の犠牲になったら、気がすむんだね。これまでも大切な研究書を何冊も売り払って、彼の借金を肩代わりしたそうじゃないか。そんなことをしていたら、学問がおろそかになるとは思わないのか」

「なあに、本が必要なときは図書館があるから大丈夫ですよ。それに皆、盛岡中学からの友達じゃありませんか。それを見捨てていられるわけがない。そう思いませんか、野村君」

「まあ、それはそうなんだがね」と、野村は言い込められる。

「君も、ずいぶん石川君には苦労をしたようだけれども」

「いや、僕はまだ大学生だから、高が知れている。第一、石川君よりもよっぽどうちの方が貧しい」と野村は言って大声で笑った。

「でもついつい面倒を見てしまうというのは、石川君にはやっぱり稀有な文学の才能があると、君も認めているからでしょう、ね？」

そう金田一に言われると、野村も渋々ながら「まあそれはそうなんだが……」と、うなずいた。

「さっき会ったときは、石川さんは新聞社に勤めているとおっしゃっていましたが、文学者でもあるのですか？」と、僕は尋ねた。

「まだ芽は出ていないがね」と、野村は答えた。「小説をいろいろ売り込んでみたものの、去年はどこもさっぱりだった。『スバル』の編集人をやり、いくつか誌上で発表もしたのだが。むしろ彼の才能は歌にあるのではないかな。そちらではかなりのものだと、僕は思う」

雑誌『スバル』なら僕も聞いたことがあった。森鷗外や与謝野鉄幹、晶子夫妻も参加した文芸雑誌だ。鷗外が「キタ・セクスアリス」などの小説を発表したのが、この雑誌ではなかっただろうか。

「君には忠告しておこう」と、野村はのっそり立ち上がりながら言った。「十二階下と文学は、見るだけにしておきたまえ。深みにはまると、石川君のようにとんでもないことになるからね、あははははは」

四

すっかり日は傾き、薄寒い闇が明智のアパートメントにも忍び寄っていた。ここまで語った明智は、立ち上がると、マントルピースを模した壁のくぼみに据え付けたガスストーブの元栓をひねり、マッチで火をつけた。低い破裂音とともに、右から左へ青い炎が一瞬にして立ち並んだ。「その後、先生は第一高等学校へ進学されたのですか」と、簑浦は先を促した。「ご自宅はたたまれて」

「そうだ」明智は新しい煙草に火をつけて、うなずいた。新たな焦げ臭い匂いが加わる。ストーブの炎に照らし出されて、彫りの深い明智の容貌に、陰鬱な不気味さが加わった。「学生寮に入らなくてはいけないからね。借家だったから、維持していく必要もない。残念だが婆やには暇を出して、帰るところがない身分になった」

＊　＊　＊

新入生は学生寮に入る決まりだったので、仕方なく僕もその一員になった。君もご存じの通り、個室など与えられるわけもなく、数人の学生が一部屋に同居する生活は、僕にとって苦痛以外のなにものでもなかった。住んでいる連中はバンカラ気取りで、わざとみすぼらしいボロボロの学生服やら着物姿、不潔極まりない部屋に、ノミやらシラミやらが湧き放題、あちらこちらが食われて眠ることもできない。しかも眠りを妨げるのは虫連中だけではない。真夜中に酒に酔った上級生がいきなり乱入してくる嫌がらせを、〝ストーム〟などと称していた。僕以外の学生たちには、夕方頃にはそれとなく「今晩来そうだぞ」などと噂が回って来たりしていたが、誰も僕にそんなことを教えてはくれなかった。

真夜中に、酒で真っ赤になった顔でどら声をあげながら南寮の部屋に乱入し、新入生を一列に正座させて、有る事無い事を怒鳴りつけたり、到底まともに答えられないような蒟蒻《こんにゃく》問答を仕掛けたりする。高等学校の通過儀礼として、たいていの学生は割り切っていて、ただただ頭《ず》を低くしていれば、その上を通り過ぎていくはずだった。しかし僕はただでさえ頭が一つ高いからねえ。どうしても目立ってしまう。それにこの顔だ。いかにも上級生の蛮行を馬鹿にして、鼻でニヤリと笑っているように見えるらしい。

「そこの独活《うど》の大木、何を笑っている！」

と、フケだらけの長髪を振り立てながら、むさくるしい無精髭の、情熱だけは有り余っていそうな上級生は、絶叫した。その後ろには、いかにも何年も浪人したらしい、切り炭のような四角い顔の上級生や、ニキビだらけの眼鏡の学生など、後から後から詰め掛けてきた。

「別に笑ってはいません」と、僕は答えた。僕は後年になっても、真面目な顔をしていても笑っていると勘違いされることが多かったが、どうもそれはその頃から始まっていたようだ。おまけにその口ぶりが余計気に障ったらしい。先頭に立った上級生は真っ赤な顔を、僕の面前にくっつかんばかりに突き出し、唾を飛ばしながら、

「そのような何も考えずにニヤニヤしている、中学生もどきの顔つきでは、到底高等学校の学生は務まらんぞ」と、喚いた。なるほど、なかなからまいことを言うと、心の中で感心していた。すると相手はますます激昂する。それでも平気な顔をしていると、ますます悪循環をきたした。

見かねた同じ新入生の小林という、人の好さそうな学生が、

「申し訳ありません。こいつはどうも一本ネジが緩んでいるようなところがありまして、どうぞ堪《こら》えてやってください」と、口を出した。しかしそのような言い訳で引っ込むなら、わざわざストームをかけに来るわけがない。ほとんどボロ布と化した学生服や紋付を着た上級生たちは、僕の周りを「どうした、倉田」と、取り囲んだ。

「一高生は、ニイチェを論じ、ショウペンハウエルを語り、親鸞を念じるのでなくては、いかんのだ。君のような、のほほんとして人生を考察したことがない、独活の大木ではいかんのだ」さらに倉田先輩は青筋を立ててまくし立てる。

「そうだ、そうだ」と、菊池という背の低い薄汚れた四角い顔の先輩も、黄色い声で尻馬に乗った。

「はあ」と、僕は答えた。どんな因縁をつけられても、柳に風と受け流すのが、いじめられ、無視され続けてきた僕の習い性になっていた。それまではこれでよかった。しかし傍からは、いかにも煮え切らない態度のようにも見える。このストームは、今まで僕が受けてきたいじめとは

少々違うものかもしれない、これは異物の排除ではなく、通過儀礼なのかもしれないと、ようやく気がついた。

「だいたい君は、哲学というものに触れたことがあるのかね？」僕と同じくらい背が高く痩せている先輩は、甲高い、いやらしい声でネチネチと質問した。

「近衛先輩、こいつは見ての通りの混血《あいのこ》なので、もしかしたら日本語も十分にできないのかもしれません。どうぞ堪えてやってください」と、小林が慌てた。しかし僕は、振り向いて自分の荷物の中から革張りの本を数冊取り出した。

「ニイチェの『ツァラトストラ』はまだ半分読んだばかりですが、評判ほどとは思えません。おそらく晩年の精神異常が、影響を及ぼしているのでしょう。ショウペンハウエルは中学二年のときに、だいたい読み終えました。今はニイチェやカントと並行して、マルクスの『資本論』を読んでいますが、やはり不可解なのは彼が自己の理論を科学的と称していることで、その根拠をご存じでしたらぜひ教えていただきたい。例えばここなんですが……」と、一気に言うと、『資本論』を開いてその一節をドイツ語で読み上げた。ああ、ちなみにその当時はまだ『資本論』の日本語訳は出版されていない。部分的に雑誌論文で取り上げられたりはしていたがね。

　思いも寄らずウブな新入生の方が、自分たちよりすらすらとドイツ語の原書を読み解いているのを見て、先輩連中はたじろいだようだった。外国人宣教師に個人的に習っていたから、発音だけは自信があった。すると傍で見ていたもう一人のニキビ面の先輩が、微苦笑をしながら頰をぽりぽりと掻き掻き言った。

「倉田君、これは俺たちが一本取られたようだ」

「しかし、な、久米君、そうは言っても」倉田は興奮が治まらず、息巻いていた。

「この新人は、ご面相に違《たが》わず、俺たちには及びもつかないほどの語学力を具えているに違いない。きっと広田先生のお気に入りになるぞ。結構なことじゃないか、なあ」と、久米という先輩は言いながら、僕の肩をぽんぽんと叩いた。それを見て倉田も引っ込みどころがついたのか、

「よ、よろしい。高等学校の学生としての本分を、わきまえているようだ。山本有三さんや土屋文明のようにドイツ語で落第しないだろうというのは、感心だ。頑張りたまえ」などと言って、そのまま立ち去った。近衛も菊池もそのあとに続く。久米先輩は、この調子で頑張れよとでも言いたげに、にっこり笑って手を振って最後に出ていった。

小林は僕のそばにやってきて、手にしたままの本を覗き込み、「明智君、君は本当にこんなにたくさんの洋書を読んでいるのかい」と、尋ねた。

「うん、まあね」

「まだ荷物も解き終えていなかったから気がつかなかったが、そういえば君の荷物は洋書ばかりじゃないか」

「こんなご面相だろう、多少は読めなくては笑われるんだ」と、僕は言って、ニヤリとした。

「それに、ロンドンにいる伯父に頼んで送ってもらっているので、ふつうの人よりは海外の文献は手に入りやすいかもしれないな。僕だって、そうそう丸善の馴染みになれるほどのブルジョアではないさ」

「そうか、君にはやはり海外に親戚がいるのか」

母親が亡くなった後、身一つとなった僕は生活費もそれほどかからなくなったので、ロンドンで役人をしている父の兄である伯父に頼んで、それまで送ってもらっていた仕送りの一部を、書籍の形にしてもらうことにした。もちろんそれまでも、様々な書籍を伯父は気を利かせて送ってきてくれていたし、僕が手紙で頼んだこともあった。しかし孤独な身の上になると、伯父が送ってくれるのが金だけでなく、大量の本をいちいち吟味してくれているということに、僕は一つの慰めを見出していたのかもしれない。

「こんな本も読んでいなくては、高等学校では馬鹿にされると聞いていたから、とりあえず取り寄せたんだが、思っていたほどじゃなかった」

「何を言っているんだ、これだけ読めば大したものだろう」

小林は、目を丸くしながら、革表紙の洋書を次々に手に取って感嘆していた。同室の学生たちも、恐る恐るといったふうに遠巻きにしながら、首を伸ばして、せめて書名だけでも読めないかと、目を凝らしていた。

「ショウペンハウエルなど、最初は日本語訳を読んでみたけれども、さっぱり理解できなかった」と言って、僕は笑った。「むしろドイツ語の方が、論旨が明快でわかりやすい。それも良し悪しだが」

「わかりやすいぶん、粗が目についてしまったということか」

「まあね」

「そうか、それなら俺は読むのはやめておこう。時間の無駄だからな」

小林と僕は、顔を見合わせて笑った。

それ以来、小林紋三は、僕の数少ない学内の友人になった。別に共通の趣味があったわけでもなく、似た経歴があったわけでもない。僕が理科だった一方で、小林は文科のクラスだった。僕は東京の山手で育ったが、小林は東北の出身で、しかも浅草界隈の下町をうろつくのが大好きだった。

「さあ、浩然《こうぜん》の気を養いに行くか」と言っては、僕を遊びに誘うのだった。

紋三は、一端《いっぱし》の一高生らしい雰囲気を漂わせていた。朴歯《ほおば》の下駄にボロボロの学生服、ズボンに通してあるのはベルトではなく、荒縄だ。それを腹の前でわざとらしく縦結びにしている。ずっしりと重そうなマントも、所どころに穴が空いていた。しかし何よりも目を引いたのは、学生帽だった。遠くからでも悪臭が漂ってきそうに変色し、本来なら硬く光沢のあるつばはヨレヨレになり、しかも帽子のてっぺんには大きな穴が空いて、紋三の蓬髪《ほうはつ》が、まるですすきの穂を活けたようにそそり立っていた。どうやら紋三は、新品の帽子を鍋で炒めたり踏んづけたり、靴墨を塗ったりして、こんなボロボロに仕立てたらしい。

しかしこれが紋三一人の奇行だったわけではないのは、簑浦君もご存じの通りだ。この時代の高等学校の学生たちは、競ってこのような乞食同然の姿をして、悦に入っていたのだよ。きっと紋三も中学時代からこんな姿に憧れて、弊衣破帽にも年季が入っていたのだろう。入学したばかりだというのに、早速一高生になりきってご満悦だった。彼らは将来、政界官界実業界で立身出世を目指すエリートなのだが、せめて高等学校の学生のときだけは、物質文明を否定して、精神優先主義のふりをしてみたいのだろう。

もっとも僕は、そんな偽悪的なポーズには無縁だった。しかしだからといって、下ろしたての学生服を着て、他の学生や先輩と悶着を起こす気にもなれなかった。そういうくだらない摩擦は、自分の面相だけでもう十分だったからね。だから初めの頃はなるべく学生服は着ないようにしていた。袷《あわせ》の着物に袴、寒ければ上から二重回しを羽織っていた。しかし髪の毛がボサボサであるのは、連れ立った友人と同様だった。その上にちょこんと鳥打ちを戴《の》っけて行く。

「おい明智君、ジゴマはもう観たかい」と、僕を活動見物に誘うのは、いつも小林紋三だった。

「いや、まだだ」

物憂げに寮の窓枠に肘をついて、学内に生い茂っている黄色いイチョウの葉が、ハラハラと散っていく外を眺めながら、僕は答えた。

「なんだ、なんだ。そんなことを言っていたら、時代に取り残されるぞ。今、世界は動いているんだ。残念ながら今はアメリカに行っておられるが、新渡戸稲造《にとべいなぞう》校長も、一高の籠城主義はいかんとおっしゃっているではないか。だからこそ活動を観なくてはいかん。なんと言ってもジゴマだ。シャロック・ホルムスも名探偵だろうが、今や現代突端の探偵と言ったら、ポーリンに他ならない」

「本当に知らんのだ。なんだい、ジゴマというのは」

「まったく君は浮世離れしているな。あまりに研究に熱中しすぎて、日露戦役が起きたことも知らなかったという学者先生がいたとかいなかったとかいう話を聞いたことがあるが、それに負けず劣らずだな」

「僕には、本と数学の問題さえあればいいんだよ」と答えた。本当にその頃は、そう思っていた。まさかその後、探偵になるとは思ってもみなかったからね。

「まったく何を言っているんだか。さあ来たまえ。窓際でぼんやり口を開けていると、寮名物の通り雨のしぶきが入るぞ」

紋三は僕の腕を摑んで、半ば無理やり部屋から連れ出した。

下駄を履いてさあ出かけようというところで出くわしたのが、長身の先輩だった。僕と同じように細面で、しかも病的な印象を与える上級生だった。玄関からの逆光の中に立っていると、メフィストフェレスを連想させるところもあった。

「ああ、ちょうどよかった、これを返しに来たところだ」と、上級生は僕に分厚い革表紙の洋書を手渡した。「まさか『ウイチグス呪法典』が、学内にあるとは思ってもみなかったよ。とても面白かった」と、妙に赤い唇で礼を言った。「ミステリアスな話は、大歓迎だ」

「芥川さんは、そういった方面の本がお好きなんですね」

「こればかりというわけではないがね。それに、妖怪の存在など、これっぽっちも信じてはいないよ」と言って笑った。貴族的な風貌の彼がそういう風に笑うと、いかにも冷笑したような印象を与えた。「じゃあ、また何か怪奇な本が手に入ったら、教えてくれたまえ。どうぞよろしく」

芥川は手を振りながら、寮を出て行った。左腕の脇にはさらに数冊の本を抱え、手にはインキ壺をぶら下げているのかと思いきや、なぜか寮の食堂の醬油入れだった。

「二年の芥川さんじゃないか。知り合いだったのか？」と、紋三は訊いた。

「たまたま外で本を読んでいたときに、声をかけられてね。芥川さんも英米の本をよく読むそうだから、貸し借りが始まったのだよ」

「なるほど」

「もっとも、芥川さんは、同級の菊池さんや久米さんから僕の本のことを聞いていたらしい」

「ああ、あのストームに来た先輩たちか。ずいぶん毛色が違うと思うが」

「文学者を志しているのは同じらしい」

そう話をしながら、僕たちは連れ立って高等学校の正門から、帝国大学前へ歩いて行った。一高の正門主義というやつだね。本郷小学校の近くにある本郷三丁目の停車場から、電車に乗った。その後、電車の線路も高等学校の前まで延びるのだけれども、当時はどこに行くにも、この停留所が一番便利だった。本郷区役所の前を通り、不忍池《しのばずのいけ》を左にして進むと上野の広小路だ。さらにどんどん客が乗って来て、電車の中はすし詰めだ。十一月だとはいえ、少々蒸し暑くなる。

御徒町《おかちまち》、西町、竹町ときて、やがて電車は厩橋《うまやばし》に到着する。ここで紋三と僕は、ぞろぞろと降りる大勢の人々の後に従い、今度は南から来た電車に乗り換えた。ここまで来れば、もうたった二駅で浅草寺雷門前に到着する。

もっとも雷門と言っても、江戸時代に火事で焼け落ちたまま、未だに再建されていない。大通りから直接続くのは、仲見世の参道に並ぶ商店街だ。僕たちは芋の子を洗うような仲見世は避けて、そのまま田原町の方向に、漫然と露店を冷やかしながら歩いた。そして適当なところで右に曲がって、活動小屋の金龍館を目指す。

「君は活動は好きかい？」

人混みの中で騒音にかき消されまいと、紋三は大声で話しかけてきた。

「うん、悪くはないね」

「まだ夢中というほどでもないらしいな」

「ああ、今ではまったくいけなくなってしまったけれども、僕はパノラマ館は嫌ではなかったね」

「なるほど、僕が上京した頃にはもうすっかり衰えてしまっていたが、君は生まれも育ちも東京だからな。一番盛りの時期に見られて、幸せだったな」

「うん、細くて暗い地下道を潜っていって、パノラマの中心に出たときのいきなりの明るさと、盛り場の真ん中であるはずなのに、地平線まで見渡せる風景がどこまでも広がっている、その不思議な感覚は、今でも忘れられないな」

「日露戦役のパノラマだったのか」

「満洲の平野が東京に現れるという不思議、目の前に血まみれの兵士がいて、はるか向こうのロシア軍に向けて発砲する姿。泥に埋もれた大砲の車輪を必死で押す男たち。そういった風景が自分の頭の後ろまで広がっているんだ。面白い、素晴らしいという気持ちの前に、いささか不安になってくる自分に、驚いたよ」

「そうか、ぜひ見たいものだな」

「今でも田舎に行けば、まだ興行をしているらしいよ」

「俺の地元は、ドサ回りさえもやって来ない大田舎だからなあ」と言い、紋三は天に向かって笑った。

正面の彼方には、もうすぐ出来上がるという浅草国技館の姿が、雑踏の頭また頭の上に浮かび上がった。左右からせり出す活動写真館の幟《のぼり》が、折からの強風にはためいている。その風や人混みのざわめきにかき消されまいとして、活動の呼び込みの男の景気のいい声が、あちらからもこちらからも響いてきた。

幸い金龍館は一番手前の建物だったので、それほど苦労することもなく、たどり着いた。しかし今話題の活動を上映しているのだから、観客が十重二十重《とえはたえ》に詰めかけていた。黒山の人だかりというのは、まさにこのことではないか。紋三は常連客のような顔をしてモギリの娘に、

「儲かってしょうがないだろう」と、ヨタをとばしてみたのだが、

「さっぱりお客が回らないのでいけないよ」と、切り返された。

館内は男子席も女子席も満員で、まさに立錐の余地もない。紋三も僕も立ち見を覚悟した。ちょうど一本上映が終わったところらしく、ざわざわと席を立つ者、その席を狙って慌ただしく小走りに移動する者、観客の間を縫っては「お菓子はよろしゅうござんすか」と、声をあげる売り子など、なおさらの混乱ぶりだった。

当然紋三と僕は男子席の方に立っていたのだが、彼はしきりに低い背を伸ばして女子席の方を窺っている。

「おい、明智君、明智君」

「なんだい」

「あちらの隅の方の席に、シャンがいるとは思わんか」

「また何を言っているんだ。今日は活動見物だろう」

「いいから、そちらを見てみろ」

僕は小林よりもはるかに背が高かったので、ちょっと首を回すだけでよかった。ところが美人の代わりに見つけたのは、見覚えがある顔だった。はっとして一歩踏み出そうとしたが、そのとき活動弁士が登場し、舞台で前説を始めた。やがて小屋の中の照明が落ちて、活動写真が始まった。しかし冷酷無比の怪盗ジゴマとポーリン探偵の必死の追跡劇も、もはや僕の関心事ではなくなっていた。

ジゴマが派手に発砲するたびに、観客はどよめいた。

ばたりばたりと、警官たちが凶弾に倒れた。

ポーリン探偵はジゴマの魔の手に落ち、鉄道の線路に縛り付けられて、もはや鉄輪に踏みにじられるばかりだ。観客たちは、その画面を食い入るようにして見つめていた。いちいち活動の中の物語に、喚声をあげたり手を叩いたりして、無邪気なものだ。

それはあの女子席の隅に座っている二人連れも同じだった。ただ、僕が画面でなくその二人を暗闇の中から見つめているのに、気づいていない様子だった。

「これにて一巻の終わりといたします」と、弁士は物々しく下げの言葉を語り、深々と頭を垂れた。小屋の中は大きな拍手に包まれた。

それと同時に、気の早い連中はガヤガヤと言葉を交わしながら席を立ち、僕たちの目の前は人の波で塞がれてしまった。僕はその中を泳ぐようにして、女子席の方へ歩いていった。

「おい待てよ、おやすくないぞ」と、後ろから紋三が声をかけてきたが、構わなかった。

女子席を立って、今しも外に出ようとする女の二人連れに追いついた。一人は十代らしき少女、そしてもう一人は、その母親らしき腹の大きな婦人だった。僕は少女の片手を後ろから摑んだ。小さな叫び声をあげた彼女は、後ろを振り返った。

それは行方不明になっていた従妹の勢子だった。

勢子の声に反応して振り返った連れの婦人は、これもまた言うまでもなく母親の富子伯母だった。二人は思いもよらない僕の登場に、呆然とした様子だった。富子は引きつった薄ら笑いを浮かべているばかりだし、勢子は脇を向いてふくれっ面をしていた。

「伯母さん、勢ちゃん、お久しゅうございます」という僕の挨拶にも、何も言葉が返ってこなかった。

「おい明智君、どうした、こんなところで。この女性《メッチエン》と知り合いか?」

後から追いついた紋三が、大声で話しかけてきた。

「いや、久しぶりに親戚に会っただけだ。悪いが先に帰ってくれないか」と、僕は返事をした。

「そうか、わかった、あまり遅くなるなよ」と、紋三は答えて、振り返りながら先に活動小屋から出ていった。

僕は、勢子と富子伯母の母子と揃って金龍館から出た。次第に日が西に傾いていく中、十二階の手前側が赤く照らし出されていた。二人を見失わないように、袂の端をしっかり握っている僕は、まるで迷子を恐れる幼児のようだった。三人はのろのろと雑踏の中を歩き、梅園《うめぞの》という汁粉屋に入り、いい加減に注文をすませると、女中を下がらせた。

僕は富子伯母を真正面から見つめた。

「まだ一年も経っていないのが不思議なくらいです」と、僕は言った。「あれからいろいろ変わりました。もう銀座の店がなくなってしまったのは、ご存じでしょう」

「ええ」と富子は言葉少なに答えた。伏し目がちで、時折見上げる目は左右に泳いでいた。

「なにしろ店の金のほとんどを、伯母さんが持っていってしまったのですからね。もっともそれまでの商売の失敗で、大した金額ではないと思いますが」とまで言って、いったん言葉をきり、さらに続けた。「今はどうしているのです」

富子伯母はふてくされたように、横を向いた。

「勢ちゃんも学校を途中でよして、残念だったね」

「別に構わないわ。勉強は好きではなかったもの」と勢子は口を尖らせて答えた。

「今までのような生活とは様変わりだろう。伯母さんについていって、失敗したとは思わないか」

「知らないわ」

　これ以外、答えようもなかったのかもしれない。

「姿を消した晩、あなたたち二人は、金蔵にあったありったけの現金と着物や帯を真夜中に持ち出して、宵のうちに裏口に呼んでおいた俥に乗って、新橋駅に向かいましたね」

「俥屋の親方から聞いたのね」と、伯母の唇が醜く歪んだ。図星だったようだ。

「あの時間に新橋駅から出る汽車は、西に向かう東海道線しかない。だからあなたたちはそれに乗ったと考えて、まず間違いないでしょう」

「よくお判りだこと。やはり血筋なのかしら、人の懐や袂に、その長い鼻の先を突っ込むのがお得意のようだね」

　富子は神経を高ぶらせたようだ。それに構わず、僕は続けた。

「では大阪に行ったのかというと、そうでもなさそうだ。あなたのおつきだったシゲ婆やから聞いた話では、ご贔屓《ひいき》は看板役者というよりも、むしろ若手や脇役だったそうですね。そして最初は木挽町だったのが、やがてそちらへ向かわず、どこか別の方向へ行っていたとも聞いています。さらに大番頭の岩瀬から、伯母さんが役者だか芸人だかと通じていると、話を聞いていた。これから考えると、伯母さんの贔屓の役者は、檜舞台ではなくどこかの小芝居にでも出ていたと思われます。

　あの晩は僕も慌てていて、東海道線の主要な駅につてを頼んであなたたちが降りてこないか、改札口で見張ってもらったりしたのですが、空振りでした。後になって、改めて二人が失踪したときの芝居興行を都新聞で調べてみると、その数日のうちに、いくつかの芝居小屋が打ち上げて、次の公演地に移動していることがわかりました。しかし一つは東北、もう一つは北陸と、東海道線を使った形跡はありません。だから相手の役者は一座を離れてしまったのでしょう。そうだとすると、おそらく箱根か熱海の温泉宿で、合流したのではありませんか。いかがですか？」

　富子伯母は相変わらず口をつぐんだままだった。しかしそのこめかみと口の端が小刻みに震えるのを見て、僕の指摘がいちいち図星だったとわかった。

　僕たち三人の前に運ばれてきた、汁粉の塗り物椀は蓋も開けられず、阿部川餅の皿に手をつけることもなかった。

「今でも一緒にいるのですか」

「ええ」どういうわけか、富子伯母は得意げな様子で答えた。「もともとは歌舞伎の役者だったんだけれどもね、師匠をしくじっちまっていられなくなったのさ。ある大店《おおだな》の三男坊なのだけれども、商売よりも芝居、芝居で勘当されてね」そこまで言うと、伯母は煙草入れを取り出して、一服つけた。「都落ちをするから一緒についてこないかと言うんで、思い切って出てきたというわけよ。熱海で一緒になった後に名古屋に行き、幸いトンボが切れるほどの身軽だったから、そこで曲馬団の一座に拾われたのよ」

「それがどうしてまた東京へ？」

「凱旋してきたと言えればいいのだろうけれども、そんなんじゃないわ。いくら身軽だと言っても、素人が手を出すものじゃないわね。足を痛めてお払い箱よ。しょうがないからいくらか残った元手で、なんとか三人で暮らしていけるほどの小商いをして、細々と暮らしているわ」

「勢ちゃんはどうしているんだい」

「この子はそのうち女義太夫の舞台にでも、乗せられるといいんだけれども」

「女義《じょぎ》ですか」僕は驚いた。

「ええ、お師匠さんには筋がいいいって言われてるわ」と、勢子は胸を張った。勉強よりも性に合っているらしい。

「それはそれでいいでしょう。とにかく二人とも元気なことが確かめられただけで、ホッとしました。しかしこれからは、もう明智の家とは没交渉に願えるでしょうね」

「言うまでもないわ」と、伯母は答えて煙を吐き出した。「なにしろもうこんなお腹ですもの。今更明智の家にも、金田の家にも、顔を出せるものではないわ」と言いながら、横座りになった。

「いつ頃生まれるんですか」

「来年の春ね。桜が散った頃かしら」

「そうですか。まあ、もう会うこともないでしょうが、どうぞ伯母さんも勢ちゃんも、ごきげんよう」

そう言いながら、僕は立ち上がった。座敷を後にして振り返りもしなかった。背中の向こうから、小さな声で「さあ、せっかくだからいただこうかね」と言うのが、聞こえた。

五

「義昭兄さんではないですか、どうしてこんなところに」

木枯らしが吹く中、下を向いて歩いていたときにふと顔を上げると、意外な人物を高等学校のすぐ隣にある帝国大学の正門前で見かけて、僕は驚いて思わず後ろから声をかけた。相手は六尺には足らぬものの僕に引けを取らぬほどの上背があり、しかも僕と違って広い肩幅にはみっしりと鋼鉄のような筋肉がついている。そしてその筋肉を包んでいるのは、まぎれもない帝国陸軍の将校の制服だった。

「おお小五郎か。びっくりしたな。いや、むしろそちらの地元か。びっくりさせたのは、こっちの方だな」と言いながら、従兄の本郷義昭は破顔一笑した。冬の最中にもかかわらず、真っ黒に日焼けした顔が、いかにも逞しい。

「実は、自分も学生諸君の仲間入りだ。このあたりではお前の方が先輩になるな。もっとも赤門を潜るのは、俺の方が飛び入りで先になった。ともかくよろしく頼む」

「まさか陸軍を辞めたわけじゃないでしょう？」

「帝国大学工学部に、員外学生として派遣されたのだ」

「そう言えば、兄さんは砲工学校でしたね」

幼年学校の頃は軍事探偵として海外に雄飛する夢を語っていた義昭兄も、士官学校へ進み、自分が所属する兵科の選択を迫られた。歩兵、砲兵、工兵、騎兵、輜重兵《しちょうへい》のうちどれか一つを選ばなくてはいけない。無論、軍事探偵という選択肢はない。陸軍の出世の花道は、言うまでもなく歩兵科だった。戦場での華やかさにおいては騎兵に一歩譲るが、戦の帰趨《きすう》を決するにはやはり歩兵による決戦が、何よりも不可欠だ。だからこそ歩兵が陸軍の真髄であり、将来、指導部の中枢を目指そうというなら、歩兵科を志望するのが当然だと言われていた。しかし軍人として出世をするつもりがないのだから、その選択は彼の眼中になかった。

一方で最も人気がなかったのが、前線に出られない後方支援業務の輜重兵であるのは当然だ。「輜重輸卒が兵隊ならば、蝶や蜻蛉も鳥のうち」などと馬鹿にされる始末だった。幼年学校を卒業する際に、各生徒は希望科を二つ書いて提出を求められるが、輜重兵科を希望する生徒は、ほとんどいなかった。

敵陣に真っ先に突撃する勇猛さと、華麗な軍服で憧れの的だった騎兵も、最近の銃器大砲の急速な発達の中、その役割にいささか疑問が呈されていた。特にボーア戦争でイギリス軍の制服が、それまでの華麗なものからカーキ色に変更されたのも、小銃の性能の飛躍的な向上により、狙撃兵が大いに活躍した結果だった。銀色に輝くヘルメットを被り、緋色の上着を着た騎兵が、真っ先に敵の標的になってしまうのは当然だ。

そこで残されたのが、工兵と砲兵だった。将来軍事探偵を目指す従兄にとって、地誌兵站《へいたん》の秘密調査をし、後方攪乱のための破壊工作を目論むならば、工兵を経験しておくのも重要だ。しかし軍事探偵の暴くべき秘密情報は、それだけではない。これからは科学戦の時代だと、従兄は考えていた。科学を制するものが、戦を制する。もし軍事探偵としてドイツに潜入するのならクルップ社が、イギリスに潜入するのならヴィッカース社がその主な標的になるのではないだろうか。そう彼は考えたのだ。軍需産業の最高機密情報に通じるには、重工業の素養がなくては一歩たりとも進むことができない。そう決心して、第一志望を砲兵科、第二志望を工兵科にし、見事第一志望の砲兵科に配属された。

士官学校を優秀な成績で卒業して二年間隊付き勤務を経験した後、砲工学校に入学した。ここで二年間学び、さらに選ばれて帝国大学工学部造兵学科に員外学生として派遣された。僕も本郷家から足が遠のいたというわけではなかったが、子供時代ほど頻繁に遊びに行くわけでなく、また義昭兄もずっと聯隊の宿舎で暮らしていたので、会うのも久しぶりだった。

僕たちは大学の構内をそぞろ歩きしながら、久しぶりの再会を喜び、近況を語り合った。

「大河内正敏教授、野々宮宗八先生など、優秀な講師陣がそろっているのはさすがだ。運が良ければ、海外に留学する機会もあるそうだ。この際、入れられる知識はすべて吸収しておきたいからな」

「ドイツですか、それともイギリスですか」

「多分ドイツだろう。なんと言っても軍需産業の雄だからな。軍艦ならイギリスだろうが、大陸軍を代表するのは、プロシアの伝統を受け継ぐドイツだ。近いうちに必ず行ってみせるよ」と言うと、義昭兄は拳を固めた。

僕たちは、すっかり葉が落ちた木々の枝越しに冬の日光がさしかけている池のほとりで、庭石に腰をかけた。大きな椎の木が池の上までせり出してきている。向こう側は高い崖の木立で、その後ろに赤煉瓦の校舎がそびえ立っている。そんな西洋建築の間に挟まれて、ぽっかりと大名屋敷の庭園の一部が取り残されていた。ここはかつて加賀前田家の屋敷だったのだ。

「ところで小五郎、貴様は百面相という芸を見たことがあるか？」と言いながら、義昭兄はポケットから一枚の紙切れを取り出した。粗末なザラ紙に印刷した芝居小屋のチラシらしい。僕はそれを受け取った。

新帰朝百面相役者小幡小平次《こはだこへいじ》丈出演
探偵奇聞「怪美人」五幕

「百面相と言っても、松柳亭鶴枝《しょうりゅうていかくし》がやっているような寄席芸ではなさそうですね」と言いながら、僕はチラシを返した。鶴枝というのは、それまで「生人形《いきにんぎょう》」と呼ばれていた寄席の物真似芸を、「百面相」と名前を変えて、自らの当たり芸にした落語家だった。得意にしていたのが「蛸《たこ》の茹で上がり」という芸で、鍋に入れられた蛸が熱い湯に驚き慌てて暴れまわり、最後は茹で上がってしまうというさまを面白おかしく演じたものだった。ともかく「探偵奇聞」というこの角書《つのが》きからは、そうした滑稽味は感じられない。

「なにしろ探偵、と銘打っているからな。自分も興味がないわけではないが、貴様が面白がると思って、捨てないで取っておいた」と、従兄は白い歯を見せて笑いながら、チラシを再び僕の手に押し付けた。「お前が持っていろよ」

どうしても僕の血筋から、何かというと探偵と結びつけられるのは、少々閉口した。まだこの頃は、探偵になろうと心を決めていたわけではない。しかし見ること聞くこと、いつの間にか探偵という行動に結びついてしまうのは、避けようがなかった。それが習い性になっていた。いや、持って生まれた性格だったのかもしれない。どうしても物事の裏の裏を見ようとする、そして理詰めで突き詰めていく、自分のそんな性向が時々嫌になることさえあった。

「だったら今から見に行きましょうか。この芝居小屋ならすぐ近くですよ」

「授業は大丈夫なのか？」

「ええ、あって無きが如しですよ」

「あはは、学生諸君のその臨機応変さは、見習いたいものだな。俺はどうも軍人根性が抜けない。すべての授業を、最初から最後まで出席していたら、呆れられたよ」

教室の一番前の席で、背筋を一直線に伸ばし、肘は九十度に曲げ、敵陣を睨みつけるようにして、教授の一挙一動に目を光らせている従兄の姿を想像すると、今でも笑みが浮かぶ。

義昭兄は勢いよく水辺の庭石から立ち上がると、長靴の音も高らかに、先頭を切って歩き出した。

「その芝居小屋なら構内を突っ切って行った方が近いだろう。どうだ、俺ももう一端の大学生だろう？」

そのチラシの小屋は、大学の裏手の場末と言ってもいい、いささか寂れた場所にあった。このあたりの寄席なら、数軒入ったこともあったが、さすがにこのみすぼらしい劇場はまったく反対側にあったので、入るどころかその存在さえも、僕は気がつかなかった。大通りからくねくねと何度も道を曲がって行き、ようやくたどり着いたときにはもうすでに日が傾き、まさに最後の舞台が始まろうという時間だった。

決して大きくないこの芝居小屋には、ほんのわずかな客しか入っていなかった。すえた臭いが満ち満ちて、ジメジメした客席の畳は赤茶けてささくれ立ち、細かな埃と南京豆の殻やらせんべいの食べこぼしが、わけのわからぬ虫の背中を借りて、その間を這い回っているという有様だった。入り口で借りた紙のように薄い座布団を叩いたところで、ますます畳の中からダニやら埃やらが噴き出してくるだけのことで、いい加減閉口していると、

「オイ、そこの電信柱二本、いい加減に座りやがれ」

と、大向こうから声がかかった。

「なるほど、その通り、電信柱だわい」と、従兄は苦笑しながら軍刀を外し、勢いよく畳の上にあぐらをかいた。薄っぺらな座布団は、その勢いで吹っ飛んでしまった。僕も長い脚をどうにか折り曲げて、身をかがめた。

芝居の幕が、程なくして上がった。その筋書きは、こうした場末の寄席に毛が生えた程度の小さな小屋では珍しく、西洋が舞台になった探偵劇で、主役の小幡小平次演ずる「怪美人」が、神出鬼没の女怪盗として、世間や警察を手玉にとって鼻を明かすというものだった。「怪美人」は、

ある時は老執事に、またある時は美髯《びぜん》の青年紳士に、そしてまたある時は吝嗇《りんしょく》な金貸し老婆にと、次から次へと息をつく暇もなく、変装を取っ替え引っ替え惜しげもなく披露して、愚鈍な刑事を煙《けむ》に巻くのだった。

僕と義昭兄は、最初は、芝居小屋の客席になっている大広間の中ほどに腰を下ろしていた。しかし芝居が始まり筋が進むうちに夢中になって、いつの間にか次第に前へ前へと躙《にじ》り寄り、ついには舞台から一間ほどのところまで迫っていた。

話の筋そのものは、あまりにも単純で、それほど興味をそそられなかった。しかし座頭《ざがしら》である小平次の百面相には、目を瞠った。次から次へと様々な人間に化けていくのだが、それが同じ人間であるということが信じられないくらいに、それぞれの役になりきっていたのだ。老人なら老人らしく顔には深い皺が刻まれ、その皮膚は乾燥して弾力が失われ、人生に疲れ切った様子が窺われる。立ち姿も、骨格全体から老いを感じさせる、危うさと頼りなさが滲み出ていて、思わず手を差し伸べてやりたくなるほどの、哀れな老人になりきっていた。それがほんの一瞬で、若く潑剌《はつらつ》とした娘に変身するのだから驚きだ。瞳は輝いてくりくりと元気よく動き回り、ついさっきまでげっそりと痩せ落ちていた頬も、今ではまるでゴムまりのような弾力をたたえていた。しなびた干し柿のような老人から、丸顔の若さみなぎる山出しの女中へ変貌したその腕に、僕も従兄も唸った。

一間というのは、普通の劇場では得られないほどの近さだ。他の役者だったら、これほど目の前で造作した顔を見られたら、汗で崩れかけたドーランや、皺の一本一本も筆で描いたさまを手に取るように見破られ、やはり役者の舞台化粧はこの程度かという、失望感を味わうはずだった。ところがこの小平次の百面相は、見れば見るほど、まったくその人物になりきっていて、百面相などという旧来ありふれた形容では、到底説明しきれない。丸顔になったり瓜実顔《うりざねがお》になったりしゃくれ顔になったり、目も一重二重は当たり前で、その大きさも、大きくなったり小さくなったり、ちんまりとまとまったり、自由自在だ。鼻筋もすっきり通ったと思えば、あぐらをかいて、いかにもきかぬふうの扁平になってみたり、中年親父の大口を開けて笑ってみせたその次には、年端もいかぬ娘のおちょぼ口になってみせたりする。

「あれは同じ人物ではないのではないですか。もしかしたら同じ小幡小平次という看板を、何人もの役者が担いでいて、百面相と言いながら、実は取っ替え引っ替え別の人間が舞台に登場しているのではないですか？」と、僕は小声で連れの従兄に話しかけた。実際そうとでも考えなければ、こんな変装は不可能ではないかと、そのときの僕は感じたのだ。

「いや、そうではない。少々もったいないような気がするかもしれないが、目をつぶって声だけを聞いてごらん。顔つきはあれだけ変装できても、さすがに声まで完全に変えることはできない。ちょっとした抑揚に気をつけていれば、やはり同じ人物の声だとわかるはずだ」

言われたままに目をつぶってみると、確かに台詞回しのほんのわずかなアクセントに、小平次独特の特徴があることが、ようやくわかった。

「ではどうやって小平次は、百面相を演じているのかしら」

僕の好奇心は、むくむくとふくらんでいった。もうその後の筋書きは、ほとんど頭に入らなかった。ただ小平次の登場する場面を目で追い、その姿の一挙一動のみを観察することに専念していた。こうして見れば見るほど、小幡小平次の変装に、心の中で驚嘆の声をあげていたのだった。

　最後の幕が下りて、数少ない客が一つ伸びをしてキセルをしまい、南京豆の食い残しがはいった紙袋を懐に納めようかというところで、義昭兄は軍刀を支えにすっくと立ち上がると、軍帽を被り、

「さあ、楽屋訪問と行ってみようじゃないか」と、僕を促した。

　舞台裏の大部屋の楽屋を脇に見ながら薄暗く細い廊下を進むと、すぐに突き当たったところが、座頭の楽屋だった。たった三畳しかない、これまた古ぼけた書生部屋のような楽屋だったが、一人部屋をもらえるのは、この芝居小屋では座頭だけだった。

　小平次は浴衣に着替えて、諸肌《もろはだ》脱ぎで化粧を落としているところだった。それを見ると、なんの変哲もないただのドサ回りの役者衆の一人としか思えなかった。先ほどの舞台の上での不思議は、どこかに置き忘れてしまったのではないかと、思われるほどだった。

「これはこれは、どうもいらっしゃいまし」と、座頭は機嫌よく、いきなりの訪問客を迎えた。従兄が多少なりとも祝儀を包んで、付け人に渡しておいたのが、効いたのだろう。

「こんななりで、失礼します」

　小平次は僕たちに座布団を勧めながら、浴衣に袖を通すと、自分は滑るようにして鏡台前の座布団から座ったまま降りて、こちらに向き直った。化粧をすっかり落としてしまった彼の顔は、むしろ印象が薄く、ぼんやりと捉えどころがなかった。団十郎と言えば、かっと見開いたどんぐ

り眼《まなこ》、というような売り筋の特徴もなく、もし彼の人相書きを描こうと思っても、はてさてどう表現していいものやら、困ってしまうような顔だった。しかしそれでも座頭の地位に座っていると、それなりの自信と風格はにじみでてくる。今日の公演は、彼にとって満足のいく出来だったことが、その表情から窺われた。

「まったく今日の芝居には驚かされた。滅多に楽屋を訪れるなんてことはないが、これぱかりは特別だ」と、義昭兄は開口一番賛辞を送った。小平次は深々と頭を下げて、「ありがとうございます」と、これに答えた。

「なんと言っても座頭、あなたの変装には驚かされてばかりだ。何度見ても、一体どうやってまったく別の人物になりきるのか、さっぱりわけがわからない」

「そう言ってくださるのが、何よりでございます」

「もしこんな技術を敵の間諜が駆使したら、我が国の機密情報を守りようがないかもしれない」

と言う。

「何をおっしゃいます」と、座頭は笑って顔の前で片手を振った。「わたくしごときの変装術を、それほどに。もっともわたくしもありとあらゆる変装術の研究をし、さらに独自の研究も加えて、ようやく編み出したのがこの技でございますから、今のところわたくし以外には、この術を使える人間はおりません。こう見えましても、わたくしも若い頃は軍隊にご奉公に上がった身でございます。そんな海外の間諜に、せっかくの変装術を渡すはずなどございません。どうぞご安心くださいませ」

「なるほどな、その言葉を信じておこう」と従兄が言った横から、今度は僕が口を挟んだ。

「目の前で見ても、まるで新しい顔を被ったような見事な変装には、本当にびっくりしました」

「学生さんもありがとうございます」

「どう考えても、ドーランと化粧だけでこしらえたとは思えません。一体全体、どうやってこの顔を作っているのですか」

「あはは、これは単刀直入なご質問を」と言って、小平次は笑った。「さすがにこればかりは、わたくしの芸の真髄でございますから、滅多なことではお教えできません。秘伝とでも申しましょうか。そうそう種を明かしてしまっては、おまんまの食い上げになってしまいます」

「実は僕は、近頃起きた犯罪事件を思い出したのですが」

「ほう、どんなことでしょう」

「最近千葉の寺の墓地が荒らされることがありまして、そこから新仏《あらぼとけ》の首が盗まれる事件がありました」

「それがどうしましたか」

「それも一件だけでなく、五、六件ばかりも墓暴きがあったのですよ。老婆の墓があり、若い娘の墓もあり、働き盛りの男の墓もありで、共通点は新仏ということしかありません。どうして首ばかり盗むのかわかりませんが、死体の脳味噌を採って薬にするという迷信が動機なのではないかとも、言われています」

「それは災難なことですな」

「で、その墓泥棒が一段落した頃に始まったのが、こちらの舞台なのですよ」と僕は言って、一旦言葉を切った。「僕はそうした犯罪にいささか興味を覚えて新聞を読んでいるので、被害にあった死体の年齢性別は諳《そら》んじていました。ところが今日見たこの芝居で座頭が一人で演じられた数々の役どころと、それらがピタリと一致するのです。これはどうしたことでしょう。まさか偶然とも思われますまい」と言って、僕はじっと小平次の顔を見つめた。

すると間髪を容れず、座頭は大笑いした。「これはこれは、何をおっしゃることやら。その死体の首の顔を剝いで仮面にし、それを被って演じていると言われるのか。まさか本気でおっしゃっているとも思えませぬ。いやはや、愉快、愉快。学生さんのお考えになることは、あっしらには到底およびがつきませんやね。そうでございましょう、軍人さん」

小平次は、義昭兄に向かって同意を求めるように話を振った。ところが従兄は、「肉仮面の芝居か。それもまたグランギニョルの陰惨芝居のようで、面白いかもしれん」などと空とぼけたことを言い出すので、いささか役者も慌てた。

「まさかお信じにはなりますまいね」

「あはは、小五郎、お前だって真面目に言っているわけではあるまい」と、我慢しきれなくなって、僕の背中を叩いた。

「当然ですよ、すみませんでした。もしそんなことをしたとしても、死体の皮をなめした仮面で、あれほどの細やかな表情は出せますまい。硬く固まったままの表情では、我々を楽屋に引き寄せる力はないでしょう」

「それに座頭の演技は、顔だけではないからな」と、従兄が続けた。「体つき、足運び、振り返った時の身のこなし、すべてが老婆であったり若者であったり、その役になり切っているからこそ、これだけのことができるのだと思うぞ」

「千葉の事件は本当のことですが、それを思い出して、ちょっとイタズラ心が芽生えたのです、申し訳ありません」と、僕は謝った。

「いえいえ、どうぞ面《おもて》を上げてくださいまし。わたくしとしては、それだけ芸に注目していただければ、役者冥利につきると言うものでござんす」と、小平次もつられて頭を下げた。「軍人さんのおっしゃる通りでございます。顔の作りなぞ、ほんの一部分でしかありません。試しにどうぞ、ごらんくださいまし」

　そう言った小幡小平次は、手近にあった手拭いで頬被りをし、つと後ろを向いたかと思うと背中を丸め、斜に構えた。ただそれだけで、体がひとまわり小さくなったように見えるから、不思議なものだ。二、三度肩を揺すると、さらに小さく丸まったように見え、あっという間に小平次は背中の曲がった老婆になり切った。彼はずっと向こうを向いていたので、顔は見えなかった。それでも十分田舎の老婆になり切っていた。小さな咳を繰り返す姿は哀れを誘うばかりで、一切顔が見えずとも、ありありと皺だらけの顔が思い浮かび、僕たちは感嘆の声をあげた。

「なるほど、もしかしたら顔の作りをしていなかったにもかかわらず、観客はそうした皺や染みを、自分の心の中で勝手に作り出していたのかもしれない」と、従兄は思わず呟いた。「目で見た姿と、それをどう心が捉えるかは、まったく別物なのだな。見えないものを見せる、それが芸なのかもしれない」

はらりと頭に載せた手拭いを外し、こちらに向き直った小平次は、もはや老婆の雰囲気など微塵も感じさせない、元の中年男に戻っていた。それは一瞬のことで、歌舞伎の早変わりもかなわなかった。もちろん小平次は、衣装を取り替えたわけではない。ずっと同じ浴衣を着ていただけだ。だからこその早業だったとも、言えるのだろう。

「どうもお粗末様でございます」と言いながら、手をついて一礼しようとする小平次の手を、僕は感激して取って言った。

「親方、ぜひこの技を教えていただきたい。頼みます」

小平次は、思いもよらない僕の頼みに気を呑まれたようだった。「しかし学生さん、これは皆さんがおやりになるようなものじゃ、ござんせんぜ」

「いや、どうしても会得したいのです、お願いします」と言いながら、いつの間にか僕は両手をついていた。それを見た従兄は苦笑いをしながら、

「実は親方、こいつは自分の従弟なんだが、探偵になるのが将来の希望なのだよ。だからさっき失礼なことを言った、墓荒らしのような事件もよく覚えているし、昨今出版されている探偵術の本も集めているらしい。一度こうと決めたら絶対に引かない強情さだけは持ち合わせているから、ご面倒だがここで興行をする間だけでも構わないから、教えてやってくれないか」と、これもまた頭を下げた。

その言葉に僕は内心、驚いた。前にも言ったように、この頃はまだ探偵を目指す決心は固めて

いなかった。もちろん興味はあったし、そういった方面の資料は手に入る限り集め、目を通していた。しかし単なる犯罪趣味、探偵趣味のディレッタントの域を出ていなかった。当時はそんなことに興味を示す人が多かった。むしろ僕が親方に弟子入りを申し入れた動機は、従兄が思っていたような理由ではなかった。

それは何だと思うかね？　実は僕はこの顔が嫌でたまらなかったからなのだ。今までも語ってきたように、僕はこのバタ臭い顔のせいで、小さいときから友達もできず、いじめられていた。大きくなってからはいじめこそなくなったが、気味悪がられ敬遠され続けていた。中身は正真正銘の日本人なのにね。例外は、小林紋三と、芥川先輩くらいしかいなかった。もしこの顔がありきたりの、引き目に団子鼻だったらどんなに楽だっただろう。まだ僕も考えが足らない若者だった。もし親方の変装術を使って、いくらでも好きな顔に変えることができたなら、まさに僕の思い通りになるのではないかと、その場の勢いに任せて飛びついてしまったのだ。

二人して頼み込んだのが良かったのか、渋々ながら小幡小平次は僕に変装の基本を教えてくれることになった。ただしその代わりとして、今まで小平次が秘蔵してきたけれども、読むことが叶わなかった西洋の変装に関する書物を、僕が翻訳するという条件を出してきた。それまではご贔屓筋の外国語に堪能な商人や役人に懇願して、そういった本のあらましを、口伝えに説明してもらっていた。しかしそれだけでは満足できなかった小平次は、いつの日か全訳を夢見ていたのだ。外国語がさっぱりできない根っからの役者であったにもかかわらず、彼の変装術に関する蔵書は、僕も目を瞠った。十八世紀のシェークスピア俳優トマス・アーチボルトの『舞台化粧術』、

ゲオルグ・ヨーハン・ラウエンブルクの古典『早変わり舞台の化粧と衣装』――挿絵入りの初版だ――、コメディ・フランセーズを代表する俳優ジャン＝ピエール・ギトーが生前にただ一冊書き残したと言われる『舞台の体術』、さらにはアルフレート・シュレジンガー博士による『犯罪者の変装』まで含まれていた。この『犯罪者の変装』は、僕も八方手を尽くして探し求めたのだが、あまりの稀覯本《きこうぼん》のため、結局断念した思い出がある本だった。こんなところで巡り会うとは、なんという奇縁だろう。僕は一も二もなく承知した。いや、たとえ変装術を教えてくれなくても、この本の翻訳だけは、自ら申し出ただろう。

それから僕は毎日芝居小屋に通い、たっぷり変装の奥義を伝授してもらうことになった。もし僕が役者だったら、彼の生命とも言える変装術は、絶対に教えてくれなかっただろう。思いもよらぬ一高の学生だったから、自分の地位を脅《おびや》かすことはないと、安心したのかもしれない。しかも僕は毎日寮で翻訳した原稿を、何枚か持参した。それが授業料がわりだった。変装術の稽古の前に、小平次はその原稿を真っ先に手に取り、食い入るようにして読みふけった。そして細かい点を原本の文章や挿絵と照らし合わせながら、時には僕に質問をし、時には一人で合点がいったように感嘆の声をあげたり、ニヤリニヤリと含み笑いをしたりした。そうしたことが一通り済んでから、ようやく稽古が始まる。

普通だったらまずは顔の造作から、と思うかもしれない。ところが小平次の変装術は違った。まず彼が僕に教えてくれたのは、奇妙奇天烈《きてれつ》としか言いようのない、踊りとも体操とも言えぬ動きだった。下帯一本になった二人の男が、背骨をSの字にぐにゃりぐにゃりと曲げながら、両手をたゆたう昆布のようにそよがせて、一心不乱に揺れ動いていたのだ。狭い楽屋の中で、小柄な小平次と立木のような僕が、一言も喋ることなくただ漂うクラゲとなって汗をかいている情景は、異様そのものだ。聞こえる音は、骨がぽきぽき鳴る音と、汗がぽたぽた畳に垂れる音、そして時々短く息を吐くように発する小平次の掛け声だけだった。

そんな不思議な舞踏が十日も続いただろうか、そのあとは一転して、二人の男は向かい合って座ったまま、ただお互いを見つめていた。はたからは何をしているのかさっぱりわからなかっただろうが、よくよく観察すれば、二人がお互いに目の動きを観察していたのがわかっただろう。小平次が様々な目つきをしてみせる。それを観察していた僕が真似てみせる。納得しない小平次親方がもう一度やってみせる。その繰り返しだった。僕たちは、目だけの変装をしようとしていたのだった。

こうした奇妙な練習が、どれだけ続いただろう。本郷裏の芝居小屋の公演も終わり、東京市内や横浜近辺のあちらこちらの小屋に移って「怪美人」の芝居を続けている小平次を僕も追いかけて回った。幸い電車で往復できる距離だったのが、助かった。そして季節も変わろうとする頃になってようやく、小幡小平次は化粧道具を僕に使わせるようになった。その化粧道具も、普通に舞台役者が使っているものではない。小平次が独自に研究して調合した脂粉で、まずそれの作り方から学んだ。だから狭い楽屋には薬研《やげん》やら薬包紙やらがあたりを埋《うず》め、まるで薬屋のようになってしまった。様々に配合を変えながら、お互いの顔に塗りつけてみて、その違いをいちいち覚えこむ作業を、繰り返した。

さらに顔のつくりだけでなく、それぞれの役どころに合わせた衣装の選び方を教えられた。ただ柳原の古着屋に行って、一通り揃えればいいというわけではない。小平次の衣装には、普通の着物に見られない工夫が数多くされていたのだ。

例えば女に化ける場合には、男性がそのまま着物を着ても女特有の体の曲線が出ない。そうした柔らかい丸みを出すために、着物の裏にこっそり綿が縫い付けられているのだ。それでゴツゴツした男の体を隠し、ふっくらした女性らしさを出すのだった。また反対に、人力俥夫《しゃふ》や大工の扮装をする場合には、いかにも筋肉質な様子を出すために、半纏《はんてん》の肩の内側に固い縫取りを幾重にも重ねていた。ちょっとした工夫で、人の体かたちはいかようにも変化させられるのだ。

こんな技術をどうやって小平次は作り上げたのだろうと、僕は疑問に思い、そのきっかけを質問したことがある。すると親方は、

「いや、元々ただの芝居狂いの素人に過ぎなかったんですが、ついに家業を投げ捨てて、役者の世界に飛び込んだはいいものの、徒手空拳では腰元女中や捕方の末席がせいぜいでした。幸い体が軽くトンボが切れたので、便利に使われていたんですがね、これだけじゃいかんと工夫を始めたのが、この百面相の始まりですよ。その大元になったのは、もちろん女形の演技でした。野郎揃いの歌舞伎の一座なのに、一度舞台に上がったら妖艶な魔性の女に生まれ変わるのですから。長い時間をかけてこつこつ研究を続けたのですが、それがあるとき一座の名題《なだい》の一人、ああ、思い出すのも忌々しい、中村ガラクタだかオンボロだか知らねえが、まだ若造のくせに、この俺の創意工夫を邪道だの下品だのと口を極めて罵ったんですよ。こちらも命をかけてやっているのだ

から、いくら相手が看板だとて我慢ならねえ。取っ組み合いの喧嘩です。しかし腕力で勝ったとしても、大部屋は大部屋だ。そのまま一座から放り出されて、その後は軽業に属したり、体を痛めて舞台を休んだりしていましたが、一念発起してこの一座を立ち上げたという始末です。この芸でいずれは檜舞台に上がり、あいつを見返してやるのが念願ですよ」

ようやく僕は楽屋から出て、あたりの道を変装したまま歩き回ることを許されるようになっていた。小平次の変装術のおかげで、僕のような大柄な男が変装しても、ほとんど振り返る人もいなかったのは、驚きだった。

そんなある日の夕方のことだ。

学校の授業を終わって、いつものように楽屋に顔を出し、昼の公演と夜の公演との間の時間に小平次の指導を受けながら、天理教の教師の変装をした。そしてこれから舞台が始まる親方を置いて、楽屋口から外に出てみようとした。下駄をつっかけようと下を向いたときに、外から飛び込んで来た女とぶつかりそうになった。

「あれっ、危ないね」と、年増女は啖呵《たんか》を切った。「どこ見てるんだ、この偽坊主」と、たたらを踏んで僕の胸に手をついた。僕も驚いて身を避《よ》けようとしたが、狭い玄関先のことでそれもままならず、仰向けに転ぶことだけは免れたものの、ようやく脇の壁に手を突いた。

女は赤いねんねこを着て、赤ん坊を背負っていた。その途端赤ん坊は目を覚まし、火がついたように泣き始めた。

「なんてことだい、せっかく寝付いたばかりだというのに」と、女は慣れた手つきで紐を外し、後ろから前へ子供を滑らせて、胸に抱いた。

「ああ、富子伯母さん」

僕は思わず声をあげた。こんなところで富子伯母に再び会うとは、思いもよらなかった。前回浅草でたまたま会ったときは、大きな腹をしていた。その後生まれたのが、この赤ん坊なのだろう。そうわかっていても、いざ目の前に嬰児を抱いて、商家の内儀《ないぎ》からすっかり下町のおかみさんになり切っている伯母の姿を見ると、かける言葉もなかった。

彼女にしても、その思わず発した一言を聞くまでは、何のゆかりもないただの布教師としか思っていなかっただろう。それが突然聞き覚えのある声で、しかも昔の呼ばれ方をされたのだから、はっとして振り返った。

「小五郎かえ。まさかそんなはずは」

「伯母さんこそ」

「何を言っているんだい。ここは亭主の楽屋口だよ。前にも言っただろう、今の亭主は役者だと。小平次が私の亭主さ」

ちょうどそこに、最初の出番を終えて、扮装のまま楽屋に戻ってきた小平次が、高い声を聞きつけてそのままやってきた。

「富、今頃何をしにきた。楽屋には出入りしないように言っておいたはずだろう」と、女房に小言を言いかけたところで、その場の一種異様な雰囲気を察知して、大人三人がだんまりを続ける中、一人赤ん坊だけが泣き続けていた。

その中で、ようやく小平次が口を開いた。

「おい、お前ら二人は知り合いなのか？」

プイと横を向いて答えない富子伯母の代わりに、「ええ、僕の伯母ですよ。僕は銀座の天猶堂の主人の甥ですから」と、僕は答えた。

小平次はフーッと大きなため息をついた。

「そう言われてみれば、富が捨ててきた家と、同じ苗字だあねえ。お天道様は見ていなさると言うわけか」と、その場に座り込んだ。「学生さん、いやさ明智さん、ご明察の通りだ。わっちが、伯父ごの女房を盗み取った間男でございます。いつかこういう時が来るかもしれねえと、覚悟だけは決めておりました。さあ、突き出すところに突き出しておくんなさいまし」

富子伯母もその場にへたへたと崩れ落ち、わっと泣き出した。戦争前は姦通罪があったから、いざとなったらこの二人は警察のお世話にならなくてはいけない。

僕は総髪のかつらを片手で外して、そのまま立ち尽くした。

「今更もう、仕方がないでしょう」と、ため息をついた。「店は潰れてしまったし、伯父さんはいけなくなってしまいました。もう戻るところはないのだから、このまま続けるしかないのではありませんか」背中を丸くして泣き続ける伯母を見下ろしながら、「突き出すのなら、こないだ浅草で会った時にしていますよ」と、呟いた。

僕はのろのろと衣装を脱ぎながら、一人で楽屋に戻った。ゆっくりゆっくり畳んで始末をすると、自分の服に着替えて、小平次の前に戻り、丁寧に手をついて頭を下げた。

「お借りしている洋書は、後でお返しに上がります。今までお世話になりました」

僕は向き直って伯母にも一礼し、下駄をつっかけてそのまま帰ろうとした。しかしふと振り返って、伯母に尋ねた。

「男の子ですか。名前は？」

泣き伏していた伯母は、涙だらけの顔を上げ、ニッと笑って言った。

「平吉。お前の従弟だよ」

六

「あの泥棒が羨ましい」

小林紋三はため息をついて、寝転んだまま大きく伸びをした。散らかり放題の下宿部屋は、彼が手足を伸ばせる場所を確保するのが精一杯だった。その小林の足に尻を押されて、一閑張《いっかんばり》の文机に向かっていた僕は、思わず顔をしかめた。

僕と紋三は、東京帝国大学に入学した後に、二人で下宿を借りた。大学近くの小さな床屋の二階にある四畳半で、賄い付きの共同生活を始めた。二人とも下宿代に事欠く苦学生であったから、共同にしたというわけではない。紋三は田舎の父親から毎月きちんと仕送りを受けていたし、僕も大学を卒業するまでは、ロンドンの父方の伯父から送金を受けていた。それでも最初のような言葉が出るのは、それぞれの浪費癖が原因だった。

僕が食べるものも切り詰めて金を使ったのは、本だった。中学時代から伯父に仕送りの一部を本で送ってもらっていたが、本への執着はますます募るばかりだった。新聞や雑誌で新しい洋書に目が留まると、伯父に手紙を書いて仕送りの一部として送ってもらうように頼む。その繰り返しだった。それだけなら、向こうで送る際に加減をしてくれるのだから、まだいい。それに飽き足らなくなって、暇さえあれば日本橋の丸善で真新しい洋書の山の中を行ったり来たりし、横浜まで足を延ばして、港近くで外国船の乗組員が処分した書籍を扱う古本屋の顔馴染みになったりした。親子三人が何日も暮らせるような値段がついた、分厚い洋書を抱えて帰るのが度々では、いくら金があっても足らない。

しかしそれなら、まだ学生としては許されるかもしれない。紋三は、僕と違ってまったくの無駄遣いばかりだった。彼の一日は、浅草に始まり浅草に終わると言ってもいいかもしれない。大学の授業に出ることもなく昼過ぎに寝床を這い出してくると、前の晩の酒の残り香をえずきながら階段を降り、裏の井戸端で顔を洗うのか、水をひっかけるのかわからないくらいに撒き散らすと、ふらりふらりと東へ向かって歩いていくのだった。薄汚れた袷の着物に弥蔵《やぞう》をきめながら、前の晩に堪能した女義太夫の一節を唸っていることもあり、活動弁士の名文句を弁じることもある。

上野の山をわざわざ越えて、まず紋三がたどり着くのは浅草の露店の群れだ。その中でも彼は、カツレツだの牛フライだの天麩羅だのという高級立食には縁がない。主に紋三がお世話になるのは、最下級の「焼き鳥」だった。しかも紋三君御用達の焼き鳥は、そんじょそこらの焼き鳥とはわけが違う。なにしろ果たして鳥かどうかすこぶる怪しい代物なのだ。実際に焼いている店の親父でさえ、豚か牛かはたまた馬か、とにかく臓物であるとしか説明しようとしない。だからちょっとでも世間体を気にする浅草人種は、

「犬にやるんですから……」

と、親父や周りの客に言い訳をしながら、こそこそ注文をする。もちろん犬にやるわけはない。堂々と露店ののれんに首を突っ込んで「犬の餌」を食している紋三君は、それが気に入らない。一度ならず、わざわざそう言って注文する客の顔に向かって、

「二本足の犬がいらあ」

などと囃し立ててやったものだから、鼻っ柱に拳骨を見舞われたりしたものだった。さらにせっかくの客を逃した焼き鳥屋の親父にまで渋い顔をされてしまう。しかし糸の切れた凧を自任する紋三は、どこ吹く風といった顔だった。

とはいっても、先立つものがなければ、浅草通いもままならぬ。

ついにがま口の底まで払底した紋三君、大いに下宿で腐っている次第なのだ。

それにひきかえ僕は、一日中机に向かっていても苦にならなかった。姿勢も崩さず洋書のページをめくり続けていく。時々手を止めて、伸び放題の髪の毛を猛烈に引っ掻き回す。一通り頭を刺激すると新しい知恵が生まれてくる。その後また何もなかったように、ページをくり始め

るのだ。

ただしこの僕も、達磨大師のごとく足がなくなったわけではない。むしろ僕が出かけるのは夜中だった。とっくの昔に紋三が出かけた後、あたりが暗くなり、朝の早い家庭では寝支度でも始めようかという頃になって、下の床屋に気兼ねしながら、こっそり出かけていくのだった。行き先は浅草だったり、日本橋だったり、神楽坂だったり、その日によって違ったけれども、人間の様々な顔が見られるというのは、やはり浅草だった。

そんなときに、小林紋三と偶然出くわしたこともあった。江川の玉乗りも、活動写真小屋もはねた真夜中近くのことだった。ひょうたん池の周りに沿って並んでいるベンチには、その夜の行くあてのない自由労働者諸君が、ポツリポツリと座っている。そんなベンチを、彼らはロハ台と呼んでいた。木賃宿に泊まる金もないという連中だけではない。むさ苦しく息の詰まるような木賃宿で大汗をかいてすし詰めになるよりは、こんな気候のいい時分には、大きな野天の下、のびのびと自由を満喫する方を選択する、ただあるのは己の体ばかりという、浮浪者紳士の溜まり場だった。

そんなベンチの間を、縫うようにして紋三はぶらついていた。春の生暖かい空気の中、ひょうたん池の濁り水は、一枚の板のように静まり返っている。鯉だろうか、時々鋭い水の跳ねる音が、必要以上に響き渡る。しかしそれに怯える者はいない。池の真ん中にある島が、闇の中にぽっかりと浮かんでいる。昼間は鯉に餌をやる子供たちや、ゆで卵売りの声が賑わうそのあたりも、今はひっそりとしていた。紋三の姿は、そのままひょうたん池の脇を通り過ぎて、東山の築山の方へ行こうか、それとも再び境内の方へ抜けて、夜通し開いている食い物屋にでも腰を落ち着けようかと、思案しているようだった。しかし築山に出没する陰間《かげま》にしつこく付きまとわれるのは懲りたと、以前彼は話していた。さてどうしようかと、うろうろしていたので、

「おい、小林君」

と、背後から声をかけた。紋三は慌ててあたりを見回した。しかし声の主が誰だかわからない様子だったので、

「どこを見ているんだ、ここだよ、ここ」と、もう一度話しかけた。闇夜の星明かりに目を凝らして、ようやく目の前のベンチに、自由労働者姿の僕が座っているのに気がついたようだ。

「なんだ、明智君か。そんな汚いなりをしていたら、気がつくわけがない」

「どうやら少しは僕の上達を認めてくれたようだね」と、僕は言ってニヤリと笑い、汚いソフト帽を脱いで彼をさし招いた。当然顔は垢だらけで墨で汚れている。

「こんなところで何をしているんだ」と、紋三は驚いた様子だ。

「こんなところとは、ご挨拶だね。君の根城じゃないか」僕は一本取ったのが嬉しくて、薄笑いを浮かべた。彼は頭をガリガリと掻きむしって、大いにフケを飛ばしながら、僕のそばに座った。どうしてこの僕がボロを身にまとい、破れ帽子を被って、ひょうたん池で夜更かしをしなくてはいけないのか、考えあぐねている様子だ。

「最近夜遊びをすると思っていたら、こんなところをうろついていたのか」

「うろつくとは、ひどいな」僕は肩をすくめた。

「他に言いようがあるというのかい。もっともお互い様だが」と紋三は言うと、さらに「素人乞食の真似事とでもいうのか」と、ズバリ訊いた。「確か君が持っていたイギリスの雑誌には、素人乞食というのは存外儲かって、中には郊外に洒落た一軒家を構え、毎日汽車で市内に通勤しているのがいるという話が載っていたが、それを実践しているのか」

「まさか」と、僕は笑いながら顔の前で手を振った。「この浅草寺の境内でおもらいをしようというのなら、まず親方に仁義を通しておかなくては、袋叩きにあって、そのまま行方知れずになってもおかしくない。浅草人種の君が、そんなことも知らないとは意外だな」

「それは知らなかった。連中はただ、いたいところにいるだけだと思っていた」

「彼らなりの秩序や掟があるんだ。それぞれやり方によって分類されていて、その頂点に親方が君臨している。境内や参道の道端に座り込むものが一番の出世頭だ。なにしろ実入りが多い。他にも浅草公園をあちこち移動しながら稼ぐものもいれば、残飯を食堂から調達してくる連中もいる。こうしてじっと座って見ていると、いろんなことがわかってくる」

　わざわざ顔に鍋墨を塗りつけてまで、そんな連中の生き様をじっと観察しているのは、何のためなのか、紋三はさっぱりわからない様子だった。

「君がさっき言ったロンドンの乞食紳士、あれは新聞記者の与太記事じゃないよ。本当の話だ。実際この浅草にもいるんだから」

「えっ、そんなのがいるのかい」

「本当だとも。すぐそこの吾妻橋の上に座り込んでいる年寄りのおもらいを、君も知っているだろう」

「ああ、こちらから行くと左側にいるな」

いつも茣蓙《ござ》の上に座って、頭を深くうなだれて地面に擦り付けるようにしながら、「どうかお恵みを」と、聞こえるか聞こえないような声で老爺はつぶやいていた。

「あの年寄りは、一日に三円も稼ぐそうだ。一日の仕事が終わると、粋でこざっぱりとした着物に着替え、火鉢の前にどっかり座って晩酌を楽しむ。しかも副業に金貸しをやっていて、今では雇い人を数人使う旦那の身分だそうだ」

「まさかそんなことはあるまい」

紋三は容易に信じようとしなかった。それも当然だ。

「信じられないのはわかるが、この爺さんだけではないのだよ。乞食紳士は、この東京にいくらでもいる。吉原遊廓の門前を、一軒残らず掃いて回る夫婦《めおと》乞食の話は、君も聞いたことがあるだろう」

「ああ、珍しい話だと、新聞にも載ったらしいね」

「その夫婦は、実は家作を七、八軒も持っている地主だと言ったら、びっくりするかね」

唖然とする紋三の顔を見て、僕は思わず笑みが漏れた。一端の浅草通を自任している小林紋三は、本の虫だとバカにしていた僕が、いつの間にか世間の底辺に通じていたのを知り、衝撃を受けたらしい。

「で、君はそんなことを調べて、何をしようとしているんだ。まさかその乞食の親方の後釜を、狙っているわけでもあるまい」

「そうではなくて」と、僕は口ごもった。「知りたいのだよ、あらゆることが。どうしても知りたい。なぜかわからないが、知りたいんだ。表の取り繕った顔でなく、もっとドロドロした醜い本当の人間の奥底の心を。おそらく学校の他の連中は、そういう欲望を哲学書に求めるのだろう。しかし、人のまことの姿を哲学の中に見つけることができないのは、もうわかりきっている。僕が知りたいのは、人間の悪魔的な部分なのかもしれない。綺麗事の言葉では、すくいようのない一番汚い部分を」そう言いながら、僕はひょうたん池の水面をじっと見つめた。

「そう言えば、夏目漱石が同じようなことを書いていたな」と、小林は答えたので、僕は驚いて下を向いていた顔を上げた。

「そうなのかい」

「数年前に発表した、『彼岸過迄』という作品だ。漱石居士は大の探偵嫌いなのだけれども、なぜかその作品では登場人物に探偵をさせていたので、君の友人として記憶に残っている。たしか、探偵は社会の潜水夫のようなものだから、これほど人間の不思議を掴む職業はないけれども、その目的が罪悪の暴露にあるのだから、あらかじめ人を陥れようとする成心《せいしん》の上に打ち立てられた職業である。そんな人の悪いことは自分にはできない。自分はただ人間の研究者否《いな》人間の異常なる機関《からくり》が暗い闇夜に運転する有様を、驚嘆の念を以て眺めていたい、と主人公に喋らせていたと思う」

「そしてその醜い機関《からくり》を、情け容赦なく叩き潰してみたいと思うところが、漱石と僕との違いなのだろう」と言葉を続けて、口の端を歪めて笑った。そんな笑みを他人の前で浮かべたのは初めてだった。いつもお馴染みの穏やかな姿でなく、おそらく紋三が今まで見たこともないような、凄惨な笑いだったかもしれない。

「そのために、こんなことをしているのか」

「ああ、他に何をすればいいのか、思いつかないのでね。まずはデスペレイトな集団を観察しようと思った」

「人生の傍観者、と言ったところかな」紋三は大きな音を立てながらハンケチで鼻をかみ、一つくさめをした。

「そう言いたければ言えばいい。結局僕は傍観者でしかないのかもしれない。少なくともルンペン、自由労働者諸君からしてみれば、いい気な傍観者なんだろう。それは否定しない。もしかしたら一生、社会の傍観者として過ごすのかもしれない。僕はこの顔で生まれて以来、どの集団にも爪弾きにされてきた。日本人ではなく、イギリス人でもなく、明智本家からも他人行儀に扱われていた。そしていつの間にか僕は傍観者として一歩引いたところから、見つめるだけの存在になっていた。こうして変装をしてみても、その皮一枚下では、冷めた目で観察している僕がいる。おそらく漱石にもそうした一面があるのだろう。小林君、実は君が羨ましいのだ。君のように何の屈託もなく、それまで縁もゆかりもなかった浅草に飛び込んでいける勇気と心の広さがあれば、僕も少しは違った人間になれたかもしれない。しかし僕にはもう傍観者としての道しかないように思う」

「まあ、それもよかろう。いずれ好き嫌いの有無を言わせず、嵐の中に投げ込まれるんじゃないか」紋三は立ち上がって大きく伸びをした。「さて、無粋な話はこれまでにしようじゃないか。せっかくだ、一杯付き合いたまえ。僕の馴染みの店が、まだ開いているはずだ。たまにはよかろう。浩然の気を養いに行こうじゃないか」

ごろりごろりと下宿の畳の上で転がっていた小林紋三は、いつの間にか居眠りをしていたらしい。ふと気がつくと、部屋には一人きりだ。どうしてそんなことを僕が知っているかって？　実は、彼が居眠りをしている間に、隣の空き部屋から押入れの天井を通って屋根裏に上り、自分の部屋を節穴からこっそり覗いていたのだ。黙って同宿の友人の行動を盗み見するなんて、実に猟奇的な行動で、こんなことをしているのは小林にも黙っていた。

さっきまで机に向かっていた僕の姿が消えて、尻の下に敷いていた、棉《わた》の出かかっている茶色の煎餅《せんべい》座布団に触れて、温もりも失せているのを確かめているようだ。と、そのとき座布団の上に転がっていた金属片に気がついたらしい。つまみあげて目の前にかざすと、それはまごうことなき二銭銅貨だった。

「何だ、たったの二銭じゃどうにもならない」

紋三は、いかにも落胆した様子で大きな銅貨を放り投げようとした。が、そのときに腑に落ちない様子で手を止めた。今まで何度も手にしたことがあるお馴染みの二銭銅貨の触感が、どうも納得いかないらしい。たった二銭の価値しかないとはいえ、それなりの重量感や実質感がものの足りないのだろうか。手の上で投げ上げたりして重みを確かめている。

紋三は次に、硬貨を鼻先に近づけてみた。手垢に汚れて光沢を失っている土色の銅貨から、みずみずしい銅の香りは立ち上るはずもない。紋三はさらに目の前にかざして見た。やはり疑念は拭えないらしい。指先でひねり回しているうちに、紋三は「あっ」と声をあげた。銅貨の表と裏ばかりを見ていたのが、何気なく斜めにしたときに、側面の細い筋に気がついたようだ。この中に何かがあると、紋三は汚い爪を差し込んでこじ開けようとした。しかし彼の無骨な太い指の分厚い爪が、入り込む余地はなかった。ただ彼の黒い爪が、みっともなく欠けただけだった。

紋三はギザギザになった爪を丸くするように細かく噛みながら、じっと二銭銅貨を見つめた。そして両手に勢いよくつばをすると、粘つく掌の間に銅貨を挟み、拝み倒すようにして両手をねじりずらした。二回、三回と繰り返していると、手応えがあったようだ。そっと両手を開いてみると、今まで一枚だった二銭銅貨が二枚に増えていた。いや、一枚の銅貨が、縦に割れて二つに分かれたのだ。じっとりと濡れた掌の上で二つ重なる金属片を、不思議そうに紋三は眺めていた。そしてゆっくりと手を傾けて、座布団の上にばらまいた。ほろりと、金属片は跳ねもせずに転がり落ちた。と、その二つの金属片の間から、蜻蛉の翅《はね》のような薄い紙片がふわりと浮き上がる。一瞬空気の流れに乗って飛び立とうとしたが、すぐに力尽きて金属片からほどないところに不時着した。

「何だ、これは」と、紋三は呟いた。二つに割れた二銭銅貨から羽化した紙片。どれもこれも今まで思いもつかなかった不思議だと、首をひねっているのだろう。少しでも乱暴な動きをすれば飛び立ってしまう蝶々を捕まえるように、忍びやかな動きでそっと紙片に指を伸ばした。彼の体温でもチリチリと、紙は身を震わせていた。人差し指と中指のあいだでそっと挟み込み、四つ折りになっているのに気がついた。煙草の巻紙よりもっと薄く、さらに繊細な和紙に何か文字が書いてあるのが、透けて見えた。

紋三はそのまま片手の指を器用にずらして、紙を広げた。到底両手の指を使えるような大きさではなかった。そしてそこに書いてある文字を、声に出して読んだ。

「上ヲ見ヨ」

つられて紋三は上を見上げた。そして天井の節穴から下をのぞいている僕の目と合った。その途端、彼は「ギャッ」と悲鳴をあげて昏倒した。

まさかここまで効果があるとは思いも寄らず、僕は慌てて天井裏から降りて、紋三を介抱した。顔に冷たい水をかけると、意識を取り戻した。

「おお、明智君、目が、目が」とまだ動揺しているので、事情を説明して許しを乞うた。

「君だったら、好奇心の塊だから、きっと面白がってくれると思ったんだが」

「これは君のか」

「ああ、ちょっとした縁があって、手に入れた」

「この紙切れは？」

「僕が入れたのさ。まさかここまで驚くとは、思わなかった。許してくれたまえ」

「何に使うものなんだ、これは」紋三は首をひねりながら起き直った。

「この間、浅草公園でおもらいの連中の話をしただろう？　彼らの間で秘密通信をするために、こしらえたと言われているんだ」

「二銭とはいえ、銅貨を縦に二つ切りにするとは大した腕だな」彼はしげしげと改めて眺めた。

「彼らの中には、元職人もいるからね。もちろん特殊な工具を使うらしいが、慣れればそう大した手間もかからないらしい。とにかくこうやって通信文を二銭銅貨に忍ばせておけば、誰にも見つからない。普通の連中は、最初から目もくれやしないよ」

僕の好奇心の旺盛さには、紋三も驚いた様子だ。というより、僕のあまりにも変態的な猟奇には、到底ついていけないようだった。

「どこで手に入れた。まさか店先の釣り銭に入っていたわけではあるまい」

「あはは、それはそうだ」と、僕は楽しくなって笑った。「そうした二銭銅貨があると聞いて、わざわざその腕のある男を探し出し、頼み込んで作らせたんだ。二銭どころじゃない、何倍も手間賃を取られたがね。それだけの価値はあると思わないか」と、少々自慢した。

「大した職人仕事なのは確かだ」と、紋三はあぐらをかきながら言った。「しかし中に入っている紙切れはいただけないな」

「気分を害したか？」

「いや、そういうことではなくて、あまりにひねりがなさすぎる。この中から、秘密暗号文でも転がり出るのなら、いかにもポーや黒岩涙香のような成り行きで、謎また謎の探偵の出番となるのだが」

「なるほど、そこまでは、考えが及ばなかったよ」と、僕はニヤリニヤリと笑った。「もっとも、自分は謎を解く方が得意であって、作る方ではないからね。もしそのうち、探偵小説家志望の友達でもできたら、この二銭銅貨を貸して、そういった秘密探偵小説を書いてもらうことにしよう」

そして僕は二つに割れた二銭銅貨を元どおりにはめ込むと、机の引き出しに放り込んだ。

七

再び簑浦が明智小五郎のアパートメントを訪問したのは、二週間後だった。前回は昼過ぎから夜中まで、久しぶりに明智も興が乗ったらしく、いつになく饒舌だった。食事もせずに夜遅くまで話を続けていた。簑浦は相手の疲れを考えてしばらく間を置くことにしたので、今回は風も冷たい季節になっていた。明智の書斎ではガスストーブが燃えていた。

「先生が大学を卒業されたのは、何年でしたか」

「大正五年、まだ世界大戦が真っ盛りの頃だった。小林紋三君とも卒業とともに別れて、彼は浅草近辺の部屋に移った。もっとも卒業しても相変わらずの高等遊民を決め込むらしい。自分で大八車を引いて、ガラガラと引っ越していった」

従兄の本郷義昭中尉は、すでに僕より一足先に帝国大学を卒業し、そのまま原隊に帰らず、イギリスに軍事研究の名目で派遣されていた。異例の措置だったけれども、この機会を逃しては、風雲急を告げる欧州の軍事情勢がどうなるかわからなかったので、致し方なかった。同期の戦友たちに挨拶する間もなく旅立って行ったが、果たしてロンドンに到着するやいなや、欧州大戦の火蓋が切って落とされたのだった。たった一通送られてきた葉書には、観戦武官として新時代の機械化兵団の視察に余念がないようだった。

ところがしばらくするとイギリスから姿を消して、軍事探偵としてドイツに潜入し、ヨアヒム王子救出を装いドイツ参謀本部に潜入、カイゼル閣下とも面会した後、フランス戦線に帰還して航空隊の滋野《しげの》男爵と無事の再会を果たしたことは、のちに同期生の山中峯太郎が「我が日東の剣俠児」で小説の形で発表した通りだ。

＊　＊　＊

僕も高等遊民であるのは変わりなかったが、ロンドンからの送金は大学卒業までと決められていたので、これ以上の援助は望むべくもなかった。しかしだからと言って、役所や会社に勤める気になれず、数学科の教授が研究を続けよと勧めてくれたが、素直に従う気にもなれなかった。そのときぼんやりと頭に浮かんできたのが、今まで周りの人々が当然僕はなるものと思っていた、探偵という職業だった。それまで意識していなかったと言えば、嘘になる。小林紋三に向かって探偵になると言ってみたこともあった。探偵となるための技術をあちらこちらで食い散らかしてきたのは、その道を選ぶと心の奥底ではわかっていたからだろう。それは人生の目標だったのかもしれないが、生活の術《すべ》とすることまでは、うかつながら考えていなかった。

しかし現実と直面する歳になって、真剣に将来を心配しなければいけなくなった。そして自らを冷静に見つめ直してみると、探偵という道しかないと自覚したのだ。しかし探偵技術ならいざ知らず、どうやったら職業探偵家になれるのか、その手がかりも方法も、さっぱり見当がつかなかった。

当時東京でその名を知られていた、岩井事務所の門を叩いてみた。もともと警視庁の巡査だった岩井三郎が、探偵事務所を開いたのが明治二十八年だった。私立探偵の先駆けとして成功し、東京だけでなく、手広く大阪でも支所を開き、何人もの調査員を雇って活動していた。その直前、大正三年のシーメンス事件で活躍してその名を高からしめていた。

すぐに追い返されるのを覚悟で事務所を訪問したけれども、予想に反してあっさり応接室に通された。やがて出てきたのは、着流しの、背中に一本筋が通った白髪の老人だった。

「お話の筋は受付の者から伺っておりますが、帝大をご卒業された学士様が御出《おい》でになる場所ではございますまい」と、岩井所長は、穏やかに語った。

「探偵には学歴が邪魔になるとは、思いませんが」と、僕が反論をすると、

「おっしゃる通りですが、お国に尽くす方法は、我々には我々の、学士様には学士様のやり方があるのではありませんか」と言う。「時々同じような方がいらっしゃるのですが、いつもこうし

てお断りするのですよ」

自分と同じ考えの大学出がいると聞いて、いささかびっくりした。もっとも大正から昭和にかけて、探偵術や探偵法の解説本がたくさん出版されたのも事実で、探偵に対する一般の興味が湧き上がっていた時代だったのだがね。しかし諦めきれず、さらに「これからは科学的探偵法の時代だと思うのです。そのためには決して学歴も無駄にならないでしょう」と語った。

「いやいや、科学やスピードの時代だと言っても、探偵の仕事は今も昔も変わりません。シーメンスばかりが事件ではないのですよ。うちで扱っているのは、そのほとんどが行方不明人の探索とか、結婚相手の身上調査、取引相手の信用調査なのです。小説や実話のような派手なことを想像なさっては、こちらが困ります」

そう言って断り続ける岩井所長だったが、ようやくのことで粘り勝ち、どうにか僕は探偵事務所の末席に加えてもらえた。早速翌日からいそいそと出勤すると、指導者兼相棒として、元巡査の安藤一郎という、色の白い四十格好の太った男とともに行動するよう命じられた。

いきなりその日から外回りだったが、なるほど岩井所長の言う通り、担当する事件と言っても、見合い相手が女遊びをしていないかどうかを確かめるために連日尾行をしたり、浮気の調査のために吉原の女郎部屋に男二人でこもって隣の部屋の様子を窺っていたりという、誠に味気なく地味な作業ばかりだった。

しかしこの押し出しのいい先輩のおかげで、今まで机上の知識でしかなかった尾行術も、実地に厳しく鍛えてもらえた。また張り込みの時の技法も教えてもらったり、さらには地元警察への仁義の切り方まで、あらゆることが勉強になった。

あえて何か一つ二つ当時扱った事件を挙げるとすれば、ある家族の依頼で行方不明になっていた芸術家の青年を探していたら、その男が車坂町の停車場近くにある柳湯という銭湯の湯船の中で一人の男の急所を握りしめて殺害し、逃亡したという事件があったね。それまでは僕たち二人で、とぼとぼと人探しをしていただけだったのが、殺しということで一斉に警察官が四方に飛んだ。僕たちがあらかじめ上野の警察に仁義を切っておいたおかげで、犯人はこの芸術家ではないかということになり、それからは話が早かった。上野山下の弁護士事務所であることないことを饒舌に話している本人を警官が発見し、僕たちの仲介で家族に引き渡されると、脳病院に入院になってしまった。

それから二月の寒い時分に、上州の赤城山で佐々木紅華という作家の妻、玉子という女性が滑落死した事故があった。同じ年の夏に佐々木は「善と悪」という戯曲を舞台にかけて評判になったが、その二ヶ月後に自殺をしてしまった。実はその自殺を招いたのは、安藤さんと僕だった。玉子の実家から、娘が自殺をするはずがない、きっと佐々木に殺されたに違いないから調べてほしいという依頼を受けて、僕たちは彼女が亡くなってからまもなく、独自の捜査を始めた。佐々木が赤城山にいるという情報を得たのだが、冬の赤城山を登るのは辛かった。どうしてあんなところに休暇に行ったのだろうというのが、まず最初の愚痴であり疑問だったよ。そしてじわりじわりと佐々木を追い詰めて行ったのだが、彼も逃げようがないことを自覚したのだろう。あの戯曲は遺書がわりだったに違いない。そして結局司直の手に渡す前に、本人自ら終止符を打ってしまった。探偵としては失敗かもしれないが、女房の実家は、佐々木が非業の死を遂げたことで満足をしてくれた。

ただ、岩井の下では僕が夢見ている探偵にはどうしてもなれそうにもなかったので、気のあった安藤先輩が蠣殻町《かきがらちょう》で独立をするので辞職するというのを聞き、自分も思い切って二年間の修業から脱することにした。

こうして僕は再び下宿を引き払い、それほど遠くない団子坂の中程から少し脇に入ったところに引っ越した。ここは煙草屋の二階で、何よりも同宿の下宿人がおらず、静かなのが気に入った。四畳半しかない狭い部屋だったが、僕一人とあとは蔵書が入ればそれでよかった。何よりも大量の本を支えきれるだけの、丈夫な建築であることの方が重要だった。

僕はこの部屋に引きこもり、生活のため手元の洋書を手当たり次第に翻訳して、出版社に持ち込んだ。幸い西洋の探偵実話ものが編集者に喜ばれ、無署名ながら次々と採用してもらったので、当座の工面はついた。

そして残りの時間を、さらなる探偵術の研究と、人間観察に当てた。暇を見つけては浅草や銀座に出かけ、人混みの中をあてどなくさまよった。これはと思う人物を見かけたら、とことん尾行したこともあった。岩井探偵や安藤探偵の手が足りないときは、手伝いをした。

それほど暇ではなかったが懐具合が暖かいときは、団子坂にある白梅軒《はくばいけん》というカフェの窓際の席を占めて、通行人を観察した。時には団子坂上に住まう鷗外森林太郎陸軍軍医総監の騎乗の姿を目にすることもあった。従卒に轡《くつわ》を取らせ、ゆっくりと歩みを進める文学界の大立者の姿は思いの外小さく、不釣り合いなカイゼル髭が滑稽だった。

ある日のことだった。ふと窓から道路の反対側を見ると、一軒の古本屋が目に入った。普段は日本の本にはほとんど興味を示さないから、よほどの洋書を扱う店でない限り中に入ってみることもなく、この小さな街場の古本屋も僕の関心を引くことはなかったが、なぜかその日は、客一人いないその店の奥に見え隠れする若いお内儀《かみ》の姿が気になった。

コーヒーの代価を支払うと、僕は通りを突っ切って反対側に渡った。そのまま古本屋に入ることなく、二間半ほどの狭い店先に佇んでいた。店に半分背を向けて煙草を吸い付けると、高々と煙を吐き出して、所在なげにあたりを見回した。二口ほど吸うと、まだ長いのに早々に投げ捨てて、人目をはばかるように身を翻して、店の中に入った。

突然の来客に、奥の障子の手前に座っていたお内儀は、ふと顔を上げた。お内儀と言っても、まだ二十代の前半だろうか、僕よりもいくつか年下の、娘と言ってもいい年頃だった。ただ丸髷に結って地味な着物を着ていたから、所帯じみた感じではあったが、それでも色気を殺すまでには至らなかった。古本屋の常として、不愛想で客には声をかけようとしなかったが、ひょろ長い僕の姿を見て、思わず「あっ」と小さく口の中で叫んだ。

「覚えていてくれたようだね」と、僕はポケットに両手を突っ込んだまま、小声で言った。

「ええ、忘れるもんですか」と言うお内儀は、そっと横を向いた。「本当は一言言ってから引っ越して行きたかったのだけど、あなたはびっくりして逃げ出したんだもの」と呟くと、下からまっすぐ僕の顔を見つめながら、ニッと笑った。子供の頃、土手で平手打ちを喰らった後に見せた、あの笑顔だった。あの頃にはなかった八重歯がちらりと見え、くちびるが引っかかって元に戻らないのが、肉感的だった。

「今はどうしているんだ」と、僕はしばらく黙り込んだ末に尋ねた。

「見ての通り、古本屋の女房よ。こないだ結婚したばかり。まあまあ暮らしてけるわ」と言うと、ふん、と鼻を鳴らした。「こいつも、思った通りの意気地なしだったけど」

「なんだって？」

「ええ、女房の面倒も見られない、甲斐性なし」そう言って、彼女は横を向いた。着物の襟からむっちりしたうなじが、垣間見えた。「でもいいのよ。そうそう悪いことばかりじゃないわ。こんなとこでも、結構楽しくやってる。旦那は、夜はいつも古本の夜店を出すから、いないのよ」と、片肘をついた。そのとき露わになった首筋の一筋の痣《あざ》に、僕は気がついた。

「やっぱりか」

僕の視線に気がついたのか、彼女は襟元を直し、「ふふふ、あの頃は、まだ何が何だかわかっちゃいなかったけど。やっぱりそうなのよ。あんたには、今でもわかんないだろうけど」

「ああ、わかりたくもないね」

僕はそう言うと、背を向けて店を出た。「ちょっと」と言う女の声にも、耳を貸さなかった。

下宿のおかみに夕食時にそれとなく尋ねてみると、古本屋の女房とは同じ銭湯で毎日のように顔を合わせるのだが、裸になると、体中傷だらけだという。それも古傷が治っていくそばから、それを追いかけるようにして、また新しい傷が次々につけられているというのだ。よほど夫婦仲が悪いのではないか、まだ結婚して日も浅いというのに、と陰で噂になっているそうだ。しかも同じ団子坂の並びに店を構える蕎麦屋の旭屋のおかみさんまでも、同じように体中に痣をつくって湯屋に来るというのだから、金棒引きにとっては、格好の噂話の種になっていた。しかもあるときなど、風呂の洗い場で、二人が何をもめたのか、取っ組み合いの大げんかをしたという話まで、下宿のおかみさんが披露してくれた。僕は大いに満足した。何か犯罪を犯しているわけではないから、それ以上の詮索はできない。ただ人間観察の欲望が、満たされたに過ぎなかった。しかしそれでもよかった。僕は例の古本屋には、足を踏み入れようとせず、時々白梅軒から眺めるだけだった。幼馴染みの古本屋の女房も、不思議そうな顔で見返して、蠱惑《こわく》的な笑顔を送るものの、それだけだった。

　白梅軒の常連になってからの出会いは、その女だけではなかった。もう一人、これもカフェの常連の男が馴れ馴れしく話しかけてきた。日本人にしてはかなりの大柄で、店の中でもひときわ目立った。坊主頭に福々しい大きな顔をして、細い目が鋭い光を放っていた。

「やあ、それはウルフェンの『性犯罪者《デア・ゼクシュアルフエルブレヒテル》』ではないですか」と、僕が手にしていた本を指差して、話しかけてきた。

　この大男は、最近団子坂でやはり古本屋を開業した平井太郎といい、早稲田を卒業した後、いろいろな職業を転々とした末に、本好きが高じて、弟二人と一緒に「三人書房」という店を開いたそうだ。白梅軒の向かいの古ぼけた古本屋とは違い、インテリの開いた店らしく小綺麗な店構えで、洒落た看板も彼が自分でペンキを塗って仕上げたと、自慢していた。なかなか器用なところもあるらしい。店の真ん中には蓄音機が据え付けられて、オペラの楽曲などがかけられていた。平井君は浅草オペラ、特に田谷力三《たやりきぞう》のファンで、ここをインテリ青年たちの社交場にするのを目標にしていたようだ。彼はそういう人の集まりの中心にいるのが好きなようで、持って生まれた親分肌という性分のようだ。孤独を好む、いや人から疎まれ続けてきた僕とは正反対の性格で、ある意味羨ましかった。

しかしそんな平井君にも、欠点がないとは言えない。

彼は何の仕事をやっても、長続きしないのだ。三人書房の経営でさえ、数ヶ月間よその古本屋に弟子入り修業させた弟二人に任せっきりで、自分はほとんど店に顔を出さず、好物の探偵小説を読みあさったり、『東京パック』という漫画雑誌の編集に手を出して失敗したりという、行き当たりばったりの暮らしをしていた。さらには探偵小説にのめり込むあまり、自分も探偵になろうと岩井探偵事務所に行ったが、あっさり断られたと、面白おかしく語っていた。内心、学士の探偵をやはり岩井氏が敬遠したのは、僕が二年たらずで辞めたからではないかと思ったが、今更それを言っても仕方がないので、黙っていた。

だがその一方で、親分肌を発揮して、故郷の伊勢から上京してきた友人を何人も居候させるので、ますます生活は困窮していった。

彼は僕にも三人書房の社交場に参加するよう勧めたが、人付き合いが苦手なものだから、いろいろ理由をつけて断った。しかしそれでも、平井君は、田谷力三の後援会に入らないかとか、レコード音楽会を開くから聴きに来ないかなどと、しきりに誘ってきた。

ひどく熱心だったので、一度だけ三人書房に入ってみた。美術書や翻訳本がほとんどで、僕が興味を覚える本はあまりなかったが、一冊だけ手書きの本があった。『奇譚』と大きく真ん中に書いてあり、その上には英語で「EXTRAORDINARY」と記されている。果たして平井君自身の手製本だった。彼が読みあさった内外の探偵小説の粗筋とその批評を、手書きでまとめていた。パラパラとページをめくってみて、

彼ハ１８５９年ニ生レ今日ニ至ツテ居ル。
生レタ地ハ Scotland, Edinburgh
Joseph Bell 博士ニ就テ醫學ヲ學ンダ。サレバヨリ彼ノ探偵小説ハ醫學的ノ所ガアル。アル人ノ Sherlock Holmes ハ同博士ヲもでるトシタモノダト云ツタ。

という一節が目に留まり、苦笑してそのまま本を閉じて書棚に戻した。そのときちらりと「十円」という値札が見えた。

冬の間、しばらく平井君の姿が見えないと思っていたら、正月が過ぎてから、若い女性を連れて戻ってきた。田舎で細君をもらったと、弁明していた。以前、彼は独身主義者だと胸を張っていたような気もするが、そういうところまで詮索するのは、さすがに憚られたのでほうっておいた。

三人書房の一階も二階も、それぞれ一間しかないのだから、弟二人に加えて居候がいたところ

に、新婚夫婦が出戻ってきては、さぞ足の踏み場もなかっただろう。案の定、細君の方が我慢できなくなったと見えて、同じ団子坂に夫婦で新しい下宿に引っ越した。しかし余計な出費を増やすだけで長続きせず、平井夫婦は三人書房に舞い戻った。彼もいつもごった返している自宅は気詰まりと見えて、何かと言うとこの白梅軒でとぐろを巻いていたというわけだ。

彼は、僕を同じ探偵小説好きだと誤解していた。まったく的外れではないが、少々違うと、まるで煮足りない高野豆腐をぐにゃりと噛んだような気持ちの悪さを感じていた。もちろん僕も探偵小説を読む。しかし本当に興味があったのは現実の事件や悪人であり、作り物の探偵小説には、さほど魅力は感じていなかった。ただ、平井君ほど探偵小説に詳しい人間はおらず、海外文献にも目を通していたので、白梅軒での話し相手としては、重宝していた。

そんな平井君と馴染みになった、大正九年のまだ残暑の厳しい夜だった。いつものように下宿で夕食を済ませて、夕涼みがてらに白梅軒まで足を延ばした。粗い棒縞の浴衣に下駄という格好で店内に入ると、いつもの女給が、

「もう平井さんは来ていますよ」と、窓際の席を指差した。

僕たちは、ビステキ一皿注文するわけでもなく、ただ冷やしコーヒーをすすりながら暇を持て余しているだけなのだから、女給たちもほうっておいてくれた。

無駄話を続けていたのだが、平井君は話しかけようとして口を開いた途端、目の端にとらえた光景に気を奪われて、そのまま黙り込んでしまった。

「君も気づいているようですね」と平井君が囁くと、僕も即座に答えた。

「本泥棒でしょう。これで四人目ですね」

「君が来てからまだ三十分にもなりませんが、三十分に四人も。少しおかしいですね」

「何かあったのかもしれません」

僕たちはそそくさと、もしかしたら傍目にはいそいそとしていたように見えたかもしれないが、慌てて通りを向こう側に渡った。

同業者の平井君が、先に立って古本屋の中に入る。一歩遅れて僕が続いた。いつもは半畳ほどの畳敷きに、主人かお内儀さんがちょこんと座って店番をしているはずなのだが、今日は誰の姿も見えなかった。障子で仕切られた奥は、電灯が消えて人の気配もない。二人して声をかけたが、返事がなかった。

「構わない、上がってみようじゃありませんか」

平井君と僕は、下駄を脱ぎ散らかして争うようにして、奥の間に入り込んだ。僕が電灯のスイッチをひねると、そこには古本屋の女房の亡骸《なきがら》が横たわっていた。

＊　＊　＊

「それが、のちに平井太郎が江戸川乱歩の筆名で『D坂の殺人事件』と題して発表する、殺人事件だったのですね」と、簑浦は言った。

「その通りだよ。あの作品の〝私〟と称する語り手は、彼本人だ。もっとも小説として読ませるために、多少の誇張や省略があるのは当然だがね」明智は肩をすくめた。「そしてこれが、僕にとって本当の〝最初の事件〟だった。岩井探偵事務所で扱ったのは、先ほど説明したように、ほとんどが身元調査や会社調査、せいぜい人探しといった、いわゆる民事事件ばかりだった。普通の民間探偵は、そうしたものだ。だから探偵にとって、事件は対象物に過ぎず、被害者も犯人もまた、一過性の登場人物に過ぎないと思っていた。ところが初めての刑事事件で、幼馴染みの死体が足元に転がり、自分が第一発見者になっていた。傍観者を決め込むどころじゃない。事件の渦中にいきなり投げ込まれてしまった。自分は冷静に事件を観察推理できるという、自負心など吹き飛んだ。自動電話で警察を呼ぶときも、声が震えていた。そうしているうちにも、次々と近所の人たちが集まってくる。やがて警察官が駆けつける。心臓の鼓動が止まらなかった。やはり名ばかりの探偵なのかと、絶望した」

「先生にもまだそんな時代があったんですね」簑浦は思わず笑みを浮かべた。

「当然だよ。まだウブなものだ。黒のアルパカに白ズボンの男が、現場を取り仕切っている。刑事の小林だと名乗った。何を訊かれるのだろう、いやそんなことはわかりきっている。ああ、しまった、あちらこちらをベタベタと素手で触ってしまった。あたりは僕の指紋だらけだ。電灯のスイッチまで触ってしまった。探偵失格だ……そんな後悔が、頭の中をぐるぐる回っていた。平井君は真っ青になって、腰を抜かしている。後から聞いたのだが、彼はどんな残虐な描写でも、活字で表現されていれば何のこともないのだが、それを現実に目の前にすると、恐ろしくてたまらないそうだ」

「そう言えば、乱歩先生は血を見るのがお嫌いだそうですね」と、簑浦は相槌を打った。

「無残絵を収集しているのに、不思議なことだね。一旦紙に落とし込んでしまえば、平気だというのだろうか」

＊　＊　＊

その場で指紋を取られて事情を訊かれたものの、その晩のうちに僕も平井君も、家に帰ることを許された。

事件は警察の手に委ねられた。

実に意気地のないことだが、僕は一、二日ほど呆然として過ごしていた。しかしたまたま白梅軒に寄ったときに、顔馴染みの女給から、平井君が何やら精力的に動き回っているらしいと聞いて、それは本来僕がやるべきことではないかと、気がついた。

果たして事件の捜査はどこまで進んでいるのだろうか。小林刑事に直接訊いてみようかとも考えたが、あの頑固そうな男が素人探偵に手の内を明かしてくれるはずはない。ここは新聞記者を通じて探りを入れてみるに限る、と思い直した。

従兄の士官学校時代の戦友で、たびたび本郷家に遊びにきていた山中という将校がすでに職を辞し、東京朝日新聞の記者になったと聞いていたので社に問い合わせると、数年前に詐欺事件に巻き込まれて逮捕され、今では宗教活動に専念していると、言われた。

そこで思い出したのは、何年も前のことだが、浅草十二階下から石川という新聞社の校正係に頼まれて、使いにやらされた先のことだった。そのときに知り合った野村長一《おさかず》氏は、当時トウの立った帝大生だった。それから数回出会う機会もあったのだが、彼は生活のために中退し、報知新聞の記者になっていた。石川氏のことも考えたが、校正係よりも記者の方が事情通に決まっているだろうと、僕は有楽町に急いだ。

「野村長一さんはおいでになりますか」と受付で訊くと、イガグリ頭に詰襟の、頬が真っ赤な給仕の少年が、

「社会部長の野村でしょうか」と答えた。

「他に野村さんはいないのでしょう？」

「はい、我が社には野村は、社会部長だけです。時々、野村という小僧《こぞう》がいないかと、わけのわからないことを言ってくる人がいて、困っています」と、しかめっ面をしてみせた。

「小僧だったら、君たちのことじゃないか。いるかいないか、わからないはずがないだろう」

「ええ、馬鹿にするのもいい加減にして欲しいですね」と、給仕君は一人前の顔をしてうなずいた。

応接間でしばらく待っていると、和服姿の男が現れた。

「久しぶりだね、明智君」と、野村部長は青々とした剃り跡の顎を撫でながら、ソファに座った。

早速僕が頼みごとを述べると、

「うん、小林刑事なら、知らない仲でもない。それとなく訊いてみよう。しかし君が第一発見者

だとはね。もし何か記事にできそうな事実がわかったら、ぜひとも知らせてくれたまえ」と、二つ返事で承知してくれた。

「ところで、あの石川さんという方は、今どうしているのですか？」と、僕は質問した。「彼は死んだよ。あれからまもなくね。散々皆に迷惑をかけて、かけどおしにかけて、そして美しい詩を残して逝ってしまったよ」と、答えた。大きな野村の体が、一回り小さくなったように見えた。

「石川君か」と、野村部長は遠い目をしながら、大きなため息をひとつついた。

せっかく野村氏の世話になったのだけれども、小林刑事からは大した事実は知れなかった。電灯から出た指紋は僕のものばかりだったというので、また呼び出しを受けるのかと思ったが、電球を日の光に透かしてみると、タングステンが一度切れて、再びくっついた形跡が見つかったということで、誰も電灯を切った者がいなかったと、わかった。

そうこうしていると、いきなり平井君が僕の下宿を訪ねてきた。煙草屋のおかみさんが、大声で下から呼ばわったので、「オー」と返事をした。

たった一部屋しかない二階なので、おかみさんも案内をせずに、どんどん訪問客を勝手に上がらせた。僕の四畳半の部屋の前に立った平井君は、本だらけの異様な光景に肝をつぶしたらしかった。ろくな挨拶もせずに、本の山、本の壁をあっけに取られ、食い入るように眺めていた。しかし彼も本好きの人間なので、ただ眺めているだけでなく、やがて背表紙の文字を読み、今まで聞いたことしかなかった憧れの探偵小説や、犯罪科学の専門書が無造作に積まれているのを見て、かなり興奮しているようだった。

だが、そうした無邪気な本好きの表情は、すぐに引っ込んだ。平井君はどうやら先日の古本屋のお内儀の事件を、彼なりに推理してきたようだった。そして僕に披露したくてたまらないらしいのだ。

「ホウ。そいつはすてきですね。くわしく聞きたいものですね」と僕が答えると、平井君の細い目が光ったように見えた。

彼は勢い込んで話し始めた。彼も友人を通じて小林刑事に接触していたのには、苦笑した。彼は、電灯に僕の指紋しかついていなかったこと、目撃者の二人の学生が、犯人らしき男の着物の色が、一人は黒と言い、もう一人は白と言っていること、そしてその日の僕が黒と白の棒縞の浴衣を着ていたことを指摘した。さらに一軒おいた隣の蕎麦屋の旭屋に、便所を借りにきた客がいたとも言った。こうして論理的に詰めていくと、僕がこの殺人事件の犯人だと言うのだ。その結論をひっさげて、探偵よろしく、犯人を追い詰めにやってきたというわけだった。

「明智君、僕の言うことが間違っていますか。どうです、もしできるなら君の弁明を聞きたいものですね」と、小鼻を膨らませながら、平井君は身を乗り出した。本人は真剣なのだろうが、その芝居掛かった様子に、思わず僕は頭を掻いていた手を止めて、笑い出してしまった。

「いや失敬失敬、決して笑うつもりではなかったのですが、君があまりにまじめだもんだから。君の考えはなかなか面白いですよ。僕は君のような友だちを見つけたことをうれしく思いますよ」と言った。いきなり角を曲がったところで壁にぶつかったような、思いがけない反応に、平井君はどうしていいものやら、すっかり毒気を抜かれてしまったらしい。

僕は、古本屋のお内儀とは幼馴染みだったといっても、子供の頃に別れたきりだったこと、指紋についても、タングステンがまた繋がっていたことも、そして二人の学生の目撃証言も、ミュンスターベルヒの『心理学と犯罪』の原書を本の山から引き抜いてきて、いかに一瞬の目撃証言があてにならないかを、丁寧に説明してやった。

そして古本屋の女房と蕎麦屋の女房の体に生傷が絶えないことに注目し、両方の主人にさりげなく連想診断法を試みたと述べた。さらに、

「旭屋の主人というのは、サード卿の流れをくんだ、ひどい残虐色情者で、なんという運命のいたずらでしょう。一軒おいて隣に、女のマゾッホを発見したのです。古本屋の細君は彼におとらぬ被虐色情者だったのです。そして、彼らは、そういう病者に特有の巧みさをもって、誰にも見つけられずに、姦通していたのです」と述べた。「そして、ついにあの夜、この、彼らとても決して願わなかった事件をひき起こしてしまったわけなのです」

僕の謎解きに、平井君はただ目を瞠り、口を開けたままうなずくばかりだった。と言っても、僕はすべての札を彼の目の前にさらけ出してはいなかった。古本屋の女房が被虐色情者であることは、噂話を聞くまでもなく、薄々知っていた。そして何よりも、下の煙草屋のおかみさんが夕刊を持ってきてくれたので、「ああ、とうとう耐えきれなくなったと見えて、自首しましたよ」と、社会面の一隅を指差したこともだ。実は僕は旭屋の主人に付き添って小林刑事の元に出頭し、ようやく朝になって帰ってきたとは、一言も漏らさなかった。もちろんこの新聞は報知新聞で、僕が詳細を連絡したおかげで、その記事を載せているのはここだけだった。

平井君はすっかりしょげかえってほとんど口を開くこともなく、僕の見送りも断って一人で帰っていった。半月ほど経って十月に入る頃、彼の姿は東京から消えていた。大阪に住む両親の元に引っ越したと、三人書房に残った弟は言った。しかしその書店もまもなく潰れてしまい、パン屋に衣替えをした。

八

「さあ、先生、どうぞもう一杯」と、簑浦は言いながら、ウェイトレスを呼んでビールを注文した。今日はいつもとは趣向を変えて、明智のアパートでなく、銀座四丁目角のビアホールで二人は語り合っていた。

「いやいや、そんなにメートルを上げていては、思い出すものも思い出せなくなる」と、さほど酒に強くない明智は、頬を仄かに赤く染めながら言った。

「それで、いわゆる『D坂の殺人事件』が、先生の探偵業の第一歩だったということですね」と、簑浦は仕事も忘れてはいない。

「うん、どうやって探偵業の看板を上げようかと悩んでいたのだけれども、この事件がきっかけで、警視庁の小林刑事と知遇を得たんだ。それ以来、僕はしばしば桜田門の刑事部屋を訪れるようになった。薄暗い廊下の左右に並ぶ刑事部屋を、暇さえあれば訪れて、ゴロゴロと寝転んでいたり、煙草を吸っていたりする刑事たちがたむろしているところで、無駄話の相手をしたり、大きな火鉢のそばで湯の番をして、出がらしの茶を淹れてやったりした。小林刑事がいなければ、ほかの部屋にも顔を出し、極力名前を覚えてもらうようにした。やがて、身辺警護を希望するものの、請願巡査は近所の手前遠慮したいとか、まだ事件が発生したわけではないので警察が乗り出すわけにはいかないが、面倒は事前に防ぎたいというような依頼が、僕に回ってくるようになった。そして僕の名前が次第に広まっていくと、徐々に直接依頼する人間も増えてきた。そうそう、後に平井君――いやもう江戸川乱歩君と言った方がいいな、彼が『幽霊』という題名で発表した事件は、たまたま被害者の平田氏と僕が伊豆温泉町で出会ったことで解決への緒が見出されたのだけれども、おかげで平田氏は僕の成功を実業界で喧伝してくれて、大いに助かった」

酔いが回ってきたのか、いつにも増して明智は饒舌だ。

「『黒手組』という作品も、そうした実業界のつながりの一つですか」と、簑浦は先を促す。

「うん。語り手の〝私〟は、半分は江戸川君なのだけれども、君も知っての通り、彼には作中で言及しているような〝実業家の伯父〟などいない。あのあたりは彼の小説家としての脚色だ。実際には、誘拐事件なので警察の関与を嫌った被害者が、実業家仲間のツテを求めて僕に話が回ってきたのだ」

「『D坂の殺人事件』以降も、江戸川乱歩こと平井太郎氏との付き合いは途切れなかったのでしょうか?」

「そう言ってもいいだろう。彼は古本屋の女房の殺人事件の後、前に言ったように大阪に引っ越したけれども、翌年の春にはもう東京に舞い戻り、日本工人倶楽部という帝大出身の土木技師や科学技術者の親睦団体の書記局長におさまっていた。相変わらずそのときも、僕は団子坂の下宿に住まっていたので、彼は以前犯人扱いしたことなど忘れたような上機嫌で、挨拶に現れた。白梅軒でクダを巻いていた頃とは違って、すっかりモダンな青年紳士に変身していた。クラブの会報の編集を任されたそうで、得意の仕事を得て、生き生きとした表情だった。それでも探偵小説への情熱は相変わらずのようで、暇さえあれば僕の下宿に顔を出して、二、三冊の洋書を借りていった」

「まだこの頃は、江戸川乱歩とは名乗っていなかったのですね」

「うん。実は彼のデビュー作にも、僕は関わり合いがあるのだよ。この間、学生時代に小林紋三をからかった二銭銅貨の話をしただろう。あれを江戸川君――いやまだこの時は平井君か――ともかく彼に見せた。彼はすぐに縁に入っている切れ目に気づいて、『この中に何か隠そうという算段だね』と見破った。これで一つ新しい探偵小説を書いてみないかと持ちかけたら、『なるほど。面白いかもしれない。ポーやドイルを上回る探偵小説を書いてみせよう。楽しみにしておいてくれたまえ』と歯切れよく答え、さらに『このほかにも、ほら、去年君を犯人だという大失敗をやった事件、あれも書かせてくれたまえ』と付け加えたので、『ああ、いいとも。いくらでも書いて結構だ。そのおかげで僕の依頼人が増えるのなら、望むところだよ』と、僕たちの契約が結ばれたというわけだ」

実際、江戸川乱歩こと平井太郎は、その翌年大正十一年の夏に「二銭銅貨」と「一枚の切符」と題する短編探偵小説を書き上げた。後に自伝『探偵小説四十年』で、乱歩は「団子坂時代に大筋だけは出来ていた『二銭銅貨』と『一枚の切符』である」と述べているのだが、実はそうした裏話があったのだ。

「二銭銅貨」だけでなく、「一枚の切符」にしても、探偵役の左右田《そうだ》五郎の「身形《みなり》の端正なのにそぐわず、髪の毛を馬鹿にモジャモジャと伸《の》ばした」とか、「モジャモジャと伸びた長髪の中へ、櫛ででもある様に、指を拡げて突込んだ」という描写は、いかにも明智の普段の癖を彷彿とさせる。まさにその通りなのであって、これも明智が解決した事件なのだが、まだ乱歩は自作の探偵役として、実在の明智小五郎の名前を出す決心がつきかねていたので、左右田という別の名前を使った。しかし後になって明智小五郎の人気が高まると、やはり弱気を出さずに明智小五郎一本槍でいっておくべきだったと、後悔した。

しかし「二銭銅貨」にしても「一枚の切符」にしても、明智が勧めるままにすんなりと書き上げたわけではなかった。明智からヒントをもらった直後に、平井太郎は再び大阪に戻らなくてはいけなかった。転職したポマード会社の経営が思わしくなく、結局給料も支払われないうちに失業してしまったのだ。あのまま工人倶楽部で呑気に会報を作っていればよかったと、後悔しても間に合わなかった。さらに妻の具合が悪くなったことも重なって、大阪の実家に舞い戻った。そこで居候の肩身の狭い思いをしながら書いたのが、これら「二銭銅貨」であり「一枚の切符」だった。

「そうそう、思い出した。ちょうどここの尾張町交差点のライオンでのことだよ。もちろん昔の建物、大震災よりさらに前、まだビアホールになる前の、カフェと呼ばれていた時代のことだ」

さらに頬が紅に染まっている明智は、陽気な声をあげた。

＊　　＊　　＊

あれは大正十一年の春のことだった。次第に暖かくなってきて、すでに外套は必要なくなっていた。花見を兼ねて上野で平和記念東京博覧会を見物した後に、僕は一人、銀座で食事をしようと尾張町のカフェ・ライオンに入った。あの頃の女給は、友禅の着物に揃いの白いエプロンを身につけて、いささか愛想の欠ける会釈で、迎えてくれた。この四つ辻に建つ三階建てのカフェは、場所柄もあって、様々な飛び込みの客を、際限なく飲み込んでいく。雑駁《ざっぱく》にすぎると銀座を愛する人々からは言われていたけれども、人間観察をするにはかえって好都合だし、こうした雑踏の中に身を置いて、機会があれば、群衆の中のロビンソン・クルーソーを気取ることにしていた。

ビール五十リットルの売り上げがあったのだろうか、グワーグワーと獅子の咆哮が店の中に響き渡ったのと同時に、背後から声をかけられた。

「久しぶりだな、明智君」

振り返ってみると、高等学校で同学年だった乙骨三作《おっこつさんさく》だった。学生時代よりもよっぽど太って不健康な、青ぶくれのデブデブしたさまに、いささか驚いた。僕は理科で乙骨は文科、それも法科だったからそれほど話す機会もなかったが、彼が法律の勉強などまったくせずに、文学書ばかり読みふけっていたのは、記憶に残っていた。

「ここに座っても構わないかな」と言いつつも、すでに乙骨は僕の向かい側の席を引いていた。彼には連れが一人いた。僕たちよりも数歳下だろうか、上品な隙のない身なりをした好青年だったが、いささかのぼせ性ではないかと思った。

「ああ、彼は郷田三郎。前に同じ下宿にいたんだが、さっさと一ヶ月ほどで引っ越してしまった。何が気に入らなかったのか、わからんが」乙骨はニヤニヤ笑った。郷田という青年は、黙って一礼し、僕たちの間の席に座った。

「下宿って、あの下宿か」と僕は言った。

「ああ、俺が無精なのは知っているだろう。あの下宿だよ。最初に越してきたあれさ。飯もまあまあ、女中もまあまあ、別に強いて引っ越さなくてはならぬわけもないからな」乙骨は味噌っ歯を手で隠しながら笑った。「もっとも郷田は引っ越しが趣味だから、仕方がない……オーイ、こっちにもビールだ、ビール。二つ？　いや、郷田は呑めなかったな。ビール一つに紅茶だ……本当に腰の落ち着かない奴だ。あっという間に、行方不明になっちまう。たった一月足らずしか、俺と同じ下宿にいなかったんだぜ。たまたまビリヤード場で出会わなければ、一生音信不通になるところだった」

早速運ばれてきたビールの泡を吹きながら、いつになく機嫌のいい乙骨だった。

「食事は？」と、僕は食べている途中だったので訊いてみた。

「いや、そこの天金《てんきん》で済ませてきた。だだっ広い座敷だが、妙にあそこはいい。特に海老がいい。そう思わんか、郷田」

「ええ」と、連れは言葉少なに答えた。

「店を出るときにな、そこの子供と思うが、七、八歳の小さいのと玄関ですれ違ったのだが、『ありがとうございます、どうぞご贔屓に』とませたことを言って、深々と頭を下げた。いい躾《しつけ》じゃないか。気分がいいぞ、気分が」と、乙骨は高らかに笑った。連れの郷田もお愛想程度に微笑して、いささか困ったような視線を僕に投げかけた。

「この郷田はな、俺が下宿でよくやっていただろう、大掃除のとき、廊下に何かの薬品とニスを塗った油紙の敷物が敷きつめてあって、そこをスリッパを履いたままスケーティングする。あれを越してきたばかりの郷田が気に入ってな、毎日、朝から晩まで散々やり通したものだったなあ」

「それは知らんぞ。君はそんなことまでやっていたのか」と、僕は呆れ気味に言った。

「これでも中学時代は幅跳びの選手だったんだが、さすがにこの体つきになっては、せいぜいスケートぐらいのものだ」と、いささか得意になっている。

「君もずいぶん物好きですね」と、僕が郷田に話しかけると、はにかんだように、

「ええ、スリッパのスケーティングは、やったことがなかったものだから」と答えた。「僕は何をやっても面白くないのです。どんな遊びも、どんな仕事も、一応やってみました。どうやら生まれつき器用なところがあるのでしょう。まあまあの線までは、いつの間にかできるようになります。サラリーマンもやりました。保険の外交もやりました。これでは、成績が社で一番になっ

た月もありました。雑誌の編集では、難物の遅筆家の先生の原稿を、期限のうちに取るのが自慢でした。女学校の教師の代理をやったこともあります。しかし、どれもこれも数ヶ月と長続きしたことがないのです。どうにもこうにも、退屈で退屈で、死にそうな気分になって、その場から一分一秒でも早く逃げ出してしまいたいと、ただそればかりで頭が一杯になるのです」

平井太郎といい、郷田三郎といい、僕の周りにはよほど飽きっぽい人間が集まるようだ。

「そうそう、奴は厭世的なのさ」と、乙骨は言う。「だからもう諦めて、仕事はしないようにしたそうだ」

「ええ、多少でしたら田舎から仕送りもありますから」

「でも何もしなくては、退屈でしょう」

「だから今度は趣味を持とうと思ったのです。カルタ、玉撞《たまつ》き、テニス、水泳、山登り、碁、将棋、いろいろやってみました。どれもそこそこできるようになるのは、これもまた一緒で」

「そしてすぐに飽きるのも、一緒ですか」

「ええ」郷田は、恥ずかしそうに下を向いた。

「最近は何をしているのです」と僕が訊くと、

「君も探偵だったら、ホルムスのように見ただけで当ててみたまえ」と、乙骨が半畳を入れた。

「明智は私立探偵をしているんだ。ずっと閑古鳥が鳴いていたが、ようやく最近は、新聞にも名前が出るようになった。いずれ岩井探偵をしのぐ大物になる予定だ、と言っておこう」

思いがけないこの言葉に、郷田の目が輝いた。

「すると明智さんは、殺人者を見たことがあるんですね」

「ああ、もちろん」と、僕は答えた。虚勢を張って、まるで自分の身内はすべて殺人者であるかのように、平然と。

「やはりロンブローゾの唱えるように、犯罪者には特徴的な面相があるんでしょうか。殺人者に特有の顔のつくり、窃盗犯に見られる共通点、そういう説は本当なんでしょうか」

そう勢い込んで問いかけられて、僕もいささか困って、「ロンブローゾ氏の説は、言ってみれば、全体としての傾向を表す統計学のようなものだからね。そういう面相をしていたからといって、やたらと勾引するわけにもいくまい。彼の説くところでは、犯罪形質は一種の医学上の変質者であるというのが、その根拠になっているのだと思う。僕の知り合いの探偵家の寶來正芳《ほうらいまさよし》氏は、犯罪者は心中不安で鋭敏になっているので、美醜とはまったく別物の悪相になっているとも言っているがね」

「だが女賊は、稀代の美女と相場が決まっているぞ。妲己《だっき》のお百とか高橋お伝《でん》とか」と、乙骨は茶々を入れた。

「それは、新聞記者のあらまほしき願望に過ぎないよ」と、僕は手を振った。「まあ、高橋お伝は写真も残っているから、乙骨君も知っているように、見られないこともないがね。大抵は針小棒大。僕はよく法廷に傍聴に行くが、がっかりしたこと数限りなしだ」

郷田は、しきりに僕に犯罪学の話を聞きたがった。結婚相手募集の新聞広告を見て来た女性を次々に殺害し、森の小屋のストーブで遺体を燃やした青髭のランドルー、ロンドンの下町の娼婦を次から次へと滅多刺しにした切り裂きジャック、聖女ジャンヌ・ダルクの忠実な騎士であり、フランス陸軍元帥の位を極めながらも、子供をさらい肉の喜びに耽溺したジル・ド・レ、間抜けな解剖医に実験用死体を提供するために多くの殺人に手を染めたジョン・バークとウィリアム・ヘア。そうした猟奇物語は、郷田を狂喜させた。

中でも彼を喜ばせたのが、一八九三年にシカゴ万国博覧会に合わせて「殺人ホテル」を開業した、ホームズ医師ことハーマン・ウェブスター・マジェットの話だった。彼が博覧会の遊覧客に期待していたのは、宿代だけではなかった。この殺人ホテルには、秘密の扉、覗き窓、誰にも知られないように移動できる隠し廊下がこっそり造られていて、泊まり客の隙をついて部屋にガスを充満させ、いとも簡単に命を奪えたのだ。そして死体は専用リフトや滑り台を使って地下の死体処理室に直行させた。そこではボイラーや生石灰を使って、跡形もなく死体を消滅させたという。そのホテルは「ホームズ城」と呼ばれていた。昆虫観察のように宿泊客の動静を覗き穴からこっそり盗み見て、これはと思う客をボタン一つで死に至らしめる。まさしく「城」と呼ぶべき建物だと、郷田は感激していた。

それ以来、郷田は僕の下宿に遊びに来るようになった。古今東西の犯罪を語り合い、僕の蔵書からめぼしいものを借りていった。どうやら新しい興味の対象を見つけたらしい。自ら書店で犯罪に類する本を、片端から買い集めていた。ポー、ホフマン、ガボリオ、ボアゴベ。さらにはドイル、コレッリ、コリンズ、デュマなどなど。

「ああ、まだ世間にはこれだけ面白いものがあったのか」と、彼は僕の蔵書漁りをしながらつぶやいていた。

しかし簑浦君も知っての通り、郷田三郎はこれだけで満足しなかった。彼はさらに浅草に遊び、「犯罪遊戯」に目覚めて行くのだが、それは後で改めて語ろう。

実は僕の方も、彼の病的性格に興味が湧いて、足繁く通って来る彼を歓待しながら、面白く観察させてもらっていた。しかしいつの間にかその間合いが長くなり、ついには姿を見ることもなくなった。しかしさほど気にしなかった。単なる気晴らしに過ぎない郷田の観察よりも、本物の事件で忙しかったからだ。

それはある蘇った死体の事件だった。郷田三郎の姿が僕の前から消えた頃、それと入れ替わるようにして、ある華族から依頼を受けた。迎えのパッカードが団子坂にやってきたのは、もう日もとっぷり暮れた頃だった。まだ日本には正式に輸入されていなかった巨大な自動車は、煙草屋がある横丁に入ることができず、大通りに停めたまま、支配人を名乗る老人が歩いてきた。いきなりのことで煙草屋のおかみさんは慌てふためき、セルの着物をだらしなく着崩していた僕も、さすがにこのときは衣服を改めた。

「明智小五郎先生でいらっしゃいますか」と、モーニング姿の老人は馬鹿丁寧に頭を下げた。

「私は東小路伯爵家に仕える支配人の北村と申します。唐沢男爵閣下のご紹介で参りました」

唐沢と聞いて、僕は思い出した。以前男爵家の娘、瑠璃子が嫁いだ先の実業家荘田氏が別荘で変死し、さらに未亡人の瑠璃子もある青年の手にかかって殺害されるという事件が起きた折に、兄の唐沢男爵から事件調査の依頼を受けたことがあった。先代の唐沢男爵は貴族院の硬骨漢として名が知られていたが、後を継いだ長男は、院展にもしばしば入選する貴族書家として有名だった。フランス大使を務める東小路伯爵と親しいとは、知らなかった。

支配人から渡された紹介状に目を通していると、さらに彼は言った。

「奥様がぜひご相談したきことがあると、申しております。よろしければ迎えの車もございますので、只今より麴町までご足労願えないでしょうか」と言い、さらに白髪頭を海老のように折る。

断る理由もなかったが、要件の具体的内容について、下宿でも迎えの車の中でも、支配人は一言も漏らさなかったし、紹介状にも書いていなかった。団子坂を登りきったところで左折し、そのままずっと直進すると帝大前、さらに進むと湯島の順天堂病院のところで神田川とその向こう側の省線に突き当たる。右折して線路に沿って麴町までの間、車内に響く音は、轍《わだち》とエンジンの立てる騒音だけだった。屋敷町の長い塗り塀が闇の中にぼんやり浮かび上がり、それに沿ってパッカードはどこまでも進んでいく。一陣の風が吹き付けて、木々のざわめきに気を取られた瞬間に、自動車は鋭く左に曲がって屋敷の敷地に吸い込まれた。速度を落とし、長く湾曲した砂利道を音高く走り抜け、正面玄関の車寄せにとまった。

自動車の騒音を聞きつけていたのだろうか、黒い詰襟のとうのたった書生が、玄関先ですでに待ち構えていた。車が静止すると同時に扉をあけて、僕を石造りの西洋建築の中に招き入れた。豪勢なはずの高い天井も何か埃っぽく、ガランとした虚しさが漂っていた。日に焼けた赤い絨毯《じゅうたん》の上を、小柄で子供のような女中が先導して、二階の居間に案内をした。

「明智様がいらっしゃいました」

女中が深々と頭を下げる脇を、僕は室内に入った。まだ夏とは言えぬ季節なのに、窓を開け放っていた。角部屋の窓から窓へと、びょうびょうと風が吹き抜けて、白いカーテンが舞った。その紗《しゃ》の向こうに、カウチに体をもたせかけている女性の影が見えた。風がおさまると、その姿があらわになった。

「ごきげんよう、明智様」

ほんのささやくような声とともに、彼女は軽く会釈をした。「座ったままで失礼しますわ。どうぞお許しくださいと語る顔は、蠟人形のように生気がなかった。

「東小路伯爵夫人とお見受けいたします」

「ええ、およびしたのは私です。主人はパリに赴任しておりますから。どうぞおかけになって」

勧められるまま、僕は彼女のそばの椅子に腰をかけた。それに合わせたように、先ほどの小間使いが無言で紅茶を出した。この部屋にある、ただ一つの温かさだった。

「お寒いでしょう。でもお許しくださいね。私、こんな体ですから」と、真っ白な頬に挟まれた真っ赤な唇で、夫人はささやいた。まるで血を吐いて鳴き続けるというホトトギスの嘴《くちばし》を思わせるような、鮮やかさだった。

「お気遣いなく」と、僕は答えた。「ご無礼かとも存じますが、お体に障りますから、直截にお伺いしましょう。ご依頼の件はどのようなことでしょうか」

東小路伯爵夫人はカウチの片袖に身をもたせかけながら、視線を窓の外の闇にさ迷わせた。そして「私の兄のことでございます。私、田舎出しでお恥ずかしいんですけど、伊勢の出身なんですの」

「確か鳥羽でしたか」

「ええ、よくご存じね。では私の実家が菰田《こもだ》というのも、知っていますでしょう」

菰田家は、三重県随一の名家だった。江戸時代から山持ちの庄屋として、殿様をしのぐ富豪として知られていたが、御一新のあとの混乱の時代も、才覚のある歴代当主のおかげで先へ先へと立ち回り、今では見渡す限りの田畑や山林を所有しているだけでなく、網元として数多くの漁師を抱え、さらに製材工場、鰹節工場、各種の缶詰工場などの現代資本家としても成功していた。その身代は増えることはあっても、決して減ることなど考えられない、とまで地元では言われていたそうだ。

そんな長者の家とはいえ、一地方の庄屋から堂上華族の東小路伯爵家に嫁に入ったのは、やはり金の力なのだろうなと、僕は心の中で思った。イギリスでも名門貴族の公爵家や伯爵家に、次々とアメリカの鉄鋼成金、鉄道成金、石油成金、金鉱成金の娘たちが嫁入りしたり、また反対に欧州の没落貴族の娘たちがアメリカに渡り、そうした成金たちの社交界でもてはやされているという話も、思い出した。この豪奢な石造りの館も、おそらく菰田家の援助で建てられたに違いないだろう。

「もう父は身罷《みまか》りましてね、今菰田の家を継いでいるのは、兄の源三郎ですの。私と三つ違いですから、まだ三十五だというのに、突然亡くなりました」

「新聞で見たように思います。そして、不思議なことに生き返ったのでしたね」と、僕は答えた。

「そうなんです。一旦死んだ人間が、土の中に何日も埋められていたにもかかわらず、それでもなお生きているなどということが、あるのでしょうか、明智さん。私はどうしても信じられません。よほど丈夫な人ならともかく、蒲柳《ほりゅう》の質《たち》で子供の頃から風邪ばかり引いていた源三郎が、その上てんかんの持病まであるあの兄が、そんな堪《こら》え性《しょう》のある人間だとは思えません」

「奥様は、生き返った後の源三郎氏には、まだお会いになっていないのですね」

「ええ、会えるものなら、一目で本物かそれとも大騙《おおかた》りか、見分けがつかないわけがありません。ただ、ただ悔しいのは、私がこんな体だから……飛んで行ってこの目で確かめてやりたいのですけれども、それはかなわない。兄の葬儀にも出られなかったのですもの。だから明智さん、あなたに私の目となり耳となって、真実を確かめていただきとうございます」

「ご実家には、もう血縁の方は残っていないのですか」と質問した。

「旧家のことですから、一族郎党は山ほどおります。でも伝え聞くところですと、源三郎は皆に湯水のように金を与えて、手なずけてしまっているようですの。分家やそのまた分家はたくさんありますけれど、本当の直系の本家の血筋は、私と源三郎兄しかおりませんから、心から心配する人などおりません」

「ご結婚はされているのでしょうか、源三郎氏は」

「千代子さんという、可愛い人をもらっているのですが、どうこう言える人ではありません」と、夫人は首を横に振る。

「ということは、鳥羽ではほとんど皆が、その生き返った源三郎氏の味方ということですね」

「ええ、ええ、ええ」と繰り返すと、突然夫人は苦しそうに身をよじり、両手で顔を覆うと激しく咳き込んだ。小さな肩が大きく波打ち、顔を背けた。白い袖に真っ赤な飛沫《しぶき》が、南天の実のようにたわわに実った。僕も思わず腰を浮かしたが、どうしていいものやら戸惑っているうちに、廊下から慌てて小間使いが駆け込んできて、夫人の手に大きなタオルを持たせ、顎の下に琺瑯《ほうろう》引きの洗面器をあてがった。びしゃりびしゃりと鮮血の滴る音が、高い天井まで響いた。支配人の老人と主治医も間もなく駆けつけたので、僕はこのまま失礼することにした。

立ち上がって一礼すると、タオルで顔の下半分を覆ったまま、東小路伯爵夫人は目に涙を浮かべながら、深々と頭を下げた。

果たして一度死んだ人間が、再び生き返るなどということが、あり得るのだろうか。

もちろん僕は、エドガー・アラン・ポーの「早すぎた埋葬」を愛読していた。そして生きたまま埋葬されるという恐怖は、ポー一人の幻想ではないことも、知っていた。さすがに二十世紀になってからはなりを潜めたというものの、生きたままの埋葬の恐怖は、古代ローマ時代から連綿として続いていた。墓泥棒が遺体が埋葬されたばかりの墓を暴き、結婚指輪を盗もうとして若い女性の死体の指を切り落とした途端、絶叫とともに死体が蘇生するというような民話は、ヨーロッパ中で言い伝えられていた。

十九世紀には特にドイツでその恐怖が蔓延し、フランツ・ハルトマンやフリーデリケ・ケンプナー女史の、すべての町で遺体安置所を整備して、二度と生き返る恐れがない状態、すなわち遺体が腐敗するまで二十四時間監視すべきという啓蒙書には、さすがに辟易とした。死体の手や足の指に絹糸を結びつけて鐘とつなぎ、もし生き返ってわずかでも身動きしたら、音で番人に知らせるという装置は、悪趣味以外の何物でもなかった。糸まみれになった死体が数限りなく横たわる中、いつ鐘の音がなるかと怯えながら寝ずの番をするなんて御免蒙《ごめんこうむ》ると、その本を読んだときに痛感した。

それだけではない。遺体安置所なら万一生き返って、不承不承でも番人が飛んできてくれるだろう。一番恐ろしいのは地中に埋められたまま、目が覚めることだ。そうした万一のために息抜きの穴、非常用食料と葡萄酒、救出を呼ぶための鐘楼まで付いている「安全装置付き棺」がアメリカでは売り出されているらしい。しかし幸か不幸か棺の中で生き返り、死に物狂いで鐘楼の鐘を鳴らしても、助けが来るとは限らない。近所のいたずら坊主が、鐘を外しておもちゃにしてしまうかもしれない。それとも金屑集めが、これ幸いと獲物にしてしまうかもしれない。もしそんな羽目に陥ったら、いっそ空気穴など取り付けず、さっさと息が詰まって死んでしまった方がいい。

すべて上手くいき、墓場に生き返りの鐘の音が響き渡ったとしても、まだ安心できない。一旦三途の川を渡りかけた人間を、助けてくれるだろうか。僕はあるイギリスの伝説を思い出した。ある教会の地下納骨堂に、若い女性が埋葬された。ところがその翌日、納骨堂の扉を内側から力一杯叩く音に、寺男は気がついた。まさか死者が蘇ったのではと、恐怖に駆られた寺男は、慌てて牧師を呼んだ。牧師の目の前でも、扉は叩き続けられていた。ところが、牧師は寺男に扉を決して開けないよう命じたという。中にいるのは悪魔の化身であると断言した。狂おしいほどの音に悩まされながらも寺男は必死で我慢をし、ついに扉を叩く手は止まった。音が止まった後でも、恐怖のあまり扉を開けられなかった。ようやく開いたのは数年後であり、扉の向こうには白骨化した女性の遺体が倒れていたという。

さらにもう一つの事件を、僕は思い出した。九州のある地方を治めていた大名家の末裔、大牟田子爵の事件をだ。若く美しい妻を娶り、幸福の絶頂と思われていた大牟田子爵が郊外に遠足に行き、崖から転落して死亡した。彼の遺体は先祖代々の納骨堂に納められたのだが、不思議なことに子爵は先祖の死体に囲まれた中で、息を吹き返した。それだけではない。実は彼の死は、計画的な殺人だったと判明した。納骨堂に隠匿してあった海賊の宝を手に入れた子爵は、自分を陥れた犯人に死より恐ろしい復讐を試みたのだった。現在も子爵はその罪を問われて、獄中に繋がれているはずだ。

紳士録を見れば、菰田源三郎の経歴は簡単にわかった。東京の大学を六年ほど前に卒業し、すぐに田舎に引っ込んで一族の資産を増やすことに専念していた。もとより学問を修めようとか、立身出世を望もうとかという野心は抱いていない御曹司だったから、かなりのんびりした大学生活だったようだ。まず大学の同級生にあたりをつけて、その人となりを把握しようと思った。

翌日、僕は彼が通っていた早稲田大学の学生課を訪れて、卒業名簿を閲覧した。

「この菰田君をよく知る人物はいませんか」と、事務員に尋ねてみたが要領を得なかったので、指導教授を紹介してもらった。教授には、彼はあまり学校に出てこなかったからそれほど親しい友人もいないだろうと言われたが、それでも新聞記者になった同級生を教えてもらった。

一刻も無駄にできなかったので、近くのガレージで自動車を都合して、京橋の東京朝日新聞社に行った。普段なら市電を乗り継ぐところだが、今回は依頼人が後ろ盾なので時間を優先した。受付で名刺とともに教授に書いてもらった紹介状を通じると、ほどなくして政治部に通された。

　そこで待っていたのは、いかにも押し出しの強そうな青年記者だった。切れ者という感じはしなかったが、人一倍の馬力が感じられた。

「政治部の緒方です。早速ご用を承りましょう」と、椅子にかける間もなく、テキパキと話しはじめた。

「実は大学の同級生の菰田源三郎氏のことですが」

「ああ、菰田君ですか」と、緒方記者は人差し指と中指の間にエアーシップを挟んだまま、右手を振り回した。「驚きましたよ。あんな大金持ちで不平不満のあるはずない人間が、まだあの若さで頓死してしまうとは。人生、わからないものですな。三重の通信員から記事が上がって来たときには、僕も目を疑いました。まさか自分と同級の男の死亡記事が送られてくるとはね。それがしばらくしてから、今度は生き返ったという。二度びっくりですよ。その生き返りの顚末も、通信員が記事を送って来てくれたおかげで知ったわけですが、あれほど驚いたこともなかったな」

　すると横を通りかかった別の記者が、

「あの時は、政治部のくせに取材に行かせろと、大騒ぎしたたな」と、口を挟んだ。

「あはは、中野さん、それは勘弁してくださいよ」

その記者は緒方記者の肩をどんと叩いて、向こうに行ってしまった。

「菰田君は、学生時代はどんな人間でしたか」

「ほとんど学校には出てこなかったですな、人のことは言えませんが」と、緒方は頭を掻きながら苦笑した。「いかにも鷹揚な、お坊ちゃんらしい男でしたね。死亡記事はごらんになりましたか。昔はあんな髭は立てていませんでしたが、まさに茫洋とした風体で……」

「人物は大きいが、それほどの覇気があるというわけでもない、といったところでしょうか」

「そうですね、生まれの良さが、そのまま歩いているというふうでした」

「ところが最近、その菰田君が妙な建築道楽を始めたと、聞きますが」と、僕は探りを入れてみると、

「それは耳にしています。なにしろ離れ小島のことで、よそ者にはさっぱり様子がわからないようなので、通信員が要領を得ない記事を送って来ましたが、掲載は見合わさざるを得ませんでした」

「菰田君は、もともと建築に興味があったのですか」

「いいえ、聞いたことはないなあ」と首をひねりながら、「そもそも彼は法科ですからね、僕と同じで。伊勢に帰ってからも、本宅を建て直したという話も聞いたことがありませんから、建築道楽なんて、どこから湧いて出たのでしょう」

「なるほど。ところで同級で、他に菰田君と親しくしていた友人を、ご紹介願えませんか」

「いや、菰田君には特に親しくしていた学生仲間はいなかったと思いますが」と言ったところで、

「ああそう言えば」と、緒方記者は何か思い出したようだった。「菰田君とは顔形から背格好、声音にいたるまで、まるで双生児のようにそっくりの男がいたんです。菰田君の方が年上だったので、彼のことは兄貴、もう一人の人見広介の方を弟と、我々は呼んでからかっていたのですがね。それはもう、血の繋がりがないにもかかわらず、ここまで似ることもあるものだと、皆で呆れていました」

思わぬ人物の登場に、僕は驚いて身を乗り出した。

「その人見君というのは、今どこにいるのですか」

「ところがですよ、不思議なのは、菰田君が死んだすぐ後に、彼もこの世を儚く思ってしまったのか、伊豆に向かう汽船から太平洋に飛び込んで入水《じゅすい》自殺してしまったのですね。残された行李の中にあった雑記帳に、彼の名前と辞世の句が見つかりました。本物の双生児なら感情が感応するということもあるかもしれませんが、ただの他人の空似にもかかわらず、数日を経ずして二人が亡くなるのは、なんともまあ不思議なことです」緒方記者は肩をすくめた。

「それは本当ですか」

「ええ、うちの新聞にも小さな記事ですが掲載しましたから、ちょっと待ってください。今お見せしましょう」

席を外した緒方記者は、すぐに新聞を手にして戻って来た。「小説家の自殺」という見出しで、舷側に飛び出した釘に、彼のものと思われる衣類の切れ端が引っかかっていたとも、記されていた。

「なにしろこの僕が数日前に人見君の下宿に遊びに行ったときに、菰田君が亡くなった事実を教えた張本人なのだから、責任を少々感じましてね、いささか追悼の意味も込めて、よその新聞より詳しく書かせてもらいました。そう言えば、その話をしたら、人見君は複雑な表情をしていたなあ。なんだか泣いているのか笑っているのか、一言では言い表せないような、そういう顔をしていた」と言って、緒方記者は新しい煙草に火をつけた。

しばらく僕たちは沈黙していたが、先ほど茶々を入れた中野記者が、また通りがかりざまに、「緒方君、取材は上々かい。なにしろ君は、我が政治部にとってはなくてはならぬ、空気のような男だからな。奮励努力してくれたまえよ」と言い残して、室外に消えた。

「空気男、ですか？」いきなりの不可解な言葉に、僕は戸惑った。

「いや、空気のような、ですよ」と、緒方記者は照れた様子で、「空気がなければ息が詰まって死んでしまうでしょう。なくてはならぬ、必要不可欠という意味らしいのですが、なんでまた僕にそんなあだ名をつけるのでしょう」と笑った。

なんでこの言葉が気にかかったのかというと、江戸川君が昔造船所に勤めていた時分に、物忘れがひどい友人がいたのであだ名を「空気男」とつけてやったと、雑談で喋っていたのを思い出したからだ。同じ言葉を使っても、ずいぶん意味が違うものだ。

「その人見君には、縁者はいないのですか」

「郷里では兄が家を継いでいるそうですが、なにしろ売れない作家でしたからね。無心が過ぎて、ほとんど義絶状態と言ってよかったでしょう。むしろ彼が死んでくれて、ホッとしているかもしれません」

「生前の彼を知る人は、他にいませんか？」

「そうですね、博文館が出している『新趣味』とか『新青年』とかという雑誌をご存じですか。あそこに作品を持ち込んでいたそうですが、一つとして掲載されたことはなかったと思います。その編集者なら、付き合いがあったかもしれません」

僕は丁寧に礼を言って辞去した。次に向かうべきは、日本橋本石町《ほんこくちょう》にある博文館だ。電車を利用する距離でもないので、八重洲通りを横断して直進し、日本橋を渡って歩いていった。

編集部に通されると、新聞社とは対照的にこぢんまりとしたところで、いくつかの雑誌が一つの部屋に同居していた。『新青年』の担当編集者もほんの二、三人で、これだけの人数でよく毎月分厚い雑誌が出せるものだと、僕は口には出さないものの、驚いた。

給仕に名刺を渡すと、一番奥の本やら雑誌やら紙反故やらが積み重なった城壁の向こう側に持っていった。するとしばらくしてその壁の上に片手が現れて、こちらへと、おいでおいでをした。それに誘われて、僕は編集部室の敷居をまたいだ。

僕を呼んでいたのは、髪の毛を後ろに撫で付けた、理知的な風貌の男だった。彼は『新青年』編集主幹の森下雨村《うそん》であると、自己紹介した。

「私立探偵さんですか。実は今、うちの雑誌では創作探偵小説に力を入れているのですよ」と、もうすぐ出る春季増大号の校正刷りを差し出した。表紙からパラパラめくると、「内外時事問題批判」「普選と国民の義務」などという一般記事に混じって、ドゥーゼの「夜の冒険」と題する連載小説があった。さらに創作探偵小説のページを開くと、保篠龍緒《ほしのたつお》の「山又山」、松本泰の「詐欺師」、山下利三郎の「頭の悪い男」、そして江戸川乱歩の「二銭銅貨」が入賞作品として掲載されていた。前にも話したと思うが、平井君に浅草の乞食たちが通信手段に使う二銭銅貨を見せて、探偵小説を書いてみないかと、その前年に提案したら、彼は二つ返事で快諾した。しばらく音沙汰がなくて、どうしたのだろうと思っていたが、この小説内ではその小道具が実に効果的に使われていて、僕も舌を巻いた。江戸川乱歩という筆名は初耳だったが、彼に間違いないと確信した。ようやく彼の努力が実を結んで、嬉しくなったよ。実際、この雑誌が店頭に並ぶ直前に、平井君から丁寧な礼状とともにこの雑誌が一冊、届けられたことを付け加えておこう。そして翌年、江戸川君が「D坂の殺人事件」と題した新作を『新青年』編集部に送りつけたときに、主人公の名前に見覚えがあると森下編集長がびっくりするのは、また別の話だ。

ともかく、今僕が訊くべきことは人見広介のことだ。緒方記者から聞いた、人見の小説が投稿されたままになっているという話を振ってみると、編集長は即座に、

「ああ、覚えていますよ。確か『RAの話』とかなんとか言っていたなあ。ちょっと待ってください。結構たくさん、原稿が送られてくるのです」と言いながら、森下編集長は引き出しを開けて、中の原稿用紙を改め出した。この引き出しにはたくさんの投稿原稿がしまってあり、万一予定の原稿が間に合わなかった場合、この中から適当な枚数の作品を、代わりに掲載するのだと言う。

「そう、これ、これ」と取り出したのは、かなりの厚さの原稿の束だった。森下の記憶通り、一

枚目には「RAの話　人見広介」と書いてある。「なかなかよく書けているのです。ある種のユートピア幻想とでも申しましょうか。ポーの味わいのような、谷崎の語り口のような、この世にありうべからざる夢の国を作り上げるという話なのです。しかしなんと言いますか、あまりに濃密な描写が過ぎるのです。作者がこの夢の国を描いているのではない、むしろこの夢の国の奴隷になっている、そんな印象を受けるのです。あまりに緻密すぎて、全体のバランスが崩れてしまっている。しかし作者はそんなことに頓着せず、あくまでも書き続ける。筆が止まった瞬間が、その王国の終焉であるかのように。そうしたバランスの悪さが災いして、僕はこの作品は未だに掲載していないのです」

僕は彼から原稿を受け取った。最初の一枚目からゆっくり読み進めていった。なるほど、敏腕編集者の指摘は的確だった。独りよがりの退屈極まる代物に過ぎなかった。巨大なガラスのトンネル、その向こうに広がる様々な魚が舞い踊る水槽、その中を泳ぎ回る人魚たち。見渡す限りの大森林、花園に咲く裸女の花、美女が担ぐ蓮台に乗った王様、そういう幻想が次から次へと繰り広げられていた。

単なる小説としてなら、落第点かもしれない。しかし僕はこの作品を読んで、一つの確信を抱いた。

無事東小路伯爵夫人の依頼を果たして、僕は帰京した。菰田源三郎の頓死を好機として、墓から蘇った偽装をして入れ替わったそっくりの男、人見広介の破滅的なユートピア幻想を現実化したパノラマ島は、彼の肉体が打ち上げ花火とともに四散すると同時に、終焉を迎えた。僕はパノラマ島に住む詩人の一人として入り込み、人見に僕が調べた事実を突きつけた。その頃すでに菰田夫人の命はなく、菰田家の財産も、荒唐無稽なパノラマ島に注ぎ込まれて枯渇していた。はち切れんばかりになっていた風船に、針を突き刺しただけだったのかもしれない。いずれ破綻するのは、目に見えていた。

残された菰田家は、当主もその妻も、そして財産のほとんども失い、見る影もなくなってしまった。そうした現実を突きつけられると、事件解決の勝利感もない、虚しく苦々しい事件だった。結局探偵は、起きた事件を観察して事実を暴くものの、主役ではありえない傍観者であることを、改めて突きつけられた。残された僅かな田畑家屋敷は、菰田家の遠縁の人間が相続することになるだろうが、僕のあずかり知らぬことだ。事件の全容を東小路伯爵夫人に報告して、幾重にも感謝の言葉をもらったが、その彼女もそう長くないだろうと、感じた。

団子坂の下宿に戻り、伊勢に行っていた間の郵便物を整理していると、郷田三郎から転居の挨拶状が来ていた。またもや彼は、新しい下宿に引っ越したらしい。ほぼ数ヶ月ごと、ひどいときは一月に二度も引っ越しをする男だが、なぜかその度にきちんと挨拶状を送ってよこしていた。いちいち印刷屋に依頼しては費用も追いつかないと見えて、途中からは手書きになり、内容も時候の挨拶などの虚礼は廃して、住所のみの文面になっていたが、それでもなお僕には連絡をしてきていた。

「東栄館か」

僕はこの下宿屋の名前に見覚えがあった。ここ数日の新聞で見たはずだ。今日の三面記事にはなかった。そこで前の日、そしてその前の日の新聞をひっくり返してみると、三日前の雑報欄の片隅に、本郷区の東栄館の一室で、遠藤某と称する歯医者の助手が服毒自殺をしたと報じられていた。その記事だけなら、何のことはないよくある事件だ。しかしあの郷田が住む同じ下宿での不審死が、僕の頭の中で引っかかった。

所轄の警察署の刑事を、警視庁の知り合いに紹介してもらい、いろいろ質問してみた。彼らもよくある青年の自殺としか認識していなかったようで、一件落着した事件を今更ほじくり返そうという意欲もなく、かぎまわりたいのなら勝手にしろと追い返された。

それなら仕方がない。僕は直接東栄館に行き、郷田三郎にぶつかってみることにした。

「やあ」

「ごぶさた」

書生っぽらしい気楽な挨拶を交わしたが、その時に郷田の目の逸らせ方で「ハハア、こいつだな」と僕は直感した。あとは証拠を固めるだけだ。そんなことを僕が考えているのも知らないで、郷田は自分の犯罪の成功に酔っているようだ。被害者遠藤の部屋を見せて欲しいと言うと、部屋を管理していた友人の北村まで紹介してくれた。その北村が、

「あの朝もやっぱりこれが鳴っていましたので、まさかあんなことが起こっていようとは想像もしなかったのですよ」と、遠藤の目覚まし時計を指差しながら答えるのを聞いて、直感は確信に変わった。間違いない、これは郷田三郎の仕業だ、そう僕は心の中で叫んだ。あとはどう証明す

るかだ。僕の心が浮き立った。今日中に一気に突き詰めていくか、それとも真綿で首を締めるように、じっくり追い詰めていくか、どちらにせよ僕の手から逃れられないことを、彼は知らなかった。被害者に同情したような顔つきで、北村と一緒になってああだこうだと弁じている郷田に、哀れみの気持ちが少しだけ湧いたことは、否めなかった。

そうした気分を振り払おうと、僕はエアーシップの箱を取り出して、一本火をつけた。

「君はさっきから、ちっとも煙草を吸っていないようだが、よしたのかい」

「おかしいね。すっかり忘れていたんだよ。それに、君がそうして吸っていても、ちっとも欲しくならないんだ」

「いつから？」

「考えてみると、もう二、三日吸わないようだ。そうだ、ここにある敷島を買ったのが、たしか日曜日だったから、もうまる三日のあいだ、一本も吸わないわけだよ。いったいどうしたんだろう」

「じゃあ、ちょうど遠藤君の死んだ日からだね」と、僕がさりげなく言及すると、郷田は返す言葉を失って青ざめたまま、黙り込んでしまった。

警察が捜査してからもう三日も経っているのだから、決定的な証拠がまだ部屋の中に残されているとは、思っていなかった。もし彼の罪を問うことができるとしたら、物理的証拠ではなくて、心理的証拠を発見するしかないと、最初から見極めていた。しかしこれほどたやすく郷田が失態を犯すとは、予想外だった。この時点ではまだどうして郷田が遠藤の殺害を境にして煙草嫌いになったのか、わからなかった。しかし彼の犯行と煙草との間には、必ず何らかの関係があるはずだ。あとはそれを見出して、郷田三郎の神経が参るまで、じっくりと締め付けてやればいい。

　この犯罪と煙草との関係を探ろうと、所轄署を訪れて捜査資料を閲覧した。ところがすでに自殺で片がついている事件だ。殺人事件ならば、水をも漏らさぬ態勢で現場を調べ上げ、遺体も解剖するのだろうが、ほんのおざなりの死体検案書と報告書しかなく、これではお手上げだった。果たして現場に煙草があったのかどうかも、さっぱりわからない。ましてそれが事件と関係するかなど、調べようがない。

　そこで僕は、この事件を担当した刑事から直接話を聞くことにした。すぐにでも済むだろうと思っていたが、この刑事、管内で発生した女世帯三人殺しの捜査にかかり切りで、もともと素人探偵など快く思っていなかったのに加えて、この忙しさだ。僕の相手どころではなかった。話しかけようとしても、邪険にされて取りつく島もない。

　やがてそれとなく僕が刑事に助言をしたのがきっかけとなって、三人殺し事件が急転直下、解決したのがもう半月も経った頃だった。そうして三人殺しの目鼻がついた末に、ようやく刑事も僕の問いに答えてくれた。

「そうさなあ、しかしあれは自殺だろう？　現場に煙草がなかったかと訊かれれば、ううむ、そんなことをいちいち覚えているかい。いや、まてよ、そう言えば、自殺に使ったモルヒネの小瓶、たしかあれが煙草の箱の中にあったような気がしたな。それも倒れていて、中身がほとんど溢れちまっていてな。中の紙巻も、モルヒネだらけになっていたっけ。それぐらいだな」

それを聞いて、僕は心の中でニヤリと笑った。これだ、これが郷田三郎が煙草が嫌いになった原因だ。自分が殺人に用いた毒物にまみれた煙草を目にして、無意識のうちにそれを口にできなくなったのだ。ついに僕の手に、切り札が舞い込んできた。さあ、明日はまた東栄館に行ってみよう。そして郷田三郎に引導を渡すのだ。どういうふうに奴の前に現れようか。ああでもない、こうでもないと考えを巡らして、僕は忍び笑いを漏らした。

九

簑浦元警部補は、明智の書斎の壁を埋め尽くす革表紙の洋書の列を片手で撫でながら、「明智先生は、『屋根裏の散歩者』事件の後に海外に行かれたそうですね」と言った。

「そうだ。まったく予想外の出来事だった。いずれは洋行したいとは思っていたけれども、ある日突然上海に行くことになった。もっとも当時は、上海へ行くのに洋行といった御大層な感じはなかった。九州に行ったり朝鮮に行ったりするのとほとんど変わらない。実際旅券なしでも渡航できたし、向こうに日本人もたくさん居住していたからね。で、なぜ上海かと言えば、前回話した事件を解決してからしばらくして、国際電報が届いたんだよ。発信地は上海。まったく心覚えがないので、訝しく思いながら開けてみた」

＊　＊　＊

その中身は、

「ヒマナラバコイ、ヒマデナクテモコイ　ＳＨ」

という簡潔なものだった。

その電信紙を手にしたまま、僕は立ち尽くしてぴくりとも動けなかった。この短い文面は、僕にとって何物にも代え難いほどの、重い内容だった。

さらに電信に続いて郵船会社から連絡がきて、上海行きの一等船室の予約がこの週末に入っていると知った。

「やはりあの人だ。あの人らしい」と、僕はつぶやいた。そして頭を振りながら、一つため息をついた。

身軽な身分の僕は、その頃手がけている事件もなかったので、早速支度を整えると、指定された外洋航路の旅人になった。

といっても、素直に喜んで船上の人になったわけではなかった。母や伯父から聞いた言葉をたよりに作り上げ、心の中に抱いていた幻想が、打ち砕かれてしまうかもしれない。たとえ想像通りだったとしても、生まれて初めて会う相手に、胸襟を開いて接することができるのだろうか。どんな言葉を発したらいいのか、思いつきもしなかった。さらに向こうからどんなことを言われるのか、どう答えたらいいのか、途方に暮れた。

ようやくたゆたう波の心地よさにも慣れた頃、予定ではそろそろ陸地が見えてきてもよさそうなものだがと、僕は上甲板のデッキで赤茶色に濁る水面をじっと見つめていた。この赤い水は、長江から東シナ海へ流れ込む泥のせいだ。まるでシナの大地がはるか彼方まで広がっているようだ。いや、むしろシナの民が生まれ故郷を去って、世界の隅々まで華僑として渡って行くさまに、通じているのかもしれない。この水は拡散しながら、横浜の南京町へ、そしてサンフランシスコのチャイナタウンにまでつながっているのだ。

「ヤア、上海は初めてですか」

と、背後からいきなり馴れ馴れしく肩を叩かれた。振り返ると、同年輩の青年だった。同じ日本人だけれども、海外慣れして、しかも軽薄な調子の良さが見られた。

「後どのくらいですか」と僕が言葉を返すと、

「もう長江の中ですよ。おや、びっくりなさっている。初めての人は、皆そうなんだなあ。ハハハ、いや失礼。これは本当ですよ。もうすでに海じゃありません。岸が見えないって？　それはそうでしょう。なにしろシナですから。大きさが違います。水平線の向こう側に、岸辺は隠れてしまったのですよ」

そう青年は言って、乾いた笑い声をあげた。

「いや、失敬。僕は甲谷《こうや》と言います。材木の買い付けで、上海と行ったり来たりしています。ひどいときには、シンガポールまで足を延ばしたりして」

TELEGRAM
COME IF CONVENIENT.
- IF INCONVENIENT
COME ALL THE SAME
S. H.

「それは大変ですね」

「ですから、上海なんてほんの近場のようなものです」と、旅慣れたさまをひけらかした。「ああ、これが僕の名刺です。何か困ったことがあったら、会社に電話をどうぞ」

僕も自己紹介をして名刺を渡した。「なに、僕は仕事ではなくてプライベートな用事ですから、特段急ぐというわけではありません」

「だったらぜひ、旅の疲れを落とすのに、トルコ式の風呂にいらっしゃい。名刺の裏に住所を書いておきましょう。経営者はシナ人ですが、マダムは日本人ですから、気のおけない店です。僕たち上海を根城にする会社員連中の、贔屓の店ですよ」

「どうもご親切に」

いかにもやり手の甲谷を、僕はいささか持て余し気味だった。

そうしている間に、ようやく船は崇明島《すいめいとう》を右にして進み、本流から黄浦江《こうほこう》に入った。大きな外洋汽船に比べればマッチ箱のようなジャンクの群れが、右に左に上ったり下ったりして、港が近いことが窺われた。

「もうすぐ着きますか」

「いやいや、まだまだ。シナの旅で禁物は、急ぐこと、これにつきます。大人《たいじん》になった気分でどうぞ」と、甲谷は答えた。

埠頭に着いた汽船から、ぞろぞろと蟻の行列のように一列になって、乗客たちが降りてきた。

一等船客は真っ先に降りることもできたのだが、あえて僕は居残って、デッキから彼らの姿を見つめていた。

「禁物なのは急ぐこと、か」とつぶやきながら彼方に見えたのは、混雑する雑踏の群衆を押しのけながら黄包車《リキシャ》へ殺到する日本人客の姿だった。子供に軽業をさせている大道芸に見向きする人など、一人もいなかった。その中にさっきの甲谷も混じって、何か叫んでいるのを見つけて、苦笑した。

ほとんどの客が上陸した後、ようやく最後になって僕は陸地の人になった。荷物も片手にただ一つ、気軽なものだ。黄包車《リキシャ》の俥夫が、客に群がっていた。僕の目の前にも何人も来る。中には横から手を伸ばして、荷物を無理やりもぎ取ろうとする輩までいた。さすがにそんな俥夫は避けて、大人しそうな車を選んだ。

「上海クラブへ」

と告げると、年老いた俥夫はびっくりして振り返った。僕がバタ臭い顔をしていたといっても、日本から来た乗客で、いきなり上海クラブへ乗り付けるのは、滅多にないのだろう。たいていの日本人は、上海でも、万歳館や東和洋行といった日本旅館にとりあえず腰を落ち着けて旅の垢を落とすか、それともシナ通を任じる人間は、一品香や大中華といったシナ宿を選ぶのが普通で、よほどの大金持ちがホテルに宿泊するのが例外なくらいなものだった。

上海クラブは、英国人だけが入会を許されるジェントルマンズ・クラブで、僕のような日本人が入会できるはずもない。英国人の上海支配の中心の一つと言ってもいい組織であり、一八六一年に設立されてから、上海に根を下ろした英国人たちの社交の中心だった。当時の建物は一九一〇年に建て替えられた七階建ての東インド様式の瀟洒《しょうしゃ》な造りで、上海の西洋人支配の象徴である外灘《バンド》の一角を占めていた。

沸き立つような雑踏を縫って、黄包車《リキシャ》は埠頭から外灘《バンド》へと、のろのろと進んだ。右からも左からも、甲高いシナ語の声が響き渡る。どこか遠方から、軍楽隊が演奏するマーチが、途切れ途切れに耳に届いた。鼻を打つのは、八角と脂の匂いだ。ねっとりとした空気が、首筋にまとわりつく。

やがて黄包車《リキシャ》が、堂々たる上海クラブの正面玄関に到着した。しかし止まろうとすると、ターバンを巻いたインド人兵門番が、邪険に棒を振り回して邪魔をした。俥夫は悲鳴をあげて逃げ、傾いた車から僕も転げ落ちそうになった。俥夫が何事か叫び、インド人はその太い声で叱りつけた。有色人種は正面玄関から入ってはいけないのだろうかと思っていると、俥夫は叫び続けながら、そのまま建物の前を通り過ぎた。

今度は僕が車の上から叱るのだが、なにしろ俥夫が言っていることがさっぱりわからない。結局その場で黄包車《リキシャ》を止めさせて、降りた。僕は徒歩でクラブまで戻り、再び例のインド人門番に、面会の予約があると言った。日本人の目には僕の顔は西洋人風に見えるのだろうが、向こうの連中にはやはり有色人種の匂いがするのだろう。胡散臭そうな顔つきをしていたが、僕が英語で話しかけたので、尊大な態度は崩さないものの、面会人待合室に通してくれた。

四方がマホガニー材の壁で囲まれて、椰子の鉢植えが並べられている部屋でしばらく待たされた後に、ようやくシナ人ボーイが、これもまた横柄な態度で、僕にこちらに来るようにと言った。正面の階段かエレベーターを使うのかと思ったら、そのまま脇を通り過ぎて、裏へとずんずんと行く。途中のバーの中にいた片眼鏡の英国人が、眉をひそめてこちらを見つめていた。これがあの噂に聞く東洋一大きいバーなのか、と感心した。

結局僕は、裏の使用人用階段に連れて行かれた。おそらく東洋人は、使用人階段しか使うことを許されないのだろう。わざわざ呼びつけられたのに、この扱いはいささか業腹だった。もっともそれはクラブの都合であって、僕を呼びだした当人は、まさかこのような扱いをされているとは思っていないのかもしれない。そしてボーイは、東洋人だから当然のこととして、使用人用階段を選択したに過ぎないのだろう。そういう疑問を持たないように、躾けられてしまったのだ。

もう何階上ってきたのだろうか。上海クラブの上階は、宿泊施設になっていた。シナの各地から上海にやってきた英国人、そしてもちろん英本国やオーストラリア、シンガポールなどからやってきた英国人が宿泊するためだ。各植民地にある英国人クラブや、ロンドンのいくつかのクラブの会員であれば、相互利用として格安の料金で宿泊できた。

廊下の一番奥まったところのマホガニーの扉の前に、僕は案内された。シナ人ボーイが乱暴に扉を叩き、声高に訛りの強い英語で叫んだ。するとまたしばらく待たされた末に、ようやくごく細めに扉がゆっくり開いた。その隙間越しに、内側の男とシナ人ボーイは言葉を交わした。流《りゅう》暢《ちょう》な英語からすると、おそらく西洋人だろう。中の男は、高圧的な態度でボーイを執拗に叱りつけている様子で、一向にドアを開ける気配がない。

あまりに埒が明かないので、僕は前に進み出た。

「そちらからお呼びになったのですから、中に入れてくれてもいいでしょう」という物言いに、中の男もびっくりしたのだろう。反射的にドアを開けたので、そのまま、ずいと中に入った。

そこは欄間付きの最高級の客室だった。本国イギリスから来た貴族や王族が宿泊しても、おかしくないほどの豪華さだった。目の前にはシナ風の長椅子と肘掛け椅子が二脚並べられ、壁際にはこれもまたシナ伝統の細密彫刻が全面に施された巨大なサイドボードがあった。

さらにその手前に立っていたのは、先ほどから入り口で押し問答をしていた男で、予想した通り壮年の西洋人だった。彼は南洋の生活が長かったらしく、真っ黒に日焼けをした髭のない顔は、まるでインド人のようだったが、襟元と手首に黒色から牛乳を入れた紅茶色への変化が見られた。

有色人種への侮蔑を隠そうともしないその西洋人は、僕を怪訝そうに頭の先からつま先まで、じろじろと遠慮なく見回した。東洋人がここに一体何の用かと、不快感を露わにしていた。いや、それ以上に彼の態度には、東洋人種への嫌悪と侮蔑と恐怖が、あからさまに滲み出ていた。やはり白人の目から見れば、混血の僕ははぐれ者であり、彼らの一員とは認められないようだ。

「おい、何の用だ」と、彼はいささか間抜けな、甲高い声で尋ねた。

「何の用だは、ないだろう。わざわざ遠方から人を呼びつけておいて」と、なめらかから英語で僕が言い返すと、びっくりした顔で、その男は一歩引いた。

「お前は何者だ。名前を名乗れ」

「名前を尋ねるときは、まず自分から名乗るものだと、親から教わらなかったのかね？」

思わぬ東洋人の対等な反論に、彼は黒い顔を赤黒くして、手にしたステッキを振り上げて、生意気な有色人種を懲らしめてやろうとした。

振り下ろしたステッキは、何の手応えもなく空を切った。男はたたらを踏んで、体勢を崩した。前のめりになった痩せこけた男の左手を、脇に回り込んだ僕の左手が捉えた。そして右手を男の首筋に回し、足で脛を蹴り上げた。男の右手からステッキが飛び、そのままうつ伏せに倒れた。男の腰骨と背骨の継ぎ目に膝をつき、両手を背中に回して、身動き取れないようにした。

「何をする、やめろ、このシナ人め。誰に向かってそんなことをしているんだ」と喚きながら、色黒で痩せた西洋人はじたばたと暴れたが、きめられた関節がさらに痛みを増して、悲鳴をあげた。見知らぬ東洋人をシナ人と見定めたようだ。

すると奥のシナ風の長椅子の向こう側から、男の低い笑い声がした。どうやら誰か寝そべっているらしい。そのままの姿勢で振り返ると、老人の後ろ姿が見えた。

長椅子から立ち上がった老人も、やはり背が高く、鶴のように痩せこけていた。灰色のツイードの上着は体にぴったり合っていて、しかも同じ色の瞳は、落ち窪んだ眼窩《がんか》から尋常でない鋭い光を放っている。しかしその光は、先ほどの男のような挑戦的な色合いを帯びておらず、むしろ期待と喜びに満ち溢れているように見えた。

「東京からやって来ましたね」と、老人はかつて若い頃、生涯の親友となるべき男へ発した第一声に倣ったような言葉を発した。

「どうしてそれがおわかりになったんですか」と、僕はそれを受けて、かつてその親友が返した言葉通りに答えた。

老人は、満足そうに高らかに笑い声をあげた。

「君だったら説明するまでもないだろう、小五郎」と言って、老人は僕の手を取って立たせた。自由になった色黒の中年男はうめき声をあげながら膝をついた。

「さあスミス君、立ちたまえ。東洋人だからといって、やたらと敵視するのはいかがなものかな。この青年は、僕の客なのだ」

「何ですって。そんなことは聞いていない。まさかあなたともあろう人が、シナ人を信用するとは」男は洋服の埃を払いながら、僕を睨みつけた。

「シナ人ではないよ、スミス君。早合点してはいけない。日本人なのだ」

「シナ人も日本人も、同じ東洋の悪魔でしょう」

「それが僕の息子であってもかね？」と老人は言うと、笑みを浮かべながら僕の手を取り、力強く握り締めた。

「まさかホームズさん、あなたに息子が、それも黄色人種の息子がいるなんて……」スミスは驚愕して、それ以上言葉を続けられないようだった。

「日本人だってシナ人だって、同じ人間だ。何の不思議があるものか。もっとも、会うのはこれが初めてなのだが」

そう言いながら、シャーロック・ホームズは僕に色黒の男を紹介した。

「彼はネイランド・スミス君。ビルマの高等弁務官だ。いやむしろ彼は、シナ人犯罪組織の摘発の専門家と言ったほうがいいかもしれない。実は、彼に助力を求められて、上海までやって来たのだよ」

スミスは疑わしげな目つきで、渋々黙礼をしただけで、僕と握手をしようとしなかった。この男は心の底から有色人種を毛嫌いし、憎んでいるのだろう。ホームズの保証があっても、心許せないというのは、その偏見が骨の髄まで染みついているのに違いない。

「ムラサキのことは、兄のマイクロフトからすべて聞いている。残念だった……」と、ホームズが言いかけると、僕は黙って手を突き出して、それ以上の言葉をさえぎった。どうしてそんな真似をしたのか、自分でもわからなかった。しかしその後に続く言葉を聞きたくなかった。聞く勇気がなかったのかもしれない。それとも彼に言わせたくなかったのかもしれない。そのどちらなのか、わからなかった。ただ、聞くことができなかったと言うしかなかった。

言いかけて、思いがけず止められた父親も、同じように感じていたのだろうか。それ以上、無理に言葉を続けなかった。むしろ黙っていたほうが、すべてが伝わると思ったのかもしれない。言葉にすると虚しくなる、そういうこともあるのだ。

ホームズは早足で元の長椅子に戻り、一冊の雑誌を取り上げて、僕に投げてよこした。

「これを見てごらん。シナ語なので僕はまったく読めないが、『シャーロック・ホームズ上海に来る』という短編小説が掲載されているらしい。さっき英国公使館の通訳が、持って来てくれた。今回の旅行は秘密にしていたのに、ばれている。ばれているどころか、こうやって堂々と雑誌上で馬鹿にされている。こういう奴を、今回は相手にしなくてはいけないのだよ、小五郎」とホームズは言った。

当時の僕はまだシナ語はできなかったが、漢文の素養のおかげで、大体の意味は理解できた。どうやら「歇洛克」というのが、「シャーロック」をあらわすらしい。彼が指摘したのは「歇洛克来遊上海第一案」という短編小説で、ざっと読んでみると、上海にやって来たホームズが、抜け目のないシナ人に散々馬鹿にされ、いいところなしにロンドンへ逃げ帰るという内容のようだ。

「雑誌に小説を発表するとなると、こちら側がロンドンを出発する頃には、もう情報を摑んでいたのでしょう。そうでないと間に合いますまい。きっとロンドンにもかなりの情報網を張りめぐらしているに違いありません」と、僕は雑誌を返しながら言った。

「やはりそう思うかね」と、ホームズは雑誌を受け取りながら、「もっともこの作品は一九〇四年に発表したものの再録だから、ある程度余裕はあったかもしれない。ロンドンには港湾地域を中心にして、数多くのシナ人が流入しているのは知っているだろう。アヘン戦争で香港を租借し、上海には租界を作り、今やシナはその全体を植民地にしないまでも、英国の重要な市場となっている。それと同時に、多数のシナ人も、交易を通じてやって来ているのだ。それが善意の関係なら問題ではない。しかし一部は、アヘン戦争、義和団の乱以来の白人への憎悪を燃やし続けて犯罪に走る者もいる」

「今までは、そういうシナ人犯罪者組織はアジアにとどまっていたのだが、それが前世紀の末からヨーロッパにまで進出するようになって来たのだ」と、ネイランド・スミスは、神経質そうにズボンの埃を払いながら、ホームズの話を受けて説明を続けた。「私は主にビルマのラングーンで、現地のシナ人社会の犯罪者組織と闘ってきた。その結果、一つ見えて来たことがある。このシナ人犯罪組織が異常な急成長をしたのは、ある人物の影響が大きいのだ。彼はその優秀な頭脳のおかげでヨーロッパへの留学が認められ、医学、化学、物理学それぞれの学位を得た医師であり、一流の臨床医として尊敬されていた。しかし一九〇〇年に起きた義和団の乱で、北京市内に孤立した諸外国の外交団や駐留外国人の救援に、連合軍が駆けつけた。そのとき巻き添えで、彼の妻子が命を失った。それ以来絶望した彼は、西洋人への復讐を誓って、犯罪組織に身を投じた。彼ほどの頭脳の持ち主は、裏社会には見当たらなかったので、あっという間に組織の頂点にまで上り詰めたのも不思議ではなかった。彼が指導者となると、犯罪組織は白人を国外に駆逐するだけでなく、直接ヨーロッパに乗り込んで、社会の破壊活動に勤しむようになった」

「優秀な頭脳に指導された犯罪者組織とは、かつてのモリアーティ教授を彷彿とさせますね」と、僕は感想を述べた。

「いや、教授が犯罪に手を染めるようになったのは、彼本人の資質によるものだし、彼は裏社会での権力と富にしか関心はなかった。一方こちらは、政治的な目的があるのが、違いだ」とホームズは答えた。

「その通りだ。彼、フー・マンチューの究極の目的は、白人国家の転覆であり、黄色人種による世界征服なのだ」と、スミスは小鼻を膨らませながら強調した。

なるほど、皇帝ヴィルヘルム二世がしばしば強調していた黄禍論《こうか》とは、こういうことだったのかと思った。しかしあまりにも東洋と西洋は離れすぎていて、西洋の侵略を打ち払うというのならまだしも、東洋による西洋の征服となると、現実からかけ離れた夢物語のような気がした。

　そもそも義和団の乱での悲劇が、フー・マンチュー博士が悪の世界へ転身するきっかけだったのだとしたら、天津から北京へ進軍した連合軍の中核は日本陸軍だったのであり、その司令官は、僕の従兄本郷義昭が軍事情報戦の父と慕う、福島安正将軍だった。しかし日本軍の軍規が厳しかった一方で、ロシア軍をはじめとしてかなり悪辣な略奪や破壊をおこなった連中も多く、北京の荒廃はただならぬものだったと言われていた。そういう中で、最も西洋文化に慣れ親しんだ医学者である博士が、反西洋を旗印にして犯罪に走るとは、いかばかりの心境だったのだろうか。

「つい先月、奴の組織がロンドンに作った拠点を壊滅させたばかりだ。その際には、ホームズ先生にいろいろご相談させていただいた」と、スミスは言った。「残念ながら、首領のフー・マンチューは取り逃がし、上海へ逃げ帰ったことまではわかっている。だからこの際、徹底的に壊滅してやろうという決意で、ホームズ先生には無理を言って同道してもらい、上海であいつに引導を渡すつもりなのだ」

「スミス君、今日はそこまでにしたまえ」と、ホームズが諫《いさ》めた。「せっかく上海まで来たんだ。もう何十年ぶりだろうか、東洋の空気を吸うのは。この機会を逃しては、小五郎、お前に会うこともできないだろうと思って、電報を送ったのだ。来てくれてありがとう。もうこれで、思い残すこともない」と言って、僕の手を再びしっかりと握った。「さあ、愁嘆場はこれくらいにしよう。すでに日は落ちた。ウィスキーとサイホンはそこにある。自分でやってくれたまえ。僕はもう先にやっている。上海の宿は、まだ決めていないのだろう？」

「ええ、しかし」と、僕は苦笑しながら、「少なくともここは、僕を泊めてはくれないでしょう。どこか近くの宿屋を探すとしましょう」

「それは困ったな。まさかあれほどうるさいとは、思ってもみなかった。ロンドンよりもやかましいかもしれない。しかし夕食だけでも、ここでとりたまえ」

ホームズは夕食を三人前、ホテルの部屋に取り寄せた。ウミガメのスープ、鳩の丸焼き、ローストビーフ、年代物のクラレットといった献立は、ロンドンの一流クラブもさもありなんと、僕は想像した。ホームズは給仕を下がらせて、皿の上げ下げ以外、人を入れなかった。

食事の間、主に僕が喋っていた。本来は寡黙だったのに、ホームズが上手に話を引き出してくれたのだ。彼の誘い水によって、どういうわけだか次から次へと、話が流れ出てしまう。頭の片隅で、なるほどこういうふうにして依頼人から話を引き出すのだな、と理解しながら、僕は話をするのが愉しくてたまらなかった。小さい子供の頃の話、母親の話、親戚縁者の話、悲しいこともあったが、それを打ち明けること自体が、愉しかった。脇で渋い顔をして、ほとんど口を開かないスミスの存在は、まったく忘れていた。

それを聞くホームズも、心から愉しそうに相槌を打ち、笑い声をあげ、そして悲しげに眼を伏せた。彼も、今までの長い時間を一晩で埋められるとは、思っていなかっただろう。ただこうするしかなかったのだ。

僕たちの話は、尽きることはなかった。

食事が終わり、ブランデーと葉巻が出された。僕たちは席を食卓から居間へと移した。半分開いた窓から、生ぬるい上海の川風が、ゆるゆると吹き込んで来た。

「しばらくは、シナにいるのですか」と、僕は質問した。

「それはわからない。すべては、フー・マンチューの居場所を突き止められるかどうか次第だ。おそらく青幇《チンパン》も彼は配下に収めているだろうから、いったんこの上海の人間の海の中に紛れ込んでしまったら、なかなか見つけ出せないだろう。隅から隅まで見知っているロンドンとは、勝手が違う。ただ可能性があるとすれば」と、ここでホームズは口をつぐんだ。

「可能性があるとすれば？」

「それは、我々が囮となって、奴を釣り出すときだ」と、ネイランド・スミスが答えた。「今回も、奴のロンドン進出計画は失敗に終わった。その功績は、ホームズさん、あなたのものです。だからフー・マンチューのあなたへの憎しみは、私に対するものと同じぐらい激しいと思っていでしょう」

「そういう二人が揃って上海まで来ているのだから、たとえ罠だとわかっていても、彼はここに来ざるを得ないというわけだ」と、ホームズは言った。

真夜中近くになり、翌朝の再会を約束して、僕はホームズとスミスと別れた。すでにクラブを通じ、近くの日本人でも泊まれるホテルを予約して、荷物もあらかじめボーイに運ばせておいたので、身一つで移動すればいいはずだった。

また裏階段を一階まで降りると、横柄なシナ人ボーイが待っていて、その案内に従っていたら、裏口から外に出されてしまった。ふと気がついたときには、すでに扉は閉まり、いくら叩いても何の反応もなかった。月明かりを除けばほとんど真っ暗と言っていいほどの上海の裏路地、正面の西洋風の玄関と比べると、何とここは東洋的混沌だろうか。足の踏み場もないほどの腐った野菜やらネズミの死骸やら、形容のし難い異臭が漂っていた。

とりあえず、大通りに出ようと、建物と建物との間の小路に入り込んだ途端だった。

地下室へ降りる外階段の暗がりに潜んでいた、三人の屈強で大柄なシナ人が、いきなり僕の両手と腰に飛びついた。とっさのことで、僕はまったく油断をしていた。相手がまだ二人だったら、柔道で投げ飛ばせたかもしれない。また三人でも、時間さえかければどうにかなっただろう。しかしさらに四人めが現れた。黒褐色の肌をした、小柄で細身の目の大きな少女が、僕の鼻と口に薬品を浸した布切れを押し付けて来た。息を止めて抗おうとしたが、それも長く続くはずはない。いつの間にか、全身から力が抜けていた。半分意識を失いながら、男たちに丸太のように小脇に抱えられて、飛ぶように運ばれているのがわかった。覚えていたのはそこまでだった。

目の前がぼんやりと光が滲みながら明るくなって、次第に意識が戻って来た。どうやら今まで気を失っていたらしい。体を動かそうとしたが思うようにならない。腕をしっかりと縛られていた。

首筋の感触からして、絨毯の上に転がされているようだ。目の前には、天井からぶら下がったランタンがある。周りを見回すと、粗末な家具が並んでいた。上海クラブの裏で拉致された後、ここに連れてこられたのだろう。一体何の目的なのだろうか。

ふとそのとき、僕は誰かに見つめられているような気がした。横になったまま首を立てると、そこにはさきほど僕を襲った一味の一人である、中東系の顔立ちをした少女がこちらを向いて座っていた。

「君は、誰？」と、試しに英語で質問をしてみた。すると少女は、

「わたしはカラマニ」と、つられるようにして、やはり英語で答えた。

「君はフー・マンチュー博士の部下なのか？」こんな少女がまさかと思いながら僕が尋ねると、

「わたしは博士の所有する奴隷」と、思いがけない答えが返って来た。この二十世紀の世の中に、上海だとはいえ、まだ奴隷と呼ばれる人間がいるとは、予想外だった。

「僕は誘拐されたのか」

「そう」

「今日、日本から来たばかりの僕を、どうして誘拐する」と言いながら、僕はカラマニに気づかれないように、背中に回された両手をこっそり小刻みに動かして、縄抜けを試みていた。

「誰かと人違いをしたのだろう。お願いだ、元の場所に帰してくれないか」

「それはできないわ」カラマニは、テーブルに片肘ついて、大きな目でじっとこちらを見つめた。

「あなたは明智小五郎でしょう？」

この少女は、僕の名前をぴたりと言い当てた。彼女の片手には、婦人用ピストルが握られている。僕と知って誘拐したのに間違いない。

僕はどうにかこうにか、上半身を起こした。その間も両手は後ろで忙しく動いていた。

「ああ、痛い、痛い。どこか骨が折れているのかもしれない。力が入らない」

「本当？」と、カラマニはふと腰を浮かせた。同時にピストルの筒先が下を向いた。ようやく両手が自由になった僕は、床を蹴り、カラマニに飛びかかった。両手が拘束されているとすっかり思い込んでいた彼女は不意をつかれ、銃を構え直す暇もなかった。そこは何の心得もない少女と、柔道の有段者との違いだ。瞬く間もなく、彼女の利き腕をねじり上げ、ピストルを取り上げた。

そして片手でカラマニの口を塞いだ。

「シッ、静かに」と、彼女の桃色の耳たぶの側でささやいた。「さあ、出口まで案内してもらおうか。声を立てるんじゃないよ」

僕は彼女を胸の前に抱き込みながら、そっとドアを開けた。

ところが扉を開けた瞬間、一本の黒い鋼鉄が廊下からぬっと突き出し、僕のこめかみにぴたりとあてがわれた。ルガー拳銃の長い銃身だった。

ゆっくりとドアが開いた。

廊下に、見張りのシナ人がいた。彼には中の出来事がすべて聞こえていたのだ。

僕は苦笑いしながらカラマニを捕まえている手を離し、彼女に小型ピストルを返した。そして両手を上げた。

見張りの男は、銃で僕の背中をつつきながら、再び部屋の奥に行くよう指示した。僕は両手を上げたまま、部屋の一番奥のソファに座った。男と入れ替わりに、カラマニは外に出て行った。男は何も言わず、ただ感情の読めない目で僕を睨みつけながら、かなりの距離をとって銃を構えていた。

しばらくすると、開け放しのままのドアの向こうの廊下に、ゆらりと大きな影が差した。足音は聞こえなかった。次に現れたのは、長身のシナ人だった。彼はシナ服に身を包んでいた。不健康に黄色い皮膚は、アヘンの影響であるのは明らかだった。長い髭が口の両端から垂れているのは北京の役人を思い起こさせるが、何よりも印象的だったのは、緑色の瞳だった。まるで猫のような彼の目は、視線を合わせているとその中に引き込まれてしまいそうな不思議な力を感じて、僕も慌てて目を逸らしたほどだった。

彼がフー・マンチュー博士、その人だった。

「上海へようこそ、明智君」と博士は言って、会釈をした。

どうして彼は僕のことを知っているのだろうと思ったが、そんなことは、はなから博士にはお見通しだったようで、

「君ともあろうものが、くだらない質問をしてくれるな」と、釘を刺されてしまった。

「シャーロック・ホームズ氏が、上海に来るということから、調べ上げたのですか、博士」

「その通り。まさか私も、ホームズ氏とロンドンでお会いできるとは思わなかった。彼はもうずいぶん昔に引退したと、聞いていたのだから」と、博士は言った。「ネイランド・スミス君だけを相手にしていればいいと思っていたのに、今回は少々英国政府の中枢部にまで悪戯《いたずら》してみたら、眠れる獅子を起こしてしまったようだ。今度こそ我々の確固たる本拠地をロンドンに設けられると思ったのだが、すんでのところでホームズ氏にしてやられた。また一から出直しだ。

そこで上海に戻ったのだが、スミス君だけでなくホームズ氏までも、私の息の根を止めようと、地球の裏側にまでやって来るとはな。もっとも予測の範囲内だが」

フー・マンチュー博士は、含み笑いを漏らした。あの風刺小説のことでも思い出したのだろう。

「彼らも所詮は白色人種、東洋は搾取の相手としか見ておらん。東洋人種は、ただ彼らの膝元に額《ぬか》ずき、資源でも産物でも、果ては人の生命までも捧げるのが当然だと信じている、思い上がった連中だ。そんな彼らに与える東洋の地は、一毫《いちごう》たりともありはせぬ。むしろこちらにまで来てくれたのは好都合。一気に片をつけてやるかな。

明智君、君も東洋人種の一人として、白人どもの東洋侵略を快く思うはずはなかろう。君と同じ日本人である頭山満《とうやまみつる》や杉山茂丸は、我が国の孫文《そんぶん》やインドのラス・ビハリ・ボースらを援助していると聞く。辛亥《しんがい》革命に参加した日本人も多数いたそうではないか。君はホームズ氏の血を引く半白人だが、生まれてからずっと日本で暮らしていたそうだな。だから心は東洋人種ではないか。本来、君はホームズ氏の血縁なのだから、私の標的になってもおかしくないはずだ。しかし私は君を殺す気にはなれない。君のその聡明な頭脳は、これからの東洋人種の世界発展に必要だという予感がする。私と手を結ばないか。私とともに、白色人種が築き上げた虚栄の市を征服し、真の秩序ある世界にしようではないか。どうだ」と言って、フー・マンチュー博士は長々と伸びた爪をふわりふわりとなびかせて、僕を自分の方へ招き寄せようとした。

僕はぎゅっと目をつぶった。あの緑色の瞳に魅入られると、自分の意志の力が急速に萎んでいくような気がしたからだ。

確かに白色人種が東洋だけでなく、アフリカもアラビアもオーストラリアもアメリカも侵略し、我がものとする帝国主義を恬《てん》として恥じないのには、僕も不満だった。かつてノルマントン号の白人船長、船員が、暴風雨の中日本人乗客を残してさっさと救命ボートで脱出し、自分たちだけが助かっただけでなく、彼らの行為は違法でないと判決を下した白人判事に、日本中が憤激した。そんな象徴的な事件以外にも、何かにつけて東洋人は二等人種と差別されていた。最近は、日本のアメリカ移民への迫害もひどいという。しかしこれとそれは、話が違う。僕を犯罪組織の一味に誘おうとは、さすがに仰天した。

「君が協力してくれれば、頭山や杉山らの玄洋社、そして内田良平の黒龍会も我々と手を結ぶ。そして日本政府も関心を抱くことだろう。日本には、我々にない殖産興業の力がある。たとえ西洋の物真似であろうともな。残念ながら我々の伝統文化だけでは、ヨーロッパすべてとアメリカまでを、我が傘下に収めるのは難しい。明智君、そして多くの日本人が我が組織に馳せ参じてくれれば、これほど心強いことはないのだ」

「ハハハ、フー・マンチュー博士ともあろう大悪党が、世迷言《よまいごと》を言う」と、僕は力をふりしぼって笑いを爆発させた。「どうしてこの僕が、正義を捨てて不正義につく必要がある。邪の道にわざわざ踏み込まなくてはいけないのですか。あなたも面白い冗談をおっしゃる。笑ってくれる人は、それほど多くないでしょうが」

こう言って、今度はキッと博士の緑色に光る猫のような瞳を真正面から見据えた。僕も眼力には自信があったが、それは博士の予想を超えていたようだった。しばらくにらみ合っていたが、ふと博士は視線を逸らした。

「こんなことをしていても、何にもなるまい。よく考えることだ。まずはネイランド・スミスとシャーロック・ホームズの始末の方が、先だ」とつぶやくと、部下に合図をして、音も立てずに滑るようにして部屋から出ていった。拳銃を構えた部下は、後ずさりしながら出て行き、閉まったドアの外側から、カチリと鍵がかかる音がした。

幸い今度は体を拘束されていない。手足は自由だ。部下の足音が遠ざかるのを確かめると、部屋の中を調べ始めた。

ドアは、さっき博士が出ていった一つだけだった。そのドアの上に、格子のはまった通気孔があった。音を立てないようにして椅子を近くに引き寄せて、その通気孔から外を窺ってみると、まだ二人の屈強な男どもが、ドアの外で立ち番をしていた。

今度は窓だ。

僕は窓辺に寄ってみた。ガラスは埃だらけで、しかも真夜中なので外はあまりよく見えない。しかし月明かりに目を凝らすと、ここは三階らしい。何の足がかりもなく、むやみにここから飛び出しても、地面に叩きつけられて死ぬばかりだろう。

僕は室内を調べ終えると、どっかり椅子に座って天井を見上げた。ポケットの中には煙草が残っていた。早速紙巻を一本抜いて口にくわえたが、いくら探してもマッチは見つからなかった。

これはフー・マンチュー博士を見くびっていた、と僕は苦笑して、煙草を投げ捨てた。

するとそのときだった。

ドアをノックする音がした。こちらからの答えを待たずに、ドアは開いた。中に入ってきたのは、大きな盆を捧げたカラマニだった。その盆の上には急須と茶碗、湯気を立てている白い饅頭《まんじゆう》が山盛りになった皿が載っていた。少女は僕と視線を合わせず、無言で盆を持って卓の方へ歩いていった。彼女の背後で扉が閉まった。彼女は茶碗を卓上に置き、急須から茶を注いだ。部屋の中に華やかな香気が一瞬のうちに広がった。急須を置き、さらに饅頭の皿を置くと、盆を片手にこちらにやってきた。そして小声で、

「絹のロープがあります。これを使って逃げてください」と、耳打ちした。

思いがけない言葉に、僕は目を瞠った。

「博士は、今からホームズさんを襲撃する計画です。早く」と、カラマニは言って、盆の下に隠した細くて丈夫な絹ロープの束を、僕の手に押し付けた。

「どうして君は、そんなことを」

「わかりません。どうしてかわからないのだけれども、前に同じようなことをした気がします。そして後悔していないように思います。だから今度もそうするの」と、カラマニは早口で言うと、これ以上の会話を恐れているのか、踵《きびす》を返すと走るようにして部屋から出ていった。

絹ロープを手にしたまま、彼女の走り去る廊下の足音を呆然として聞いていたが、それも束の間のことだった。さっきの博士の言葉、そしてそれを裏付けるカラマニの言葉。ネイランド・スミスとシャーロック・ホームズの身に危険が迫っているのは間違いない。それを知らせるのは、僕しかいない。どうしてもここから脱出しなければならない。

僕は再び窓際に歩み寄った。鍵はかかっていたが、なにしろ内側からのこと、外すのは何の造作もなかった。むしろ錆びついて軋む窓を開ける方に、気を遣った。少しでも音を立てたら、ドアの向こうの番人が飛び込んでくるだろう。僕は未だに湯気を立てている饅頭を手に取った。二つに割ると、中には肉の餡が詰まっていた。溢れ出てくる肉汁をそっと蝶番《ちょうつがい》に塗りつけた。これも動物の脂なのだから、いくらかは動きを滑らかにしてくれるはずだ。そっと内側に引っ張ると、思いの外、滑らかに動いてくれた。反対側も同じようにして開けた。これで体を外に出せる。

黒い絹のロープを解いた。三尺おきにコブが作ってあり、滑り落ちないようにしてあるのは、玄人の仕事だ。その一端を一番近い柱にしっかり結びつけ、そろそろと窓から下に垂らした。おそらく長さは足りているはずだが、闇に紛れてその先は見えない。あとは運を天に任せるしかなかった。僕は革靴を脱いで両方の靴紐を結び合わせ、振り分け荷物のようにして首にかけると、靴下も脱いでポケットに突っ込んだ。

ぐいぐいとロープを引っ張って強度を確かめて、窓から後ろ向きになって降りていった。足の親指と人差し指でコブを挟むと、けっこう外安定して素早く降りることができる。下の階に誰かいたら、あっという間に見つかってしまうところだったが、幸い二階も一階も明かりが消えて、人っ子一人いる様子もなかった。

最後の二メートル足らずは、ロープが足らなかった。月明かりに目を凝らすと、その先端は空中でぶらぶらしていた。しかし僕には柔道の心得があったから、これくらいの高さから飛び降りるのは、造作もない。足の裏を怪我しないように、わざと体を丸めて肩から着地して転がった。

ほとんど音を立てることもなかった。

まず靴を履き、あたりを窺った。どこかの裏道のようだった。

頭上で、甲高いシナ語の叫び声があがった。

見張りの男どもが、異変に気づいたのだろう。絹ロープをそのままにしてあるのだから、逃走経路は丸わかりだ。すぐにこの場を離れなくてはいけない。右に行くか、左に行くかと見回しているうちに、早速博士の部下と思われる男どもが、裏口からわらわらと飛び出してきた。これではもう反対側に行くしかない。

月は天高く昇り、上海の雑然とした裏道を月光が皓々と照らし出していた。自分はどこにいるのだろう、という疑問を抱く余裕さえなかった。なにしろ僕にとって、まったく見知らぬ場所だった。掌の上のように知り尽くしている東京の街並みとは、勝手が違っていた。僕が進む先は、後から追ってくる連中の足取りと、僕自身の勘に頼るしかなかった。

蟻の巣のように張り巡らされた上海の裏道は、尽きることがなかった。いつ行き止まりになってもおかしくなかったのだが、いくら逃げ回っても必ずその先があった。そしていずれ大通りに出るのではないかという僕の予想も、裏切られ続けた。せめて大通りに出れば、この時間とはいえ、人目もある。そうすれば追っ手も諦めるかもしれないと考えていた。しかし裏道を行けども行けども、迷路から脱出できなかった。積み上がっている籠を蹴飛ばし、空き箱の山を崩し、踏まれた酔っ払いは悲鳴をあげ、眠りを妨げられたニワトリは宙を舞う。それでも博士の部下たちは、諦めることなく後から付いてくるのだった。

しかしそんな逃避行も、終わりを告げるときがやってきた。

僕の行く手には袋小路が待ち構えていた。正面には高い煉瓦塀がそびえ、あっという間に塀が眼前に迫ってくる。後から悪人どもが追ってくる。

僕は煉瓦塀に両手を突いた。

思い切り地面を蹴り、両腕を上に伸ばした。どうにか、塀の上の瓦屋根に手が届いた。その途端、瓦がずるりとずれた。しかし片手が、屋根をしっかり掴み、そのまま体をひき上げた。かかとを引っ張られるような感触があったが、蹴り飛ばしてやると、甲高い悲鳴が聞こえた。屋根の上を横に転がるようにして塀の内側に体を移し、足を下にして飛び降りた。

そこは真っ暗な庭だった。向こうの建物からは、明かりが漏れている。

追いかけてきた博士の部下たちも、我先にと、塀に取り付いて登ってきた。

僕はこの建物の中に入るしかなかった。

裏口の扉を引き開けた。

台所か女中部屋だったのだろうか、思いがけずたくさんの若い女性がたむろしていた。僕が乱入したと同時に、女性たちは驚きの声をあげた。構わずその真ん中を突っ切った。

その声を聞きつけて、この屋敷の用心棒だろうか、これもまた立派な体格のシナ人の用人棒どもが三人、駆けつけてきた。しかし彼らは僕のすぐ横を通りすぎていった。きちんとした身なりの僕を、咎め立てする考えが浮かばなかったらしい。

そのとき、続いて博士の部下たちも裏口から突入してきた。用心棒たちの目に留まったのは、こちらの方だった。いかつい凶悪な人相の連中が、裏から何人も侵入してきた。これは商売敵《がたき》の嫌がらせに違いないと思い込んだのだろう。用心棒たちは、博士の部下に棍棒を振り上げて襲いかかった。まさかここで複数の敵を相手にするとは思っていなかった彼らは、不意を突かれた。しかも塀を越えるとき算を乱し、裏口から屋敷に侵入するときには、ばらばらだった。わけもわからず室内に突っ込んで行ったら、用心棒たちに取り巻かれて袋叩きにあってしまう。

女たちは、僕の後に続いて逃げ出した。ここは料理店なのか宿屋なのか、店舗らしいが、悲鳴が響き渡って大混乱だ。店といっても、どんな商売をやっているのか、僕には見当もつかなかった。細い廊下の左右には、小さな部屋が並んでいる。じっとりとした空気が、建物中に満ちていた。あちらの部屋こちらの部屋でも、慌てふためいた声があがっていた。扉が開いて若い女性の顔が覗いたかと思うと、僕と視線が合って、パタリと閉じた。

今度はこちらのドアが開いた。そこから顔を出したのは、なんと汽船で話しかけてきた甲谷だった。

「あっ、明智さん」と、甲谷は呆気にとられた顔で叫んだ。

「かくまってください」僕は小声でささやきながら、するりと甲谷の部屋に滑り込み、後ろ手で扉を閉めた。そこにいたのは、半裸の甲谷とシナ人女性だった。

「まさか今日誘って、今日来てくださるとは」半笑いで甲谷は言った。

「ここはどこなんです?」僕が尋ねると、

「ほら、お教えしたトルコ式の風呂ですよ」と、甲谷は当然というふうに答えた。「明智さんも、派手に登場したものですね。あの騒ぎは何なんです」

「ちょっと面倒に巻き込まれました」

「僕が様子を見て来ましょう。マダムにも話をつけてきますから」と言い、浴衣を羽織ると出ていった。慌てた様子で、娘もその後を追っていった。

じきに、裏の騒ぎもおさまって静かになった。マダムらしき女性が、客になんでもないからと言って回っているのが、聞こえた。

その間、僕は寝台に腰をかけていたが、靴下なしで直に靴を履いているのを思い出して、ポケットから取り出すと、改めて履き直した。

すぐに甲谷は戻ってきた。

「商売敵でしょうかね、裏から乱暴者がなだれ込んできたようですが、店の用心棒が叩き伏せたようです。安心してください。でも、明智さん、実のところ、あなたが連れてきたんじゃないですか？　何があったのです？」

「詳しくは、また明日話しましょう。今は時間がありません。ここは上海クラブから遠いのですか」

「黄包車《リキシャ》に乗れば、それほどでもないでしょう。いや、ひどい顔をなさっている。一風呂浴びたらどうですか」

「そう言ってもいられません。人の命に関わることです。車をお願いします」僕は無理に頼み込み、甲谷に掛け合ってもらった。

「上海クラブへ、大急ぎだ」と、僕は俥夫に命じると、いきなり甲谷が隣の席に飛び乗った。

「どうしたんです」

「乗りかかった船だ、同じ日本人、ここは一肌脱がねばなりますまい」と、甲谷は言って、ニヤリと笑った。その途端、黄包車《リキシャ》はものすごい勢いで走り始めた。

どこをどうやって走っていったか、さっぱりわからない。すべて俥夫任せだった。しかし車は飛ぶように走り、右に曲がり、左に曲がるときも、スピードを落とすそぶりも見せず、深夜の空に大きな車輪の音を響かせながら、租界の中を突き進んでいった。

右に曲がり、外灘《バンド》の大通りに出た。

この時間でもまだ煌々と灯りがともり、人通りもにぎやかだった。といっても黄包車《リキシャ》の行く手を阻むほどではなく、一気に上海クラブの正面まで走りきった。

僕は黄包車《リキシャ》から飛び降りた。

続いた甲谷が降りざまに、俥夫に金貨を放り投げるのが、目の端に見えた。俥夫は叫び声をあげながら、空中で掴み取った。

僕の目の前に、慌てて建物の中から飛び出してきた大男のインド人門番が、両手を広げて立ち塞がろうとした。僕はひょいとかがんで門番の腕の下を素早く潜り抜けた。慌てた門番の指先が、僕の背中の襟に触るのを感じた。ところがその瞬間、インド人は怒声をあげ、どさりと何かが倒れる音がした。

「ここは任せろ、先に行け」と、甲谷の叫び声が響いた。

僕は振り返りもせず、クラブの中に突入した。その場に居合わせた、夜遊び帰りの紳士連中は、旋風《つむじ》のように飛び込んできた有色人種にびっくりして、声も出ないようだった。それまでざわめきで満ちていたロビーは、一瞬のうちに静まり返った。

しかしそんなことに構ってはいられない。僕は人ごみを掻きわけて、ちょうど到着したばかりのエレベーターに飛び込んだ。

「最上階！」と、有無を言わさず命令を下した。シナ人のエレベーターボーイは、反射的に命令に従った。数名の英国人が降りそこねて箱の中に居残っていたが、僕の剣幕に恐れをなしたのか、隅の方に固まって、視線を合わせようともしなかった。

ガタリガタリと呑気な音を立てて昇っていくエレベーターに、僕は苛だった。しかし僕の足で階段を上るよりもずっと速いのは、確かだった。フー・マンチュー博士は、ホームズとスミスを襲撃すると予告した。おそらく二人とも、上海という博士の地元に乗り込んできたからには、命の危険にさらされるだろうことは、十分承知に違いない。しかし放置してはおけない。一刻も早く危険を知らせなくてはと、僕は急ぎに急いだ。

このクラブには、滅多なことでは有色人種は入場できない。しかし昼間見た通り、使用人のほとんどはシナ人だ。これでは建物の中にいても、ホームズとスミスは安全とは言いがたい。さあ、博士はどういうやり方で、彼らを襲うのだろうか。

晩餐の席でスミスは、「フー・マンチューの暗殺方法は実に独特、我々西洋人の想像をはるかに超えているのです」と言っていた。

「毒殺ですか？」と僕が尋ねると、

「いや、彼が得意とするのは、動物を使った暗殺なのだよ。例えば猫だ。まさか猫で暗殺するとは、思いもよらないだろう。目標の相手を木の下までおびき寄せ、そこに爪に毒を塗った猫を落とすのだよ。もちろん、猫は人間を襲うように仕込まれている。爪で引っ掻いた傷口から猛毒が体内に流れ込み、あっという間に生命を奪うという仕組みだ。

さらにもう一つ、私がこの目で見た恐ろしい殺人方法は、猿を凶器に使ったものだった。ほんの数インチ開けた窓の隙間から、テナガザルが手を突っ込み、寝ている人間の首を締め上げた。用心に用心を重ねていたが、まさかあんな隙間から入ってくるとは思いもよらず、ほんのちょっとの油断で、人一人の生命が失われてしまった」

とすると、今回もフー・マンチュー博士はなんらかの動物を使った襲撃を計画しているに違いないと、僕は推理した。

ホームズとスミスの居室がある最上階に着いたときだった。網の目状のエレベーターの扉の向こうに、見覚えのある壮年の男がいるのに気がついた。彼は、つい先ほどホームズの部屋で晩餐をとったときの給仕だった。名前は、王とか恩とかと、言っていたはずだ。それがこの時間にこんなところで、何をしているのだろうか。僕の視線に感づいたのか、男は顔を逸らした。

この男は、見張りに違いない。

僕がエレベーターから飛び出してくると同時に、この小柄なシナ人は、鋭い口笛を鳴らした。そして身を翻すと、階段を転げ落ちるようにして逃げ出した。

まだ暗殺者は中にいる。

左右に目を配ると、ネイランド・スミスの部屋のドアはしっかり閉まっているのに、ホームズの部屋のドアは、わずかに開いていた。奴はここに侵入したのに違いない。そう僕は判断した。

ふと気がつくと、両手は空のままで、なんの得物も持っていない。しかし今から何か取りに行く暇もない。階下から、ホテルの従業員が騒ぐ声が聞こえる。ぐずぐずして、彼らに邪魔される方が面倒だ。廊下に置いてある木製の花瓶台を両手で持った。その端を、そっとホームズの部屋のドアの隙間にこじ入れて、手前に引いた。音も立てずにドアが開いた。

中は真っ暗だった。

その途端、鋭い空気を切り裂く音と、野獣の絞り出すような咆哮が、奥の寝室から響いた。これもまた半開きになっている寝室のドアめがけて、跳躍した。花瓶台を手にしたまま、ソファを飛び越した。柔道で鍛え上げた柔軟な筋肉は、床の衝撃をいともたやすく吸収し、さらにもう一度の跳躍を可能にした。今度は肩口から着地して、花瓶台を眼前に構えたまま、低い姿勢で寝室に転がり込んだ。

窓からの月明かりに二人の男の姿が照らし出されていた。

一人はもちろんシャーロック・ホームズその人である。

彼はベッドの上で仁王立ちになり、片手には犬用鞭を構えていた。フェンシングの達人でもある彼の構えには、一分の隙もなかった。

そのホームズと相対しているのが、ベッドの足元に立っている若い男だった。暗殺には動物を使うと予想していたが、そこに見えたのは人間の後ろ姿だ。その細身の姿はいかにもしなやかで、わずかに背をかがめた様子は、猫科の動物を思わせたものの、いささか期待外れだった。

しかしその落胆も、一瞬のことだった。

僕が寝室に飛び込んできた音と気配を察知して、その青年はさっとこちらを振り向いた。どす黒い顔、痩せて骨張った両頬の間の高い鼻、びっくりするほど巨大な両目はギラギラと熱病に浮かされたように、光り輝いていた。そして何よりもびっくりしたのは、その高い鼻の下にある、ぬめぬめとした赤く大きな唇だった。耳元まで裂けていそうな口元から、真っ白で巨大な犬歯の切っ先が覗いていた。

若い男は、かっと口を大きく開いたかと思うと、長い舌をへらへらとつきだした。素早く左右に動く舌は、まるでそれ自体が意思を持つ生き物のように見えた。

ああ、あれは人間の舌なのだろうか。雲が晴れて、窓から一条の月光が清冽なるせせらぎのごとく寝室に差し込んだ。その光を反射する長い舌の真っ赤な表面には、針を植えたように一面にささくれが満ちていた。その舌を動かすごとに、風に吹かれたすすき野のように、波打ち逆立った。

あれは猫の舌だ。

いや、猫どころではない。

あれは豹の舌だ。この男は、人間の皮を被った豹なのだ。

そしてその額には、真っ赤な蚯蚓腫《みみずば》れが、斜めにくっきり浮き上がっていた。それはホームズの鞭の痕に違いあるまい。ホームズが眠っているとすっかり思い込んで襲いかかったのだが、実はベッドの中で寝たふりをしながら、鞭を手に待ち構えていたのだろう。そしてまんまと罠にはまった〝人間豹〟は、ホームズの見事な一撃を額に受けてたじたじと後退したところに、僕が飛び込んできたらしい。

　思いもよらず二面に敵を迎えることになった人間豹は、ホームズと僕を見比べた。そして先ほどの見張りの男からの合図も、思い出したのだろう。僕を新しい目標に切り替えた。唸り声を発しながら筋張った両手を前に突き出し、勢いよく襲いかかってきた。

　そのどす黒く爪の尖った両手を、僕は花瓶台で受け止めた。棒術の要領でそれを斜めにねじり、相手の勢いを利用して受け流しながら、倒そうと試みた。しかし僕の意図はたやすく見抜かれて、がっしと花瓶台の脚を摑んだまま、人間豹は怪力でそのまま居間の方へと、僕を押し込んだ。

　ところが斜めに構えた花瓶台の両端が、寝室と居間をつなぐドアの枠に引っかかって、突進が妨げられた。一瞬何が起きたのかと、人間豹は戸惑った。その隙に、僕は両手で花瓶台の中ほどを支えたまま、長い足を伸ばして、相手の脛を蹴飛ばした。足元をすくわれたそれは、地鳴りのような咆哮を発しながら体勢を崩し、背中からその場に倒れた。

　倒れた人間豹の顔面に向かって、手にしている花瓶台を斜め下へ振り下ろした。これが決まれば、勝利が得られるはずだった。

　しかしその計算が、一瞬の隙を生んだ。

　人間豹は仰向けに倒れたまま、両腕と背中の筋肉を巧みに使い、人間離れした跳躍力でそのまま、僕の腹部へ飛び蹴りを繰り出したのだ。両手に意識が集中していたので、下半身の警戒が、すっかりお留守になっていた。まともに奴の蹴りを喰らい、目の前が真っ暗になって、その場から二メートルは飛ばされた。

このままでは第二の攻撃を受けてしまうと覚悟したところ、耳をつんざく轟音が響き、汽笛のような悲鳴があがった。

僕は目を開け、背後を振り向いた。

居間の入り口で、青い煙を吐き出している拳銃を構えていたのは、ネイランド・スミスだった。「ホームズさん、無事ですか？」と、ガウン姿のスミスが叫びながら駆け込んできた。騒ぎに気がついて、取るものも取りあえず駆けつけたらしい。

「心配ない、スミス君」と、ホームズも鞭を片手に奥から姿を現した。

人間豹は、床にうつ伏せになって倒れていた。肩のあたりに銃弾が命中したようで、片手でそこを押さえているが、周りにはかなりの量の血が飛び散り、ピクリとも動かない。おそらく気を失ったのだろう、スミスはひっくり返して改めてその恐ろしげな顔をじっくり見てやろうと言い、彼の腕に手をかけた。

その途端だった。

今までぐったりしていた人間豹が、ゼンマイ仕掛けのおもちゃのようにいきなり跳ね起きて、長く伸ばした爪で、スミスの顔面をしたたかに切り裂いた。目の前に血しぶきが飛び散り、スミスは両手で顔を覆ってよろめいた。続いて、その二の腕に鋭い犬歯をつきたてたかと思うと、ロを離した途端に、スミスのガウンとパジャマが引き裂かれた。

人間豹は意表をついて、部屋の奥にいたホームズの懐へ突進していった。そのまま肩口に食いつくかと思ったけれども、さすが柔道の心得があるホームズだった。左右に逃げる場所がないことを素早く悟ったらしく、今まさに怪物の両手が肩にかかろうという時に、そのままさっと自ら仰向けに倒れた。一瞬相手を見失ったが、勢いそのままに突っ込んでくる人間豹の両腕を反対に掴み、床に横になりながら、相手の体を蹴り上げた。起死回生、大逆転の巴投げだ。

そのまま、人間豹は絞り出すような咆哮を続けながら、宙を飛んだ。

そして背中から、窓に突っ込んだ。

そのとき、彼の血走った目と、僕の視線が確かに合った。なぜかその瞳には喜悦の表情が浮かんでいるように見えたのは、気のせいだったのだろうか。

それでもなお叫び声をあげながら、人間豹は窓の外に飛び出していった。

そこはビルディングの最上階だ。僕は慌てて窓辺に駆け寄り、首を突き出した。

人間豹が宙を落下していた。

それも、まるで猫が高い木の上から飛び降りるように、体を丸めてくるくると回転していた。

ちょうど彼が落下する真下には、ユニオンジャックがはためく巨大な旗竿が、横に突き出ていた。

そのままぶつかるかと思ったが、人間豹は見事にその旗竿を両手で掴み、一回転すると速度を殺し、玄関先に突き出しているキャンバス地の日よけの上に飛び降りた。

大きく跳ねると、肩口から転がって着地した。ごろごろと車道の方へ転がっていくと、乗り付けてきた大型自動車の後部ドアが開き、止まることもなくそのまま中に吸い込まれ、闇の中に走り去った。

人間豹の姿が消えて数秒もした頃に、クラブ全体が、騒然とし始めた。

＊　＊　＊

「いつの間にか、先生は〝人間豹〟とおっしゃっていましたが、まさかこれが後の……」簑浦はメモから顔を上げて、質問をした。

「その通りだよ。今話したのは大正十二年の出来事だが、その後昭和五年から六年にかけて東京で発生した、江戸川君が『人間豹』と題して記録した事件の源は、この上海の事件だったんだ。江戸川君が実に巧みに人間豹というあだ名をつけてくれたので、ついうっかり僕もその言葉を使ってしまった」と、明智は言って微笑んだ。

「『人間豹』事件においては、恩田親子がいったいどこから現れて、どこへ消えていったのか、まったくわからず、謎めいていて、少々消化不良なところもありましたが」と簑浦が指摘した。

「その通り。彼らが東京に現れた理由は、明らかにはされなかった。あの事件は、恩田の息子が顔つきの似た女性を次々に襲うという変態的な欲望が、すべてではなかった。実は、人間豹の餌食になった女給の弘子と女優の江川蘭子の恋人であった神谷芳雄君の父親は、義和団の乱後に北京に乗り込み、清朝の宮殿や貴族の屋敷から流出した書画骨董や磁器を買い付けて欧米に輸出し、大儲けをしたという所以《ゆえん》があったんだ。この事件も、フー・マンチュー博士の復讐の一環だったというわけだ」

「明智先生の奥様も、人間豹に襲われましたが」

「もちろん、僕を苦しめるためだよ。神谷君の描いた人相書きを見た途端に、僕はわかった。しかしあえて黙っていた。おそらくあの頃、博士も東京に潜伏していたのだろう。残念ながら僕は、スミス氏のように博士本人に肉薄することができなかった。降りかかった火の粉を払うのが精一杯で、事件の解決に至ることができなかった。失敗と言われても仕方がない」

明智小五郎は肩をすくめた。

＊　＊　＊

「さすが見事ですな、北村さん」と声をかけられた。

盆栽いじりに熱中していたせいで、隣家の主人も裏庭に出てきたのに、気がつかなかった。格太郎は、まるで悪いことをしていたのが見つかったように、びくりと顔を上げた。その視線の延長線上に、隣の熊野氏のもじゃもじゃ頭に眼鏡の顔が、呑気そうに微笑んでいた。

はあとかへえとか、適当に相槌を打つと、懐手の熊野は生垣越しにしきりに盆栽を眺めている。よほど暇な様子だ。

「熊野さん、新しい会社はどうですか」と、今度は格太郎が剪定《せんてい》の手を休めて、話しかけた。あまり近所付き合いをしない格太郎だが、この隣家の亭主がなんども会社をしくじって転職を重ねているのは、承知していた。そして数ヶ月前に、今度は出版社からビール会社に変わったことも、女中から聞いていた。

「いやはや、お恥ずかしい話です。これで北村さんの隣に越してから、何社目でしょうか」

「そんなことをおっしゃってはいけません。仕事に行かれるだけ、まだよろしい。私のようにぶらぶら遊んでばかりの人間からしてみれば、羨ましい限りです」

「そう言われると申し訳ない。しかし北村さんは、体の具合が悪いのだから仕方がない。誰もそのことを責めようとは思いません」

「で、今日は会社はお休みですか」

「今日は半ドンですよ」

「ああ、そうでした。私は毎日が日曜日なものですから、曜日の感覚がなくなってしまった」

「半ドンと言っても、夜からまた社長のところへ参上せねばならないのですがね」と、熊野は頭を掻いた。

「おや、それはお気の毒」

「なにしろうちの社長ときたら、義太夫に凝ってしまって、社員に無理やり聞かせるのが楽しみときているのだから、始末に負えません」

熊野はため息をついてみせた。

「無理やりとは、社長も自分の下手さ加減に気づいているんでしょうか」

「ええ、うちのガラマサどん、いや、これが社長のあだ名なんですがね、熊本の方の方言で、カニのことだそうです。そのガラマサどんは、それが社長の特権と心得ているんだからかないませんし」

「宮仕えの悲しいところですな」

「その点、北村さんは呑気でよろしい」

「よろしいかどうかわかりませんが」

「それに時々奥さんが、義太夫を唸っておられる。あれはさすが玄人だけあって、ガラマサどんのニワトリを絞め殺すような悲鳴の後に聞くと、一服の清涼剤の感がいたします」

「お恥ずかしい限りです。あれも、若い頃は娘義太夫の舞台に上がったこともありましたから」

「噂に聞いておりましたが、そんなワイフを射止めるとは、北村さんも隅に置けませんなあ」と、熊野は言って、笑った。北村は恥ずかしそうにうつむいた。

「あの頃は、私もいろいろ活発でしたから。さんざん親に反対され、家を飛び出すようにしてお勢と一緒になりました」

「ほお、それは初耳ですな。なかなかの発展家でいらっしゃる。やはりドウする、ドウすると掛け声をかけていた、連《れん》のお一人でしたか」

「いやいや、ああいう追っかけの連中は、太夫に指一本触れぬことを申し合わせているものです。その中で抜け駆けでもすれば、大騒ぎです」

「そうでしたか」

「案外彼らは純情な連中です。それにうちのが舞台に上がった頃は、すでに連の盛りは過ぎていました」

「ではどこで……ああ、いや、これは失礼。実は今、僕は秘書室でガラマサどんの一代記の執筆を命じられておるものですから、人の生い立ちやら素性やらをほじくり返す癖がついてしまった」

熊野は頭を下げた。

「何、構いません。別にかくし立てをするようなことでもありません。うちのお勢とは、義太夫の師匠のところでたまたま出会っただけのことです」

「ほお、北村さんも、昔は唸っておられたのですか」

「若い頃の道楽の一つに過ぎません。近所の友達に誘われて、町内の師匠のところに遊びに行って、とぐろを巻いていたようなものです。そこへたまたま師匠の妹弟子だったお勢が顔を見せにきた、それだけのことです」

「それを見事命中させるのだから、隅に置けない」

「果たしてそれが当たりだったのかどうなのか、今となってみてはねえ」と、北村格太郎は苦笑しながら、松の枝を一本、すっぱりと切り落とした。

「あたしは、先に帰るからね」

お勢は裸のまま立ち上がった。布団がめくれ上がって、生臭い香りが一面に広がる。だらしなく横になったままの青年は、不平そうに唸った。

「せっかく久しぶりに会えたのだから、もうちょっとゆっくりしていったらどうなんだい」

「そうも言っていられないのさ」と、お勢は手早く腰紐を手に取った。襦袢《じゅばん》一枚で部屋の隅の鏡台に向かい、ぐずぐずに崩れた丸髷《まるまげ》の形を整え始めた。

「まだこんなに日が高いのに」と、太《ふと》り肉《じし》の青年は、布団の中から裸のまま這い出してきた。四つん這いでお勢のところまでやってきて、背中に抱きついた。

「何をするんだよ、やめておくれよ」

「だって」と、青年が襟元に手を差し込もうとするのを、お勢は手首をつかみ、反対側にねじり上げた。

「痛《い》たたた」と、青年は思わず悲鳴をあげて尻餅をつき、「ひどいな」と口を尖らせて抗議した。

「日の高いうちだから、帰るのさ。これでも子持ちなんだからね。あんたもいい加減にしておきな。なんとかという活動の雑誌の編集も、忙しいんだろう」

男は裸のままあぐらをかいて、エジプト煙草に火をつけた。

「まあね」と、ふてくされたように答えた。「でも活動じゃない。映画だよ」

「それに学校もあるんだろう。それとも最近はご無沙汰かい。三つも掛け持ちとは、大したものだね。いや、三つだけとは限らないか」と、お勢は高い声で笑った。「こんなおばさんだけじゃあるまい。どこかのカフェの女給でも、いやあんただったら」ここでお勢はくるりと振り向いて、「撮影所の大部屋でくすぶっている女俳優の卵にでも、雑誌で取り上げてやるからとかなんとか、甘いことを言って、ものにしているんじゃないのかい」

「まさか、とんでもない」青年はどんぐり眼《まなこ》をさらに丸くして、手を振って否定した。「映画評論や演劇評論は、ぼくの命だ。そんな不真面目なことをやるわけがない。それとこれとは違う。それは信じてくれ」

ふっと笑いを漏らしたお勢は、「まあ、あんたがそこまで器用だとは思っちゃいないよ。むしろ傍若無人に本音を語る方が、あんたらしい。しかし気をつけなさいよ。そんな華族の坊ちゃん気取りでいると、いつかひどいしっぺ返しを受けるから」

青年は「アハハ」と笑いながら、布団の上にひっくり返った。

「それは重々承知の上。そういう性分なんだからしょうがない。ぼくはぼくらしくやるしかないだろう。角《つの》を矯《た》めて牛を殺すよりも、ビステキにでもされてしまう方が、よっぽど痛快だ」

「まあ、好きにするんだね。そう言えばこの間、あんたの兄さんが検事様とやらになったそうじゃないか」

「ああ、四郎兄貴のことだろう」

「兄さんの出世に響くからね、あまりやんちゃをおしでないよ」

「関係ないさ。兄貴は兄貴だ。勝手にやるがいい。それよりどうだい、これから何かうまいものでも食いに行かないか。ビステキなんて言ったら、腹が減ってきた。いや、ビステキの気分じゃないな。むしろ今日は魚だ。資生堂でホタテのコキーユなんてどうだ。チキンライスもよいな。あそこのは、銀の器に入っているのが洒落ている。そうだ、行こう、行こう」

青年はお勢の手を取って、駄々っ子のように引っ張ったが、お勢はそれを邪険に振り払った。

「何をお言いだよ。赤ん坊じゃあるまいし。色気の次は食い気かい。やってられないね。ちゃんとおうちに帰って、宿題を済ませるんだよ、郁郎《いくろう》ちゃん」

鼻の頭に白粉《おしろい》を叩《はた》き終えたお勢は、風呂敷包みを抱えて、すっくと立ち上がった。そのまついと部屋から出ようとしたが、ふと振り返り、

「眼鏡をお忘れでないよ」と、捨て台詞を言ったかと思うと、にたりと笑みを浮かべた。

それを見て青年は、恥ずかしそうにこれもまたニヤリニヤリと笑った。

かんかん照りの日差しの中、お勢はちょっと斜めに首を傾げながら下唇を突き出して、眉間に皺を寄せながら、観音様の裏手の道を一人で歩いていた。白っぽい埃が舞い上がり、ゆらゆらと熱い空気が揺らめく道路では、つい先ほど打たれた水の跡も、あっという間に乾いてしまった。男にああいうふうに言って出てきたのは、里の父親の具合が悪いと言って家を留守にした手前、ほんの少しでも実家に顔を出さずにはいられなかったからだ。

父親の具合が悪いというのは、嘘ではない。小さな小屋を専門に回る百面相を売り物にした役者だった父親は、卒中で倒れ、今では百面相どころか、体の自由もきかずに寝たきりの毎日を布団の中で過ごしていた。ここからちょっと足を延ばせば、父親が呻吟している長屋に行ける。しかしなんだか嫌な気分がして、思いつくまま生臭い体で飛び出してきたものの、そのまま親の前に出るのは、さすがのお勢でもいささか気恥ずかしかった。しかもこの暑さだ。近くの湯屋にでも寄って、一風呂浴びたらどうかしらという考えが、頭をよぎった。

と、その時、背後から袂が引かれているのに、気がついた。

「よお、姉《ねえ》」と、お馴染みの声が耳に届いた。

振り向いてみると、やはりそこにいたのは弟の平吉だった。かなり歳の離れた弟で、まだ尋常小学校に通っている。

「おや、こんなとこで何してんのよ」

「それは、おいらが姉《ねえ》に言う言葉だろう」と、小僧は真っ黒に日焼けした顔をニッコリと綻ばせて、白い歯をむき出した。

「相変わらず、悪さをしているんじゃないだろうね」と、彼女が袂をつかむ指を引っ張ると、

「あっ、何をしやがる」と大げさに悲鳴をあげて、指をふうふうと吹いた。

「また、手癖が悪さをしちゃいないかと言っているんだよ」

「言ってらあ。ねえ、天麩羅を奢ってくれよ。中清《なかせい》がいいな。いや大黒家でもいいよ」

「贅沢をお言いでないよ。なんの料簡で、このあたしがおまえにそんな高いものを奢らなくちゃいけないのさ。あんたはせいぜい、清水のごった返した入れ込みの店で十分さ」

「わっ、清水だったら願ったり叶ったり」

さすがのお勢も、すばしっこい平吉には敵わないようだった。しかし今日は、なぜか食い物屋へ誘われる日だ。

時間外れの昼下がりにもかかわらず、浅草寺境内近くのこの天麩羅屋は、相変わらずの混みようだった。シジュウカラがずらりと止まり木に並んでいるように、店の中には名物の天麩羅丼目

当ての客が詰めかけていた。

子供には長すぎる箸を器用に使って天麩羅と飯をかきこむ弟の平吉を見ながら、お勢は冷やしビールを飲んでいた。自分は天麩羅を食べる気にならなかった。キュウリの漬物だけで十分だった。

「平吉、あんたは学校へ行ってるのかい」

「姉《ねえ》には言われたかないよ」と、鼻の頭に飯粒をつけたまま、生意気なことを言う。

「何言ってるんだ。これでもあたしは、女学校にだって行ってたんだよ。一緒にしてもらっちゃ困る」

「でも卒業はしてない」

「大きなお世話だよ」お勢はコップのビールを飲み干した。

「おいらは役者になるんだから。父ちゃんのような百面相役者に」

「おや、それは大きく出たね」

「当然さ。姉《ねえ》が知らないだけだよ。これでも父ちゃんの舞台には、ずっと子役で出てたんだからね」

「それくらい知ってるさ」

「去年父ちゃんが倒れてから、全然姉《ねえ》は見舞いにも来ずに、薄情だぞ」と平吉が言った、はずだった。しかしその声色は、まるで父親が布団の中からお勢に向かって恨み言を言っているように聞こえた。ぞっと総毛立ったお勢は、思わず平吉の顔を見た。その子供の体にのっかっていたのは、病み衰えて白髪がめっきりと増えた、姉弟の父親の顔だった。

「ひゃあ」と思わずお勢は叫び声をあげた。右手に持っていた空のコップが下に落ち、床に当たって砕け散った。パリンという音が店中に響き渡って、一瞬静まり返った。

しまった、と思う間もなく、店内には「ああ、やっちまったなあ」とか「気をつけろ」とかいう台詞が飛び交った。天麩羅屋の小女が、チリトリと箒を持って慌てて駆け付けた。

「危ない、危ない、お客さん動かないで」と慌ただしく言いながら、ガラスの破片を片付け始めた。

お勢はコップが割れた瞬間に平吉の顔から視線を逸らしていたが、ふと我にかえって改めて弟の顔をこわごわ見た。するとそこにあったのは、鼻の頭に飯粒をつけた少年の得意そうな笑顔だった。

「あんた、まさか」

「おや、飯粒がついてらあ。さっきもついてただろう。あれだと画竜点睛を欠くの逆さまだね。どうだい、難しい言葉も知ってるだろう」とニコニコ笑った。

「いつの間に、その芸をやれるようになったのさ」と、問いただすお勢の口調は、思いの外厳しかった。褒めてもらえると思っていた平吉はびっくりしたようで、

「そんな言い方をしなくたって、いいじゃねえかよお」と、困ったような顔つきになった。「姉《ねえ》は父ちゃんの舞台に関心がなかったから知らないだろうけど、おいらはずっと同じ板を踏んでたからさあ。脇役で出てるときから、父ちゃんの見よう見まねで少しはやってたんだよ。目の前で

やると『お前にはまだ早い』とかなんとか言って機嫌が悪くなるから、こっそりだったけれども。それからお弟子の皆にも、習ったりしてたんだ」

「まったく知らなかったよ」

「で、去年父ちゃんが倒れただろう。そしたら、今まで一切俺には百面相を教えてくれなかったのが、『平吉、お前、百面相教えてやろうか』って言うんだ。手足が不自由になっちまったとはいえ、毎日父ちゃんが布団の上で教えてくれたよ。びっくりしたことに、父ちゃん、百面相で別人になりきってる間だけは、生き生きとして病気を忘れてるようなんだ。まるで動かない腕が、動くように見えるんだ。だからおいらも、父ちゃんのそういう姿を見てたくて、学校が終わるとすぐにすっ飛んで帰って、修業をさせてもらったんだよ。まだまだ教えてもらわなくちゃいけないことがたくさんあるけど、いずれはおいらが父ちゃんの一座を再興してみせるよ」

「平吉、あんたらしくもないことをやるね」と言うお勢の声も、いささか湿っていたのは気のせいだろうか。

と、そこにさっきの店の小女が、新しいコップを持ってきた。その顔をふと見ると、

「おや、あんた、弓子じゃないか」お勢はまた驚いた。前から見知りの、浅草を根城にしている不良少女だ。彼女は気まぐれにいろいろな店にかげろうのように現れて、しばらく働いていたかと思うと、いつの間にか姿を消して、また別の場所へ現れる。働くのが目的というよりも、その場その場の役回りに自分を当てはめるのが楽しくてならないと、以前自分で言っていた。今日の弓子は、いつもだったら洋髪のはずなのに、田舎臭い日本髪を結い、野暮ったい銘仙の着物に前

掛けをかけていた。その頭はおそらくかつらに違いない。そこまでして天麩羅屋の女中に成り切りたいのだろうか。そう言えば、弓子は自分のことを「紅座《くれないざ》」とか称して、まるで劇団の団員であるかのように振る舞っていた。一度も劇場の舞台を踏んだこともないくせに、仲間の劇団員も一人もいないくせに、浅草中が自分たちの演劇の舞台だと、うそぶいているらしかった。小学校の頃から夢想癖があり、友達からも敬遠されていたとも聞く。

お勢の顔を見ると、ニヤリと笑って弓子は、

「姉さんもすっかりご新造さんが板につきましたね」と言った。

もとはと言えばこのお勢にしても、浅草の不良少女の一員だったのだ。表向きは娘義太夫の芸人を名乗っていたものの、芸の腕はさっぱりあがらずに、ただ浅草の裏町を遊びまわっていた。気まぐれな日々を送って、面白おかしく過ごすはずだったのが、なんの道を踏み外したのか、北村格太郎の嫁などという正道に迷い込んでしまったのが、悔やんでも悔やみきれなかった。

「あんたも、まるで田舎出しだよ」と、お勢が返すと、

「そうでしょう。さっきからこっちは気づいていたのに、もう笑いを堪えるのが大変で」と、喉を鳴らした。

なんだか腹が立って「平吉、出るよ」と言ったが、弟は真剣な顔つきで弓子に向かって、

「気を殺してるのかい。それとも心底なりきろうと思う方が大事かい」と、低い声で尋ねた。

「あんたは平吉ちゃんじゃないか。大きくなったね」と、弓子が答えないと、

「いいから教えておくれよ、ねえ」と、弓子の腕を摑んだ。

「なんだよ、子供だと思ってたら図々しい」

弓子は平吉の手を振りほどいて、チリトリと箒を手に奥に引っ込んでしまった。

「平吉」とお勢が言うと、弟はそのまま黙って天麩羅屋を飛び出していってしまった。


平吉は走った。

浅草から西へ、西へ。ごみごみと立て込んだ田島町から松葉町へ。裏道を、裏道を。人と人との間を通り抜け、自転車とぶつかりそうになりながら、通行人を驚かし、脇の溝へ突き転ばそうとでもいう勢いで駆け抜けた。犬は吠え、猫は逃げ、お内儀《かみ》さんは悲鳴をあげた。勝手知ったる浅草の裏町、他人の仕舞屋でもなんのその。ニワトリを騒がせ、爺に叱られ、婆は腰を抜かす。清島町から神吉町へ。万年町へ、車坂町へ。省線を突っ切り、あっという間に上野の山へと駆け上がっていった。

両大師の前を風のように通り過ぎると、右手に見えてきた風景は、それまで平吉が駆け抜けてきた世間とは、まったくの別世界が広がっていた。平吉の前に大きくそびえ立つ壁のように、石造りの建物が現れた。

東京帝室博物館である。

辛いとき、泣きたいとき、心が空っぽになったとき、そしてなんでもないときでも暇さえあれば、平吉はこっそり一人でここを訪れるようになっていた。それは友達はもちろんのこと、二親にも秘密だった。彼はある親切なおじいさんのおかげで、木戸御免、出入り自由の許可を得ていた。

浅草と上野、子供の足でもすぐにたどり着ける距離しか離れていない。しかし上野の山の上と隅田川の川岸とでは、まるで世界が違っていた。小便臭く汗臭く、醬油の匂いが立ち込めているごみごみして一種べっとりとした空気の、それでいて常に活気のある呼び声や叫び声が破れ鐘《われがね》のように響き渡る、そういう浅草で育った平吉にとっては、あれはいつのことだっただろうか、初めて上野の山にやってきたときの衝撃は、忘れられようもなかった。それは決して山手の家族のように、親に連れられて博物館見学に来たのではなかった。いつも平吉は親にはほったらかしにされていた。近所の同じような役者やら芸人やらの子供たちと連れ立って、平吉たちは浅草の町を我が物顔に遊びまわっていた。そういう彼らの縄張りも、まだ小さい頃は同じ町内だけだったが、次第に隣の町へと足を延ばし、さらにその向こう、ついに浅草中を遊びまわるようになっていた。しかしそれでもどうしたことか、省線を越して向こう側に行ったことはなかった。

「あっちには森が見えるけれども、何か捕まえられるかな」

「虫や蝶は、たんといるだろ」

「鳥はどうだろう」

「それはいるだろうなあ」

子供たちは口々に上野の山の噂だけはするのだが、いざそこにまで行ってみようという勇気が、彼らには湧かなかったのである。大人の目からしてみればどうということもないのだが、子供たちにとっては、たった一本の線路があるだけで、それが無言の圧力となって、そこまでが自分の身の丈にあった生活範囲であり、その向こう側に傲然とそびえ立つ異界には決して足を踏み入れてはいけないという畏敬と怯えを、与えていたのではないだろうか。

しかしその最初の一歩は、やはりほんのつまらないことがきっかけだった。端的に言えば、子供同士の意地の張り合いである。平吉の遊び仲間の間で、ついに最初の一人が上野の山に行ったのだ。それは単に山の向こうの親戚の家まで、使いを命じられただけに過ぎなかった。しかし子供にしてみれば、異界への旅券を交付されたに等しかった。ただ通り過ぎるだけだったが、緑の森の中に次から次へと現れる帝室博物館本館、表慶館、帝国図書館、東京音楽学校といった、それまで六区《ろっく》の活動写真の中でしか見たことがない、西洋の宮殿と見まごうばかりの建物に、仰天した。まるでそれらすべてが自分のものであるかのように、帰ってくると仲間たちに吹聴したのである。

「また嘘ばかり言ってらあ」

「そんな活動の中みたいなところが、目と鼻の先にあるわけないだろう」

その子供を皆は四方八方から囃し立て、小突き回した。

「でも本当なんだよ、信じておくれよ」と言うまだ五、六歳の子供の目には、涙が溜まっていた。

「おいおい、ちょっと待て」と傍若無人に割り込んで来たのが、丸々と太った巨体を持て余し気味の青年だった。

「あっ、はっちゃんだ」と言う声が、あちらこちらからあがった。この近所をいつもぶらついている不良青年だ。中学生を脅かして小遣い銭をせしめたりという悪さはいつものことだったが、お月様に小さな目鼻が付いているような愛嬌のある顔を見ると、なぜか誰しもが親しみを覚えずにはいられなかった。根っからの悪党ではなく、本当は正直者の愛すべき男なのは、こうして地元の子供たちから親しみを込めて歓迎されていることからも、わかるだろう。

「はっちゃん、上野のお山に王様のお城があるなんて、嘘だよねえ」と甲高い声があがった。そちらをジロリと見渡すと、はっちゃんはニヤリと笑った。

「いやいや、嘘ではないよ。本当にある。石で作った大きな大きな西洋のお城みたいのが、山ほどあるぞ」

「見たことあるのかい」

「ああ、あるとも、あるとも。ついこないだだって、見て来たぞ。中にだって入れるぞ。それはすごいもんだ。ま、入るには大人は十銭、子供は五銭いるけどな」

「なんだ、見世物小屋と一緒か」

「あはは、そう言われればその通りだ。西洋見世物小屋だな、あれは」と、はっちゃんは破顔一笑した。

そうしたやりとりを、平吉は黙って聞いていた。

そんな別世界を、自分の目で見たくてたまらなくなった。

ほんの少し手を伸ばせば届くような場所に、もう一つの東京がある。いや、平吉の知っている東京とは違った外国があるらしい。平吉は、仲間の話を息を呑んで聞きながら、見たことのないような美しい世界に憧れを募らせた。だが、そいつの風下に立つことは我慢ならなかった。口が裂けても「俺も連れていってくれよお」とは言えなかった。「もっと詳しく教えてくれよお」とも頼めなかった。

平吉はまるで興味がないような顔をして、その場からふらりと姿を消した。はっちゃんも仲間の子供たちも誰も気づかないほどの自然な、まるで小便にでも行くようなさりげなさだった。

角までは、所在なさげに肩をゆすりながら、わざとゆっくり歩いていった。

それが角を曲がって子供たちから見えなくなった途端に、走った。西に向かって走った。一分一秒でも早く、その宮殿を見てみたくてたまらなかった。いつもだったら思わず足踏みをしてしまう、省線の線路が描く三途の川も目に入らない。ただひたすらまっすぐ走った。

平吉が目指していたのは、帝室博物館だった。広大な敷地の中に王様が住まうような建物が二棟、本館と表慶館の二つが並んでいる姿を、何としても見たかった。そして、仲間が成し得なかった、その内部に入ってみたかった。

正面の武家屋敷門の向こう側にそびえ立つ、帝室博物館の本館が見えた。二階建ての赤い煉瓦造り。背中を丸めたような高い屋根の大きさには、息を呑んだ。正面の真ん中に、堂々たる玄関が見える。その入り口を挟んで、二つの塔が立っていた。塔の上の丸いドームが、いかにも異国情緒を醸し出している。

その左手には、表慶館が白い石造りの姿を見せていた。中央にドーム、両側に小ドームを従えた緑青の美しい宮殿は、皇太子殿下のご成婚を記念して造られたなどということは、平吉は知らない。ただこの赤い建物と白い建物、これらは何かしら自分の運命を左右するだろうということは、幼いながらよくわかった。

中に入りたかった。しかし入場料が大人は十銭、子供は五銭だ。貧しい平吉が持っているはずがない。しかしこういうときにどうすべきかを、平吉はよく心得ていた。彼は六区の子供だ。それも名うての悪童である。活動小屋に入場料を払って入ったことなどない。ぐるりと周りを回れば、必ずどこか子供だったら中に入れるところがあるはずだ、という信念を持っていた。そしてそういう信念があるからこそ、こっそり入れる場所が見つかるのである。案の定、裏の寺院と接する壁に、子供ならようやくすり抜けられる隙間を見つけた。

ようよう中に入ってみると、そこは広大な庭園だった。巨大な木々の間に赤煉瓦の建物が覗いていた。ただひたすらその建物に向かって、平吉は走った。なぜか誰にも出くわさなかった。裏から近づいたのだから、おそらく通用口か何かだったのだろう。守衛もおらず、扉を引っ張ったら簡単に開いた。雑然とした廊下をコトコトと歩いて行くと、ふと左に曲がり、いきなり大きな部屋に出た。

そこは博物館の展示室だった。

見上げるほどに高い天井の下、木枠にガラスがはめ込まれた陳列ケースが、いくつも並べられていた。見学者はあちらに一人、こちらに二人と散在していた。その厳《おごそ》かな雰囲気に呑まれそうになりながら、平吉は恐る恐る陳列ケースに歩み寄った。周りの客に顔を見られないように、うつむいていた。

そしていきなり顔を上げた。

薄暗い明かりの中、平吉が見上げたのは、一体の仏像だった。

おそらく飛鳥時代に造られた、金造の仏様だったのだろう。解説も読めない平吉にとってみれば、何時代の作であっても関係がなかった。平吉は今まで、まともに仏像を見たことがなかった。浅草寺の本堂は、御簾《みす》の向こうに鎮座まします秘仏なのだから、お顔を拝見するなどあり得なかった。平吉程度の人間が見る仏は、地蔵尊か濡れ仏がせいぜいだった。そんな石仏しか見たことがなかったのが、いきなり繊細な金仏を見せられたのだ。流れるような裳、大きめの手足、それに比べて華奢な頭。この不釣り合いな組み合わせが、見ている者を思わず引き込む。平吉はこれほどの微笑みを見たことがなかった。今まで雑駁な世の中に暮らしてきたが、これほどの穏やかな笑顔というものがあったのか。平吉も思わず微笑んでいた。彼には手を合わせるという知恵も知識もない。ただ心からの喜びの表現として微笑む、そういう原始的な本能だった。

何時間、観音菩薩像の前で過ごしていただろうか。いや、それはほんの数秒でしかなかったのかもしれない。それさえもわからなかった。気がついたら、太い髭を生やした守衛が平吉の襟首を捕まえて、

「おい、こら、小僧、一体どこから入ってきた。太《ふて》ぇ奴だ。さっさと出ろ」と言いながら、引き摺り出そうとした。とっさのことに、平吉は手足をバタつかして暴れた。守衛は真っ青になって、「馬鹿、仏様が倒れたらどうする」と喚いて、一発拳骨を喰らわせた。そんなお目玉に屈するような平吉ではないはずだったが、「仏様」という一言を耳にすると、ピタリと動きを止めた。あの美しい仏様に傷を負わせてしまっては申し訳ない、そういう気持ちが自然とわきあがったのだ。

この騒ぎに人が集まってきた。

「守衛君、いくらなんでも暴力はいかんよ」と、深緑色の襟章の軍服に白い立派な口髭の老人が言った。振り返った守衛は驚いて目を丸くしながら、

「いや、こいつは切符を買わずに忍び込んできた不届き者であります、森総長閣下」と答えた。

帝室博物館の総長が、たまたま通りかかったのだ。

「だったら、僕が切符代を出そうじゃないか。この子だって活動小屋に忍び込むよりも、博物館に忍び込むのだから、向学心旺盛で感心だ」と総長は言って、目を細くして微笑んだ。その眼差しは、まるで仏様そっくりだと、平吉は思った。

「おじいさん、ありがとう」

渋々手を離した守衛をジロリと睨みつけた後、平吉は老総長に向かってぺこりと頭を下げた。

おじいさんと呼ばれて苦笑しながら、森林太郎総長は、少年の襟元を直してやった。

「君は仏像が好きなのかね」

「わかりません」

「わからないとは、どういうことかね」

「だって、今日初めて見たんだもの」

「ははあ、なるほど。それだったらわからなくても仕方がないな。どうだ、今日見た仏様は」

「いくらでも見てたいよ」

「いくらでも？」

「うん」

「何時間でも、何日でもか？」

「うん、何ヶ月でも何年でも。ずっとおいらのそばに置いときたいくらいさ」

そう平吉は言って、にっこり笑った。

十

「ちょうど上海にいらっしゃった頃に関東大震災が起きたわけですが、明智先生はご無事だったのでしょうね？」と簑浦は、質問した。

「幸い、まだシナから帰国していなかった。向こうで第一報を聞き、驚いたよ。先ほど話した上海での出来事の後、彼らとともにフー・マンチュー博士の犯罪組織を追いかけて、各地を転々としていた。あれは天津でのことだった。東京が巨大地震で壊滅したという知らせには、半信半疑だった。さらに次々と続報が入り、東京と横浜は海中に没したとか、富士山が噴火を始めたとか、関東平野は火の海になったとかという噂が、日本から来た汽船の乗客から流れ、さらに新聞紙上で尾ひれがついて様々飛び交った。僕が生まれる前のことだが、安政の大地震のことは実際に体験した人々から話を聞いていたので、そんなわけはないだろうと、わかっていた。しかしそれでも甚大な被害なのは間違いなかろうとは、思っていた。

交通は途絶し、大陸からどうやって帰国できるのか、まったく見当もつかなかった。やがてあちらの日本人会や宗教団体が音頭をとって内地に支援物資を送る貨物船がでることになり、それに同乗して故郷に戻ろうとする日本人も少なくなかった。しかしこの混乱の中、戻ったとしてもどうなるわけでもあるまい。もし新聞の伝える通りだとすると、日本の首都は、東京から京都か大阪に移るかもしれない。だとしたら、もう少し様子を見ようと思った。

父も、もうしばらく事態を見極めるよう言い、今回の事件が片付けば、ともにイギリスに行こうと誘ってくれた。これは最新の犯罪科学や変態心理学を学ぶ、絶好の機会だった。しかしその気にはなれなかった。そこまで日本を見捨てられなかったのだよ」

「すると、先生はもうしばらく中国に滞在しておられたのですね」

「そうだ。震災が起きたのは九月だったが、いつの間にか季節は冬にさしかかろうとしていた。唯一の親戚である義光伯父に手紙を書いてもなしのつぶてだった。従兄の義昭は軍事探偵として数年前に大陸に渡って以来、どこにいるかどころか、生きているのかどうかもわかりはしない。

上海と天津の租界の博士の組織をあらかた摘発し、逮捕した一味は租界警察に引き渡したものの、フー・マンチュー博士本人や例の人間豹の行方は突き止められなかった。そしてホームズは英国へ、スミスはラングーンへと、それぞれの家に帰っていった。ここでも再び父は僕にイギリス行きを勧めてくれたが、思い切ることができなかった」

「お一人で上海に滞在されていたのですか」

「うん。二人と別れた後は、いい機会だからシナ語の勉強に励んだ。在住日本人とはほとんど付き合いをしなかったが、ただ大学目薬に加えて書籍を扱っていた内山書店だけには、しばしば訪れていた。そこは若いシナの知識人の溜まり場にもなっていて、手狭となったせいで、向かいの空き家を買い増しして店を広げようかという話まで出てくるほどの、賑わいぶりだった。詩人の田漢《でんかん》や欧陽予倩《おうようよせん》、鄭伯奇《ていはくき》といった演劇関係者、さらには郭沫若《かくまつじゃく》、郁達夫《いくたつぷ》などの小説家とも親交を結び、親しく言葉を教えてもらった。しかし大震災から一年が経過して、やはり東京がどうなったのか、自分の目で確かめたくなった」

*　*　*

僕は、変わり果てた東京の姿に唖然とした。

それまで僕が見知っていた東京は、すっかりこの地上から抹殺されていた。

銀座の目抜き通りにずらりと並んでいたあの煉瓦造りの商店街、子供の頃から慣れ親しんでいた伯父の店の天猶堂があった場所も、すっかり面影がなかった。明治の文明開化を象徴し、ロンドンやニューヨークもかくあるべしとまで言われた街並みもすっかり取り払われ、その跡地に建っているのは、まるで舞台装置の書き割りのような、ただ薄板を垂直に貼り立てただけの仮かけ小屋のような店ばかりだった。しかもそのデザインと言ったら、ドイツ表現主義の『カリガリ博士』がこの世に飛び出して来たような不思議で不定形な、見ているだけで目眩《めまい》がしそうな、型破りなものばかりだった。様変わりしたのは、そんな目立った場所ばかりではない。一歩路地に入ったところにあった、江戸の昔から続く瓦屋根の街並み、大名屋敷の名残の土塀、緑に囲まれた寺院や神社も姿を消していた。かつて英国式の回遊庭園として帝都を代表していた日比谷公園も、震災からすでに一年経過したというのに、未だに掘っ建て小屋が林立し、仕事も家も失った人々がその日その日を暮らしていた。彼らの表情には諦めきった明るさが浮かび、できることなら日比谷公園で一生暮らしていければとでも、思っているように見えた。

たった一年と数ヶ月日本を離れていただけなのに、帰ってくればこの変わりようだった。麻布の義光伯父夫婦の家も地震で押しつぶされ、火の手が回って跡形もなくなっていた。当然二人とも行方不明のまま、二度と会うことはできなかった。僕はこの大震災で、故郷まで失ってしまった。

いや、予想していたよりはましだったのかもしれない。とにかく震災から一年たち、一見すると、人々は毎日を平凡に以前と同じように生きているように見えた。しかしその生活の背後にあったものはすべて破壊され、なんとも薄っぺらな、まさしく銀座のバラック街のような生き様になっていた。銀座は東京を代表する街だとは、よく言ったものだ。

そして何よりも困ったのが、それまでこつこつと足で回って集めてきた東京の隅から隅までの情報と見聞が、一瞬にして無になってしまったことだった。探偵にとって、東京の街の正確な知識ほど、大切な武器はない。どこに行けば印刷工場の労働者の不平不満を耳にでき、どこに行けば政界の噂話をほじくり出せるか、そして誰に尋ねれば主義者の動向や計画が判明するか。そうした手がかりも情報も人脈も、すべて灰燼に帰してしまった。これから探偵としてどうしていけばいいのか。こんな薄っぺらな都会で、本当に探偵などという職業が必要とされるのだろうか。世間を騒がせていたのは、かっぱらいにスリ、強盗といった、巡査や刑事でも事足りる、これまた浅薄な犯罪ばかりだった。犯罪者が知力を絞り、探偵も頭脳の限りを尽くす、そんな大掛かりで複雑極まる犯罪は、真っ平らになった新生東京には生まれ得ないのではないだろうかと、僕は絶望した。このまま探偵を廃業した方がいいのだろうか、それとも思い切って大阪か京都にでも場所を移してしまうのはどうだろうか。どうせ街の知識を一から仕込まなくてはいけないのなら、こんな荒《すさ》んだ書き割りの都市よりも、歴史も文化もある大阪に鞍替えしても同じではないか。そんなことをつらつら思いながら、どうしても割り切ることができず、無為に過ごしていた。

そんなある日のことだった。すっかり様相が変わった新銀座を、あてもなくぶらぶらと歩いていると、露店の邪魔にならない歩道の隅に座り込んでいる眼鏡の男が目に入った。その前に何か並べているわけでもないから、商売をしているふうにも見えない。まして普通に立っていれば小綺麗な洋装なのだから、物乞いとも思えない。コール天のズボンそのままに敷石にあぐらを掻き、うつむいて何やらやっていた。もちろん僕はそんな不可解なことには目がないものだから、近づいてその青年の行動をじっと見つめた。何やらカードに鉛筆で細かく熱心に書き込んでいる。ちらちらと視線を上げてはまた書き込む。その視線の先に注目すべきことがあるようだ。僕は振り返ったが、ただ銀ブラの人波が流れているだけだった。

視線を元に戻すと、座り込んでいた青年と目があった。眉間に皺を寄せてこう言った。

「ちょっとどいてくれませんか。そんな大きな人に立たれちゃ、見えません」

慌てて僕は脇にどいた。

「これは失敬。何をやっているのかと思いまして」

「なに、これからやってみたいと思っている研究の、ちょっとした下調べのようなものです」

「ほう、この雑踏の中で？」

「いや、この雑踏だからこそです」という答えに、僕は興味をそそられた。

「あなたは人間を見ているのですか？」

「わかりますか。それは嬉しい」青年は立ち上がって尻の埃を払った。鞄の中から一束のカードを取り出した。「僕はバラック装飾社というところで、店舗の飾り付けなんかをやっている今《こん》です。ほら、銀座の街並みもすっかり震災前とは変わって、実に突端的というか、流線型的というか、まさに現代じゃありませんか。こういうのを美術の仲間とやっていたんですが、そろそろもう飽きましてね」

「で、路上で次を始めるというのですか」

「まあ、そんなところです。建物が変わってふと振り返ると、そこに出入りする人間もどんどん変わっている。震災前とは流行も表情も、行動さえもすべて変化している。そう思いませんか。それが面白くなってきたんです。そういう現代を、猛烈に記録したくなってきました。まだ一人で手探りの状態ですが、いずれ方法論をきちんと定めて、大人数で一斉に、ある年のある月ある日に、投網をかけるようにして大東京の現状を把握してごらんに入れますよ」

今《こん》と名乗る眼鏡の青年は、得意げな顔だった。彼のカードを見せてもらうと、銀座をぶらつくありとあらゆる人間の細目が、調べ上げられていた。例えば男性の服装では、スプリングコートかレインコートか、ズボンの色は茶か縞か紺か黒か。眼鏡は金縁か銀縁かロイドか色眼鏡か。女性の服装では、洋装か和装か。無地か縞か、絣《かすり》か友禅か。スカートの裾は短いか中程度か長いか。まさに考えつくだけのありとあらゆる情報が、彼の懐中から出てきた。

「これを十年ごとに調べてごらんなさい。実に面白い事実の積み重ねができるはずです。東京人の進化の過程が、ありありとわかるのです」

「ハハア、なるほど。考古学者が地層ごとに発掘をしますが、あなたは化石になる前に、生きているまま採取しているのですね」

「そのとおりです。考古学に対抗して、考現学、モデルノロジオとでも言いましょうか」と、今は笑顔になった。

まったく無になったとばかり思っていた新東京を、ここまで微に入り細をうがって観察する人間がいたと知り、僕は嬉しくなった。まだまだ東京も捨てたものではありませんよと、教えてもらった気がした。おかげで再び東京で探偵をする希望と興味が湧き上がった。

それ以来、僕は毎日東京を歩き回った。それまでの空白を埋めるように、精力的に様々な場所を観察した。浅草に行くときは浅草人種の、銀座に行くときは銀座ボーイの、霞ヶ関に行くときは腰弁の姿に身をやつし、その風景に溶け込むようにしながら、聞き耳を立て、目を見開き、ありとあらゆる新東京の空気を体の中へ取り込んだ。

そうして見ると、やはり東京の街並みや人間に、僕は愛着があったのだと改めてよくわかった。震災ですべてが破壊され、焼き払われたように見えても、まだそこに東京の人間が住んでいる限り、東京という街がすっかり失われることはないと、僕は確信した。

およそ半年の間東京を歩き回り、ようやくその新しい街が僕の血肉となったと思えてきたときだった。時々銀座や浅草で顔を合わせていた学友の小林紋三が、なにやら切羽詰まった顔で、僕の旅館を訪れた。

＊　＊　＊

「それが、上海から帰国して以来、初めての事件、『一寸法師』の始まりだったんですね」と、簑浦は合いの手を入れた。

「うん、まだ事件を引き受けるつもりはなかったのだがね、しかし旧知の友人のたっての願いというので、渋々腰を上げた」

簑浦は手帳のページを繰りながら、さらに言った。

「その頃も、江戸川乱歩先生と親しく交際しておられたのですか？」

「前にも言ったように、彼の処女作『二銭銅貨』が『新青年』大正十二年四月号に掲載されたが、その頃、僕は『屋根裏の散歩者』事件に取り組んでいた。そして事件解決後まもなく父からの呼び出しで、シナへ旅立った」

乱歩はさらに前述のように明智をモデルにした「一枚の切符」を発表したが、彼の実話に頼りきっていたわけではない。関東大震災後「恐ろしき錯誤」を、翌年には第四作「二廃人」を発表して、小説家としての力量を十二分に発揮した。しかし読者の人気を得たのは、やはり名探偵明智小五郎が登場する一連の作品だった。乱歩は新たに三作品をこの年の十月から年末までに書き上げ、翌大正十四年『新青年』一月号に「D坂の殺人事件」、二月号に「心理試験」、そして三月号に「黒手組」が掲載されて、その文名は大いに上がったのである。

「実はこれら三編は、十月初めに僕が汽船で下関へ行き、汽車で大阪までやってきたときに、江戸川君が北河内の守口町に住んでいると聞いていたので、わざわざ訪問して語った内容を元にしていたものだ。『D坂の殺人事件』となった事件は江戸川君も直接見聞きしていたから、ある程度知っていたけれども、『黒手組』は大正十年、『心理試験』はその翌年に起きた事件で、彼とは縁遠くなっていた時期のことだったから、初めて聞く内容に彼は興奮していたよ。そして僕と別れるや否や筆をとり、これらの作品を完成させたのだ」

＊　＊　＊

「一寸法師」も、同様に僕が江戸川君に語った内容を元にしていた。それ以降、僕の手がけた数々の事件を江戸川君が小説の形で発表していったのは、すべて僕から聞き取ったものだ。ただしどの事件にせよ、作品中で詳しく触れられていない細部はある。それはもちろん娯楽作品として煩雑さを避けたいというのが主な理由だったけれども、あまりに恐ろしい真実だったので、僕がわざと説明を省いた部分もあった。

その一つが、一寸法師がその精緻巧妙なる義足を、どこで手に入れたのかという謎だった。だいたい義足というものを、自分の体の一部にするのは途方もない困難を伴う。ましてやこの一寸法師のように両脚とも義足である場合は、言ってみれば竹馬の上に乗っているようなものだ。さらに膝の関節、足首の関節までを自由自在に駆使して、まるで自らの脚のように自然な歩行をしてみせるのが困難極まりないのは、ご想像の通りだ。それをいとも簡単にやってのけ、しかも走ったり正座をしたりと、自分の体の一部とし、いざという時には簡単につけたり外したりできる。日清日露の戦役などで名誉の負傷を負った軍人の不自由な姿は、街中でも珍しくなかったのに、そんな夢のような義足は、僕も聞いたことがなかった。

そういう「常識」に囚われていたからこそ、事件の解決にある程度の時間がかかったのだが、もしこれが警察の捜査だけだったら、永久に解決しなかっただろう。しかし「不可能なものを取り除いていき、残ったものがたとえあり得ないように見えても、それが真実である」という言葉を僕は信じていたから、一寸法師と和尚が同一人物であると確信し、では同一人物であるならばいかなる条件が必要なのかと考えた。そして行き着いたのが、高性能の義足という結論だった。

僕は帝国大学医学部の整形外科学講座を訪ね、それほど自然な義足が果たして可能なのか、直截に質問した。赤煉瓦の建物で応対をしてくれた医師は、かつてここに在籍した鴨下《かもした》博士ならば、それほどの義足を造ったとしても驚くには当たらないと教えてくれた。そして図書室から『整形外科学雑誌』の古い号をわざわざ取り出して、

「ほらごらんなさい。これが鴨下博士の論文『歩行及ビ日常行動ニ適スル義足ノ試作』です。まだここの教室にいた頃の業績です。私も先生がお造りになった義足を見たことがありますが、実に大したもので、運動能力だけでなく見た目もそっくりで、生人形も顔負けでした」

「現在鴨下先生はどうなさっているのですか」

「ドイツに留学してドクトルになられた後、大阪医科大学に移って教授をされていましたが、どういうわけか中途で退職されてご自宅で研究に専念されているらしいですよ。今では学会にもほとんど顔を出さず、時折論文をドイツ語で発表されるだけなので、心配はしているのですが」

僕はすぐに大阪に飛んだ。住吉区岸姫町の鴨下ドクトルの屋敷と言えば、近所でも不気味だと噂になっていた。気難しい博士は一見《いちげん》の客には滅多に敷居を跨がせず、玄関払いを喰わせると言われていたが、さすがに帝国大学整形外科学講座から出してもらった紹介状を、無視しはしなかった。階下の応接室、暖炉を背にした口髭と顎鬚《あごひげ》に顔のほとんどが覆われている博士は、ニコリともせずに僕を迎えた。

果たして僕が思い描いているような義足は製作可能なのか、鴨下ドクトルに問いただした。

「わしだったら、不可能ではない」

ドクトルは仏頂面のまま答えて、片手で僕を研究室に誘った。

そこは個人の住宅とは思えぬほど設備が整った医学研究室で、本格的な手術台が備えられた手

術室、高性能の顕微鏡や細菌培養設備が整えられた生理学研究室、さらには義足義手を製作する工作室まであった。ただそこで研究しているのは鴨下ドクトル一人のみであって、普通の大学研究室なら当たり前の若い医学生の活気はつゆほども見られず、不気味な静けさに包まれていた。

「これが、わしが造った義足だ」と、鴨下博士は無造作に机の上に転がっていた、まさしく「一本の足」を取り上げて、僕に手渡した。ゴムでできた皮膚の質感、肌触り、色も何も本物の脚を切り取ったと称しても、そのひんやりとした温度を除けば、うっかり信じてしまっても仕方がなかっただろう。それは見た目だけではなかった。脚の切断面は肉色のぷるぷるとした手触りの半透明のゴムでできていて、触れると吸い付くような感触があった。

「今までの義足は靴下のようにして履くそうですが」と、僕は博士に使い方の説明を求めた。

「その通りだ。しかしそれでは安定感も一体感もまったく得られない。だからわしは、この特殊ゴムの開発から始めた。ここに脚の切断部を挿入すると、ゴムと皮膚が密着して真空状態になり、ちょっとやそこらでは外れないようになる。もちろん歩いたり走ったりも可能だ。ただ正座をするときには捻れが生じて隙間ができるのが、苦労した」

博士は得々と説明を続けた。

「それよりも見て欲しいのは、この膝と足首の関節だ。普通の義足は曲がるどころか、ただの一本の棒であるのが当たり前だ。しかし見たまえ。くの字に曲がるだけではない。わずかだが、前後左右に柔軟に曲がるのだ。ほら、自分の膝で試してみたまえ。決して人間の関節は一方向に動くだけではないのが、わかるだろう。こういう動きなくしては、単純な歩行運動さえも再現でき

223

ないのだ。そして直立しているときは、不用意に曲がったりせず、きちんと体重を支える。そうでなくては両脚を失った患者に対応できない。それを世界で初めて実現したのが、このわしだ」

「実際に患者に装着させてみたことは、あるのでしょうね」

「無論だ。もうすでに、二十人以上の患者に装着して、申し分ない結果が得られている。これからはさらに改良し、電気や磁力を応用してもっと便利にするつもりだ」

「もしかして、その患者の中にこういう男はいませんでしたか」と、僕は鴨下ドクトルに耳打ちをした。それを聞いた博士は真っ青になり、

「うむ、その男は義足を装着した後、しばらく東京から通院していたが、ここ二年ほど連絡が絶えている。本当は微調整を一生続けなくてはいけないのだが、連絡が取れず困っていたところだ」

「やはりそうでしたか。僕が思っていた通りです。これで事件が解決したも同然でしょう。ありがとうございました。ところで先生、お造りになっているのは義足だけなのでしょうか。義手や他の部分も計画されているのですか」

それを聞いた鴨下ドクトルは、一種異様な笑みを浮かべた。

「もちろんだ。もうすぐ義手もできあがる。しかしわしの構想は、それだけではない。想像してみたまえ。もし人間が生きるのに本当に必要でない部分をすべて削ぎ落としてみたら、つまり心臓や肝臓は必要だが、それ以外の例えば手足や二つある内臓は、一つに減らしてしまう。そうすれば今までそちらへ振り向けられていた人間の脳力が余ってくるから、自ずから思考能力へと集

中されて、それまでの何倍も利口になるのではないかな。わしはそういう人間を〝縮小人間〟と呼んでいる。しかしそれでは日常の生活には不便だから、わしが造った義手や義足をつけるのだ。必要なときに必要なぶんだけ取り付ければいい。実に合理的であると思わないかね、明智君」

　そう言って、鴨下ドクトルは、虚ろな笑い声をあげた。

＊　＊　＊

　簑浦は再び手帳のページを繰りながら、話題を次へと誘った。

「『一寸法師』事件の後、その年の夏に今度は『何者』事件を先生は手がけられたわけですが、これは陸軍からの依頼だったのでしょうか」

「いや、陸軍というよりも、結城少将個人から依頼されたもので、その背後には陸軍内部の様々な政治が渦巻いていたのだよ。従兄の本郷義昭少佐からの紹介だと言われた。まだ本人は大陸から離れられないようだったが、常に内地との連絡は絶やしておらず、僕の帰国と、『一寸法師』事件も、よく承知しているようだった」

＊　＊　＊

　最初に僕に連絡をしてきたのは、陸軍軍務局長結城少将の副官だった。差し回しの自動車で三宅坂の陸軍省に案内されるかと思っていたら、到着したのは赤坂山王下の「幸楽」という料亭だった。大きな屋根瓦をぐるりと囲む白壁に沿って自動車は回り込み、玄関にぴたりと一分も違わず停車した。

結城少将は、すでに座敷で待っていた。まだ酒に手をつけず、どっしりあぐらを掻いたまま、厳しい顔で一礼をした。

「わざわざ来ていただいて恐縮だが、ことは緊急を要する。酒が入らぬうちに話を済ませておきたい」

軍人は何かと言うとすぐに酒席にしたがると思っていたので、僕は意外だった。それほど深刻な話なのだろうと推察した。人払いをして二人きりになると、

「実は、我が陸軍の内部で盗難事件が起きる恐れがあるのだ」と、結城少将は厳しい声で説明を始めた。「もちろん金銭などではない。そんなことだったら、わざわざ君に頼みはしない」

「憲兵隊の捜査で十分でしょう」

「うむ」

「では軍の機密情報でしょうか」

「うむ」

「それでも普通だったら、憲兵隊の捜査が行われるはずですが」

「そうはいかない事情があるのだ」と、少将は渋い顔で答えた。

「閣下は、憲兵隊に全幅の信頼を置いておられないということでしょうか？」

いつの間にか、結城少将の額にはじっとりと脂汗が滲み出していた。

「そうは言いたくないのだが」

「現在の憲兵司令官は荒木貞夫少将でしたか」

「うむ。ともかくこの捜査は内部の手を借りたくない。ある情報を狙って、一部の将校連が画策している。彼らに荒木司令官は同情的だ。もともとあいつは平沼とか大川とかの右翼と気脈を通じていたりして、今回、宇垣陸軍大臣閣下が行われる軍縮を快く思っていない。君も報道で概要は知っているだろうが、今回の軍縮では大鉈《おおなた》を振るう。高田師団、豊橋師団、岡山師団、久留米師団を廃止し、将兵三万四千人を削減する予定だ。以前の山梨閣下の軍縮とは違い、師団が丸ごとなくなるのだから、当然将校、将官の首も切らなくてはいけない。すでに解隊式を行った連隊もある」

「つい先日、現役将校を学校に配属することも決まりましたね」と、僕は答えた。中学、高等学校などに配属将校を派遣して、軍事教練が学科の一つになったのだ。

「うむ、余剰人員が出てしまうのだから仕方がない。その代わりに軍の近代化を強力に推し進める計画だ。戦車や飛行機がこれからの戦争の主役になるのは間違いない。もう歩兵や騎兵の時代は終わりなのだ。だから戦車連隊、高射砲連隊、飛行連隊を増設する。自動車学校、通信学校、飛行学校も開設する。陸軍航空部は改組して航空本部となり、兵科として独立させる。そういう組織改革、人事の情報が事前に漏れてしまったら、軍内部は大混乱になる。それをどうしても防ぎたいのだ」

「その情報を、喉から手が出るほど欲しがっているのは憲兵隊も例外ではない、ということですね」と、僕は念を押した。

「その通りだ。しかし荒木はこの改革に反対だ。何しろ陸軍を〝皇軍〟などと呼ぶ男だ。もしこういう情報を手に入れたら、暴露して国中を混乱させ、改革を頓挫させることも厭わないだろう。だから憲兵隊には任せられないのだ」

「しかし僕は陸軍省の中には入れないですから、捜査をしようにも、難しいでしょう」

「いや、まだ実際に盗難にあったわけではない。何度か軍務局の金庫が荒らされかけたが、未遂に終わっている。そこで、関連書類を思い切ってわしの手元に置こうと思うのだ。そうすれば、君も自由に立ち入ることができるし、犯人が忍び込むのを待ち伏せすることもできる。どうだね」結城少将は、じろりと僕を見つめた。

「それならば不可能ではないでしょう。僕もつい先日、関わっていた事件が解決したばかりですので、全力を挙げて取り組みましょう」

「それはありがたい」と、結城少将は半白髪の坊主頭を深々と下げた。

「明智という名前は隠して、閣下の知り合いということでお宅に出入りさせていただきます。赤井、とでも名乗りましょうか。それから他にも僕の部下が間断なく監視します。女探偵を一人女中として住み込ませます。さらに他にも御用聞き、植木屋、下男など様々な変装で、入れ替わり立ち替わりで監視しましょう」

ここでは「部下」と言ったけれども、実はかつてお世話になった岩井探偵事務所や、そこから独立した先輩後輩に応援を頼むつもりだった。人を抱えるほどまだ手広くやってはいなかったからね。

「ずいぶん大掛かりになるのだな」

「相手も一人ではありませんから」と僕は言うと、唇を引き締めた。

春から夏にかけて陸軍の軍縮が一段落するまで、僕たちは麻布の結城邸、そして夏は鎌倉の別邸を陰から一分の隙もなく固めた。時々怪しい自動車が周囲を徘徊したり、ゴミ箱に放火されたりというようなことはあったにせよ、どうやら無事に軍縮と軍の近代化を推し進めることができた。

しかしその一方で、結城家内部で悲劇が起きてしまったのは、「何者」で江戸川君が描写した通りだ。あの事件そのものは、僕が受けた依頼とまったく関係なく、たまたま居合わせただけだったが、不幸中の幸いということだ。

どちらの事件も穏便に解決して、結城少将にご満足いただいた。ご子息の弘一《ひろかず》君の友人甲田青年は、疑いが晴れて獄から出た。どういう取引を当局としたのか僕のあずかり知らぬことだが、うやむやのうちに事故ということで幕引きになり、弘一君はアメリカへ留学した。従妹の志摩子さんは、見合いをして大阪に嫁に行った。

そして僕はといえば、軍務局の機密費から思いもよらぬ額の謝金をもらい、もし希望するなら海外遊学の援助もしようと言われた。もしかしたら、アメリカに旅立った弘一君のお目付役を期待されていたのかもしれない。さすがにそこまでは付き合いきれないので、ヨーロッパ渡航を口にしてみたら、二つ返事で了承された。もっともそれも陸軍出入りの商社に費用を出させるだけのことだと、後から聞いて呆れたがね。しかもその帰路には、インドとシナの事情を調べてきてほしいと、ついでの軍事探偵までちゃっかり頼み込んでくる始末だ。

本格的に探偵業を再開するにしても、やはり父のホームズから再三勧誘されていた最先端のヨーロッパの捜査事情が気になっていた。この当時、国内でも探偵法に関する専門書がいろいろ手に入るようになっていたけれども、それらはヨーロッパの焼き直しでしかなく、実際に最前線に立つ探偵や刑事の一挙手一投足を、僕自身で確かめてみたくなったのだ。

結局僕が日本に戻っていたのは、たった一年足らずでしかなかった。夏の盛りに再び船上の人となって、西へ向かった。今度の目的地は上海よりはるか先、ヨーロッパ、イギリスだった。

まずポーツマスに上陸し、サセックス州南海岸に住む父を訪ねた。彼は上海に捜査に向かったときと比べると、ほんの数年しか経過していないのに、見るからに老けこんでいた。しかしその頭脳は明晰であり、彼の最後の著作『探偵法大全』を教科書として、僕は近代探偵法を根底から学び直した。

父の紹介状を手に、ロンドンでは当時新進の私立探偵だったピーター・ウィムジー卿に会い、陸軍情報部ではヘンリー・メルヴィル卿とも面会した。さらに新聞記者のロジャー・アリンガム、スコットランド・ヤードのフレンチ警部、ジャップ警部、聖メアリー病院のバーナード・スピルスベリー博士らにも親しく話を聞いた。残念なことに当時世界最高の私立探偵と言われていたエルキュール・ポアロは田舎に引退して、面会が叶わなかった。

さらに僕は大陸に渡り、フランスではアンリ・バンコラン予審判事のもとで、フランス流の捜査をつぶさに観察した。長年怪盗アルセーヌ・ルパンと渡り合っていたガニマール警部は、すでに捜査の第一線から退いていたが、体験談を親しく聞かせてもらえたのも収穫だった。しかしまさかそのときの話が、のちの「黄金仮面」事件で役に立つとは思わなかった。

一年あまり欧州に滞在した後に、僕は陸軍の要請に従って、まず帰路インドを訪れた。当時のインドはガンジーやネルーの指導の下で、国民会議派の非暴力独立運動が盛んに行われていた。それに対して英国は、カナダなどと同じ自治領とする提案をしていたが、妥協点は見いだせなかった。一方すでに日本に亡命していたラス・ビハリ・ボースの仲間たちも、活動に余念がなかった。そうした連中と僕は、当局に知られることなく面会して、協力を申し出た。しかし国民会議派とボースは路線が異なるし、色よい返事はもらえなかった。

次に僕はシナ大陸に渡った。前年に蔣介石《しょうかいせき》の国民党軍が日本及び各国の領事館を襲撃略奪した事件が南京で起こるなど、こちらも騒然とした雰囲気が拭えなかった。軍閥が各地で群雄割拠している状況を、僕は一年あまり調査した。ところが昭和三年六月に、北京から奉天に戻る満洲の支配者、張作霖《ちょうさくりん》大元帥の特別列車が爆破されて死亡したという事件が起きた。世に言う満洲某重大事件だ。この事件は、関東軍の意向に沿わなくなった張作霖を取り除こうと河本大作大佐らが計画実行したと言われているけれども、実は僕と従兄の本郷少佐も捜査に当たっていた。

関東大震災で本郷家が全滅して以来、初めて奉天で義昭兄に会った。もちろん詳しい事情は連絡があったらしいが、一度も帰国せずに大陸で諜報活動を続けていたという。満洲やシナだけでなく、蒙古からソ連国境内外をまたにかけていたそうだ。今回最重要人物の殺人事件ということで、たまたま満洲にいた僕と、特務機関から一番近しい人物ということで、義昭兄が呼び寄せられた。

僕と義昭兄は数年来の無沙汰を、目と目で語り合った。久しぶりの顔は真っ黒に日焼けをし、深く皺が刻まれているそのさまは、モンゴルの大草原を自在に走り回る馬賊の一人と言ってもなんの不思議がなかった。炯々《けいけい》とした瞳には野性味が加わり、僕の手を力強く握りしめた彼の手には、いくつもの傷跡が残っていた。長い年月彼は軍服を身につけず、天を屋根に、草原を寝床にして暮らしてきたのが窺われた。

義昭兄は関東軍の一員ではない。その調査は直接三宅坂の陸軍省から発せられたと思われる。だから捜査に関東軍の協力は得られなかった。僕たちは薄汚れた苦力《クーリー》の姿で事件が起きた線路脇まで真夜中に近づき、周囲を警戒している警備兵の目を盗みながら、爆破現場を調べた。

その結果、何よりも疑問だったのは、河本大佐が仕掛けた爆薬が線路脇の土嚢に入れられていたにもかかわらず、列車の天井など上部構造が大きく破壊されていたという事実だった。これは事件現場を撮影した写真が残っているから、今でも確かめられる。現場はちょうど二つの線路が立体交差をしている場所で起きた。張作霖の乗った汽車は下の線路を走り、陸橋をくぐった瞬間に爆破された。だから一説には、陸橋の裏側に爆弾が仕掛けられたのではないかとも言われた。しかし橋の下にせよ線路脇の土嚢にせよ、果たして張作霖が乗車した客車が差し掛かった瞬間に上手に爆破できるかどうか、保証はない。実際、隣の客車に乗っていた日本人軍事顧問は、無事だった。しかも張作霖は列車の中を自由に移動できた。爆破時に元帥の専用客車にいたのも、偶然に過ぎないのだろうか。線路脇に仕掛けた場合は、十分な爆薬の量があり、しかも機関車が猛スピードを出していたら列車は脱線し、数多くの死傷者を出す可能性はある。しかし殺すべき相手は張作霖ただ一人であり、部下や周囲の人間が何人死のうとも、張作霖が生き残ってしまえば失敗だ。実際爆薬の量は大したことはなく、乗客も多数が生き残っていた。鉄橋の上で爆破して谷底に列車ごと落とすのならいざ知らず、平原の真ん中でそんなことをしても、どうしようもない。

僕たちはむしろ、爆裂弾は客車の天井に仕掛けられていたのではないかと、推理した。そうすれば確実に張作霖を殺害できる。装置に点火したのも、おそらく汽車に同乗していた人間ではないだろうか。

「では河本大佐たちの役目は、何だったのでしょう」と、僕は泥だらけのシナ服の義昭兄に質問した。

「それはおそらく、探偵小説で言うレッド・ヘリングだろう」と、少佐は答えた。最近の少佐は、僕に感化されて探偵小説を読んでいるらしい。

「目くらましですか」

「そうだ。河本大佐は犯行を自白した。しかも実行犯東宮《とうみや》大尉が押した点火装置から現場まで、電線が延びていた。実際に彼らは、あそこで爆薬を爆発させたのだろう。しかし張作霖が死んだ原因は、その爆破ではない。線路の立体交差に差し掛かったときに汽車の速度が落ちたのは、お前も知っての通りだ。あれは東宮大尉が点火装置を押しやすいように、わざわざお膳立てしてやったのだ。そして線路脇の爆破とほぼ同時に、天井に仕掛けられた爆薬が爆破して、張作霖は殺されたというわけだ。もちろん同乗していた暗殺者の手先が、張作霖を言いくるめて専用客車に戻らせてのことだ。おそらく河本大佐も東宮大尉も、本当に自分たちが犯人だと信じ込んでいるのだろう。しかし彼らは踊らされていただけなのだ」と、義昭兄は言った。

「踊らされていたとは、誰に？」僕は身を乗り出した。

「決まっている。天井にもう一つの爆弾を仕掛けた連中だ。彼らにそそのかされて、自分たちが張作霖爆殺の主犯だと思っているが、あんな方法でうまくいくものか。愚かなことだ」

爆破の知識が深く、しかも特務機関でおそらく数々の暗殺にも関わっているはずの義昭兄は、専門家の立場から断言をした。懐から煙草を取り出すと、火をつけて深々と煙を吸い込んだ。

「では真犯人は誰でしょう」

「張作霖の特別列車に近づける人物。そして張作霖と対立し、大元帥が死ぬと利益を得る人物だ」

「息子の張学良《ちょうがくりょう》ですか！」僕は大きな声を出した。

「父親が亡くなってすぐに国民党に与《くみ》したのは、あまりにも手際が良すぎると思わんか。まるで待ちかねていたようだ。しかしそれだけではなかろう。さらにその背後には、世界同時革命を狙っているソビエト共産党が控えているように思う」義昭兄は深刻そうな顔つきでつぶやき、さらにもう一服吸い込むと、僕にも煙草を一本勧めた。

「コミンテルンの謀略とは、恐ろしいことだ」と、僕も煙の行方を見つめながら慨嘆した。

しかし義昭兄と僕が、事件から一ヶ月ほどでまとめて提出した報告書は、陸軍省内部で握りつぶされてしまった。それは陸軍省と関東軍の軋轢《あつれき》の結果なのか、それとも陸軍省内部にすでにコミンテルンの手先が浸透していたからなのか、それは外部の人間にはわからなかった。

そしてこの捜査が、義昭兄と会った最後だった。結局、二度と日本には戻ってこなかったのか、それとも僕に連絡を取らなかっただけなのか、本当のところはわからない。そしていつどこで亡くなったのかも、確証がない。ぷっつり消息は途絶えてしまった。

半信半疑なのだけれども、大興安嶺《だいこうあんれい》の山中で、ロシア人の女間諜の家へ二人の部下とともに踏み込んだとき、爆弾が破裂して女間諜もろとも爆死してしまったという噂も耳にしたことがある。遺体はばらばらになり、見張りをしていた最後の一人の部下は、義昭兄の帽子を罌粟《けし》の花畑で発見して持ち帰ったそうだ。それが本当だとしたら、僕もその帽子に手を合わせたいものだ。

十一

「結局僕は三年間の外遊を終えて、昭和三年七月に帰国した。満洲から朝鮮半島を南下する間も、停車する駅々で新聞の最新版を買い込んだ。張作霖暗殺事件のみならず、その二週間ほど後に東京で起きた女性バラバラ殺人事件、青髭と称する凶悪犯の跋扈《ばっこ》は、朝鮮の新聞でも大いに取り上げられていた。この事件の推移を一刻も早く確かめたかったけれども、なかなか大陸では最新情報が手に入らない。連絡船で下関に上陸すると、直ちに売店に飛び込んで手当たり次第に新聞を買い込んだ。これがのちに『蜘蛛男』として江戸川君が小説にまとめた事件だった」と、明智は説明して、口をつぐんだ。疲労の色が浮かんでいるように見えた。

「先生が『ちょっと見るとアフリカか印度《インド》の植民地で見る英国紳士のようでもある』と作中で描写された作品ですね。なかなかお洒落に変身したと、この小説が発表された時に評判になりました」と、簑浦は元気づけるように軽い話題を振った。明智はほんの少し笑みを浮かべると、

「何しろ〝洋行帰り〟だからね。あの頃の僕は、少々気張りすぎていたようだ」と、明智は手を横に振った。「ヨーロッパでお洒落は学んできたつもりだったけれども、さすがに『大きな異国風の指環』はやりすぎだった。あれ以降身につけはしなかった。そんなものは変装の邪魔にもなる。そのときの反省をもとにして、次第に地味な背広へと趣味は変わっていったのだがね」

「あの事件に登場する畔柳《くろやなぎ》博士は、明智先生と同時期に警視庁の相談に乗っていたのでしょうか」

「いや、微妙にずれていた。実際、あの事件以前に博士には会ったことがない。なにしろ僕はその時点で三年ぶりの東京だったし、その前もまた上海に行っていた。その間、警視庁と関わりがあった事件は『一寸法師』だけで、『何者』では警察には僕の存在さえ知らせなかった。そんな僕が留守にしていた間に、畔柳博士は頭角を現した。しかも法医学が彼の専門だから、最初は医

学的な助言からだったようだ。彼は帝大だったか、慶応だったか、よく覚えていないが、海外で鉄道事故に巻き込まれて義足になったという触れ込みだったね。実際に欧米に長年留学していたのは間違いない。その間に今まで隠されていた本能が、露わになったのだろうか」

「さて、これから先生の本格的な活躍が始まるわけですが……」と、簑浦が話の先を促した。

「いやいや、そのほとんどは江戸川君が詳細に記録をしているから、あえて僕が屋上屋を架すこともあるまい。彼の本を読んでくれたまえ」

「そうもいきますまい。『蜘蛛男』事件はともかく、その直後に発生した『魔術師』事件は、どうしてもお話を伺わないといけません」簑浦はおどけたようにして促した。

「僕と文代が出会った事件だからかい？　それこそ警視庁の記録には余計な枝葉だと思うがなあ」

明智は、まるで恋をする青年のように恥ずかしげに微笑んだ。

＊　　＊　　＊

実際、事件の始まりに僕が居合わせていたのは、なんと恐ろしい偶然なのだろうかと、後から考えてみても身震いするばかりだ。久しぶりの大犯罪者、生まれながらの悪人と対決して、ついに身を滅ぼすところまで見届けたのは、僕にしても大きな心労となった。まだ東京で住む場所も決まらず、ホテル暮らしの根無し草だったものだから、すべてを振り捨てて湖畔のホテルに休暇を取りにいったのに、そこで『魔術師』事件と遭遇するとは、なんとも気の休まることがない。

そう、君が内心思っているように、僕は最初の頃は、玉村妙子に惹かれていた。彼女は魅力的だった。いや、蠱惑的と言った方がいいのだろうか。少年一人をおともに連れて、僕を恐れることもなく、避けることもなく、近所の子供たちと一緒になって遊びに来た。そして子供たちがボート遊びやボール遊びに興じていると、いつの間にかあの大きな瞳で、僕の顔をじっと見つめていた。あれは僕を誘っていたのだろうか。そうとしか思えない。しかしどうしてそんなことをしたのだろう。彼女の本来の目的を達成するには、むしろ僕などいない方が、ずっと簡単でやりやすかったはずだ。なぜわざわざ僕のような面倒ごとを、引き込もうとしたのだろうか。父親の指示だとは思えない。彼は使命に一生を捧げていた。それも正義の行いと信じていた。だから僕を誘拐しても、いきなり殺さずに、手を引くようにと、血の涙が出るほど懸命に説得に説得を重ねていた。

あれはおそらく、たまたま僕を見つけた妙子の独断だったのだろう。一つには、自分は玉村家の人間であると僕や警察に信じこませる手段として利用できると、瞬時に判断したと思われる。そしてもう一つには、敵である素人探偵を籠絡してみせるという、彼女の変態性の欲望だったのではないだろうか。もし僕がたまたま諏訪湖で彼女と出会うことがなかったら、もしかしたら妙子は波越警部を誘惑していたかもしれない。それとも別の素人探偵を毒牙にかけていたのかもしれない。ともかく、彼女は自己保身と欲望のためなら、手段を選ばなかった。彼女は玉村家で育ち、ある年齢までは真実の娘だと信じていたにもかかわらず、あれほど狡猾で執念深く、しかも人の命をいとも簡単に奪うことができるようになるとは、驚くべきことだ。父親の魔術師にしても、それが生まれ性のわけがない。地獄の苦しみを経て心が幾重にも捻じ曲がった結果なのだろう。しかし彼は僕に手を引くよう説得をしただけ、まだまともだった。それが生き別れになった娘に伝わり、さらに変態性に輪がかかっていったとは、なんと恐ろしいことだろうか。

一方、赤ん坊の頃から魔術師の怨嗟《えんさ》の苦しみを目の当たりにしていたはずの文代が、まったく彼の歪んだ心を受け継ぐことがなかったのも、不思議だった。江戸川君の小説にあるように、監禁されている僕を見て、目に涙を浮かべていた。命をかけて、僕を救ってくれた。果たして人間は生まれなのか、それとも育ちなのか。僕にはわからなくなった。しかしこれは事実だった。誘拐され、船の上で文代と出会って以来、妙子のわざとらしい態度が鼻につくようになった。妙子は、自らの心の底を見せない人間だった。どうしてかって？　僕がそうなのだから、よくわかっている。最初妙子に惹かれたのも、そうした共通点があったからだったのかもしれない。僕も、そういう悪人なのだ。

最後に妙子に鏡を突きつけただろう。あれは、僕の心の目には君はこう映っているのだと、彼女に気づかせようとしたのだ。果たして彼女は、その通りの表情を浮かべてくれた。想像以上だった。あれは本当に恐ろしい顔だったよ。

そして僕は、玉村家に正式に戻った文代と交際をすることになった。父親も母親も亡くなり、兄の一郎が店を相続し、弟の二郎が助けるという若い兄弟の一家だからこそ、許されたのだと思っている。もし玉村善太郎氏が存命だったら、たとえ事件を解決したとしても、天涯孤独の素人探偵などを娘の婿に選ぶわけがない。多額の謝礼を積みこそすれ、慇懃《いんぎん》に謝絶されて終わりだっただろう。なにしろ、まだ恋愛結婚などとんでもないという時代だったのだから。

しかし一家の主人が新時代のモダンボーイに代替わりしていたのだから、旧弊な習慣など意に介さなかった。

もっとも、それだけではなかった。

二十年近く妹と信じてともに育った妙子が、突然尊属殺人犯として投獄され、今まで賊の娘と蔑んでいた見ず知らずの女を、たとえ血が繋がっているとはいえ、家庭に迎え入れるのには相当の勇気がいったことだろう。なにしろ本当の妹と信じていた相手に手ひどく裏切られた後だったのだから、繊細な神経をしていたら、文代を家族として認めるのは難しかっただろう。この事件は君も知っての通り、大いに世間を賑わしたものだから、文代をそのまま放り出すわけにもいかない。おそらく一郎、二郎兄弟は、内心大いに困惑していたに違いない。たとえそれが、いくら心の清らかな文代であったとしてもだ。

だから父親の一周忌がすんだら早々に、僕の元へ嫁に出してしまうのは、彼らにとって渡りに船だったのではないだろうか。体《てい》のいい厄介払いということだ。

その代わりと言ってはなんだろうが、昭和四年の末に執り行われた結婚式は、盛大なものだった。帝国ホテルで、すべて西洋式だった。僕は係累が誰一人としていなかったものだから、一切を玉村家の方で取り仕切った。こんなときの花婿なんて、なんの役にも立たないね。あれよあれよという間に物事は決まっていき、まるで操り人形のようなものだ。まあ、結婚式というだけでなく、玉村宝石店の代替わりの挨拶も兼ねているようなものだから、そちらが中心になるのも致し方あるまい。実は事件の最中から気づいていたのだが、銀座で玉村宝石店が店を構えていた場所は、かつて僕の伯父が天猶堂を営んでいたまさにその場所だった。この巡り合わせは偶然と言っていいものなのだろうか。しかし今までその事実は文代にさえ明かしたことはない。ただニコニコしながら僕は花婿を演じていた。招待客も、玉村家に関連した宝石業界や実業界の人間ばかりだった。僕の方は親戚は皆無、波越警部や黒河内《くろこうち》警視総監など、多少の警察関係者が出席したに過ぎなかった。

　実際、彼女には本当に家族と呼べるものはいなかった。魔術師の奥村は、憎んでもあまりある敵の娘として、一瞬たりとも心を許したことはなかっただろう。赤ん坊を取り替えた後すぐに、文代を殺してしまってもよかったはずだ。しかし生かしておいたのは、おそらく妙子の産みの母、源造の妻のためだったのではないだろうか。おそらく出産後の疲労でこんこんと眠り続けている間に、魔術師は看護婦に命じて赤ん坊を交換させたのだろう。同じ時期に同じ女の子の赤ん坊が生まれるとは、これもまた不思議な縁の為せる業だとしか言いようがない。こればかりは、合理的な説明がつかないのが残念だ。

　後になって文代に聞いてみたのだが、父親が手品師の一座を率いて全国各地を回っている間も、母親と文代は東京の片隅に住まっていたという。だから高等小学校までは出してもらえたそうだ。敵《かたき》の娘にそれほどの手間をかけるのかと思ったが、おそらく妙子を産んでくれた妻への恩返しなのだろう。魔術師の家族への屈折した愛情は、学者の研究対象として貴重かもしれない。その妻も事件のはるか前に亡くなったそうだ。そして学校を終えた文代は一座に加わり、一緒に旅興行を回るようになったそうだ。

　だから、彼女にとって本当の意味で心を許せる家族は、僕という夫が初めての存在だったわけだ。いや、奥村の妻は彼女を本当の娘と信じて愛情を注いでいたのかもしれないが、その彼女も学校を終えるかどうかという頃に、亡くなってしまったのだから、何年も愛情に飢えていた。一方、僕にしても、母が亡くなってこの方、家というものにまったく無縁の生活だったから、お互い、最初はおおいに戸惑った。

　すべては、玉村家の掌の上で踊らされているようなものだったよ。一郎、二郎兄弟だけならともかく、切れ者の番頭に入れ知恵されたのだろう。お家大事ということで、多少の費用はかかろうとも、文代を玉村宝石店から排除してしまおうと、こっそり裏で衆議一決したらしい。麻布龍土町の新居も、実は玉村家に縁のある不動産会社から紹介され、その資金も文代の実家から出た。僕はただの風来坊で、開化アパートメントの家賃を払うのが精一杯だったから、これも世間体というものだろう。情けない話だ。

　当時の龍土町には、三井や三菱の財閥一族の屋敷や、皇族華族の屋敷も建ち並び、さらに大使館も数多く見られた。そんな屋敷町に探偵事務所を構えるというのは、実際的に思えないかもしれない。目端が利く人間だったら、むしろ丸ビルの一室でも賃借するだろう。実際、最近活躍している素人探偵でも、確か丸ビルで表向きは貿易商を営んでいる人がいたように思うが、どうだっただろう。

それはともかく、前にも説明したように、僕の依頼人は一般の人間がふらりと立ち寄って相談をするというよりも、財界の人間が個人的に紹介してくれる方が多かった。もちろん警察からの相談もあったけれども、そちらはまったく収入にはならない。評判を維持するために波越警部や中村警部の相談には乗っていたけれども、私立探偵として生活を維持できたのは、そうした財界人からの依頼、そして各種会社の顧問料のおかげだった。それまでの人脈はもちろん、さらに玉村家からの繋がりで財界に知己を得ることができた。だから麗々しく繁華街に事務所を開設する必要はなかった。むしろ人目のない住宅街の方が、そうした人々が訪問するには好都合だったのだ。だから実は、江戸川君が小説として発表した以外にも様々な事件を捜査してきたが、それらは実に地味な内容で、読者の興味を引くとは到底思えないようなものばかりだった。同じ町内に住んでいた富豪の丙野茂平治《へいのもへいじ》氏はひどい心配性で、つまらぬ相談事ばかり何度も持ち込んできたもので、僕と話をするだけでいつしか気が晴れて、上機嫌で帰っていくこともしばしばだった。しかしそうした相談の方が、僕としては商売上ありがたかったのだよ。

それからこの時期の出来事と言えば、小さな愛読者にはお馴染みの、小林芳雄君が僕の助手として登場したことだろう。きっと警視庁の図書室で難しい顔つきでこの資料を読むことになる警察官諸君も、子供の頃には彼の活躍に手に汗を握ったのではないかな。

もともと僕は、少年助手を雇う気はなかったし、弟子を取るつもりもさらさらなかった。当時は開化アパートの一人暮らし、三部屋しかなかったものだから、掃除洗濯、勝手周りは一人でもどうにでもなった。しかし僕の仕事場でもあるので、玄関番の書生代わりに給仕の少年を雇おうと思っただけのことだった。あの頃は今の民主主義の世の中とは違い、まだ尋常小学校や高等小学校を終えて働きに出る子供が、当たり前だったからね。しかし扱う仕事が秘密を要する内容なだけに、滅多な人間を雇うわけにはいかない。知り合いにいくつか声をかけて、いい子がいたら紹介してほしいと頼んでいた。そうしたら、昭和四年の夏、「猟奇の果」事件が終わった九月初めの頃だった。大学の同級の小林紋三が、一人の男の子を連れてやってきた。粗末ななりをして、ほとほと困った様子だ。子供には台所で菓子と茶を与え、とりあえず紋三だけを書斎に通して話を聞くと、

「明智君、君を男と見込んで頼む。どうかこの子を雇ってくれたまえ」と、頭を下げた。僕も驚いて、

「どうしたと言うのだ、小林君、藪から棒に」と、問いただした。すると、

「実はあの子は、俺の子なんだ」と言う。これにはさすがに驚いた。

「大学を卒業し、俺は浅草の下宿に引っ越しただろう。それからしばらく君とは無沙汰になってしまったが、実はその頃一緒に住んでいた女がいた」

「ほう」と相槌を打ちながら、僕は小林紋三にエジプト煙草を勧めた。遠慮なく一本抜きながら、彼はさらに続けた。

「六区のオペラ劇場のワンサガールの一人で、ほとんど名もない端役だった。あの頃の劇団の連中ときたら、めちゃくちゃな生活を送っていたのが多かったが、珍しくおぼこでね。しかも団長

の佐々木紅光《こうこう》は大学出の堅物《かたぶつ》で、彼女に目をかけていたものだから、一緒にいるところを見つかってさんざん叱られた。それでも懲りずに毎晩のように呼び出しをかけていたら、熱血漢のテノールの山上七郎に、したたかに鉄拳制裁されてしまったよ。それでも俺たちは別れかねていたところに、子供ができてしまった。するとどこから聞きつけたか、俺の親父や兄貴が田舎から攻め上ってきて、彼女に手切れ金を渡して無理やり別れさせられてしまった。俺は本家に引き戻された上に、向こうで用意していた許嫁《いいなずけ》があてがわれた」

「それで、君は言われるがままだったのか」

「いや、そんな生活に耐えられるわけがないだろう。数年は我慢をしたが、結局飛び出して上京した。『一寸法師』事件で君と再会したのは、その頃のことだ。彼女は子供を育てながら、カフェの女給をしてどうにか暮らしていたけれども、俺と決して会おうとしなかった。親父と手を切ると約束をしたからと、余計な義理立てをしていたんだな。仕方がないから遠くから見守っていたのだが、無理がたたったせいか、ついに先月、死んでしまったんだ」

「そして残された子供が、あの子か」と僕は扉の向こうの部屋で菓子を食べている男の子を見つめた。丸顔に真っ赤な頰をし、丸く利発そうな目をしていた。

「小学校からずっと級長をしていた。誰に似たのだろうなあ」紋三は照れ臭そうに笑みを浮かべた。

「そういう君は、今どうしている」と、僕は質問した。子供一人養えないというのには、さすがに驚いたからだ。

「結局君が事件を解決した後、僕もなんだか虚しくなってしまってね、田舎に帰ったり、東京に飛び出したりしているうちに、親父は亡くなる、惣領の兄貴には厄介者扱いされるといった具合で、結局なんのあてもないまま、再び東京に居ついてしまった。半端な原稿を書いていたら、縁があって『冗談倶楽部』という雑誌の編集者になったものの、そこは三流雑誌の悲しさ、食うこともままならない。ところが酒代だけはなぜか十分すぎるほどあったと見えて、ついには胸をやられてこの有様だ」紋三は青白い顔を歪めるようにして笑った。「この俺と一緒に住んでいたら、てきめんに病気が伝染《うつ》る。これだけは避けたいんだ。そんなときに、君が少年給仕を探していると聞いた。だから頼む。両親ともが肺病で命を全うできないのを、また子供に繰り返させたくはないんだ。まともな暮らしも、学問も授けてやれなかった。しかしせめて健康だけは奪い取りたくはない。お願いだ」

そして小林紋三は深々と頭を下げた。

そういうわけならば、一肌脱がないわけにはいくまい。僕は二つ返事で引き受けた。これが、小林芳雄君が僕の元にやってきた顛末だ。

父親の小林紋三の方は、早速江古田にある東京市療養所に入所手続きをとった。東京市でも有数の結核療養所で、のちに作家の立原道造も入院し、ここで亡くなった。三階建てで正面玄関の上には塔まである立派な建物だった。残念ながら、小林紋三はそれから数年で息を引き取った。彼の息子が思いもよらぬ少年探偵としての才能を発揮して、世間で褒めそやされているのを耳にできたのが、せめてもの救いだった。ベランダで日光浴をしている間に、誰にも看取られずに死んでしまったそうだ。

こうした事情だったので、僕も小林君には特段に期待はしていなかった。電話番、訪問者の取次、各所への使いや伝言、書類の整理など、少年給仕が行うありきたりの仕事をさせた。ところが、相手への気遣い、先々を読んだ段取り、用意周到な二の矢、三の矢の用意など、水も漏らさぬ手際に、これが高等小学校しか出ていない子供の為せる業かと、僕は舌を巻いた。一流ホテルや社交倶楽部のボーイ長顔負けだと言っていいだろう。まさかあのズボラな小林紋三の息子がこれほどとは、よほど母親が心配りのできる人だったのだろう。そんな女性を不幸にして、自分も寿命を全うできなかった小林は、実に残念な男だった。

小林君をこのまま少年給仕にしておくのはもったいないと思った。そこで探偵術のイロハを少しずつ教えるとともに、中学校の通信教育講座の教材を取り寄せて、働きながら勉強ができるようにしてやった。するととても喜んでくれた。こちらが勉強を見てやるまでもなく、自分から貪欲に勉強を進めていくので、実に頼もしかった。そして中学修了の資格をとって、僕の元から卒業していったというわけだ。

小林君が僕のところにやってくるのと前後するようにして、文代も押しかけ弟子のようにして、毎日開化アパートに通ってくるようになった。玉村家での居心地が悪かったのに加えて、小林君に対抗意識でも燃やしたのだろうか。おかげで、気ままな一人暮らしのはずが、一気に二人も弟子が増えてしまった。だから昭和四年の秋から冬にかけて起きた「吸血鬼」事件には、文代も小林君も登場する。文代の方は江戸川君の小説の読者にはお馴染みだったけれども、小林君はこれが初登場だ。だから、国技館では何かにつまずいて転び、拳銃を暴発させてしまうなどという失態も犯していた。のちには頼りになる小林団長も、まだまだ駆け出し、少年探偵見習いに過ぎなかった。それからの活躍ぶりはめざましいものがあったがね。簑浦君、君とこの最初の小林君とは面識はないだろうが、彼が相手にしたのは二十面相だけではない。様々な残虐な変態性の犯罪者の捜査に参加し、若いながらも一流の探偵にあっという間に成長したというわけだよ。

＊　＊　＊

「文代さんと言えば、江戸川先生の作品中で次第に登場しなくなります。一部の読者の間では、やはり悪のスリルが忘れられずに家を飛び出し、二十面相の元に走ったのではないかと、まことしやかにささやかれていますが、先生はどう思われますか？」と、簑浦は笑みを浮かべながら質問をした。

明智は驚いたような表情を浮かべた。

「ほう、そんな噂が流れているのかね。君たち警察の諸君は、直接文代と会っているから、そんなことは思いもしなかっただろう。しかしそういう一般読者諸君には、『魔術師』でどれだけ文代が悩み苦しんだか、もう一度小説を読み返してもらわなくてはいけないな。彼女は命をかけて、父親と信じていた奥村を悪の道から引き戻そうとし、船の上で孤立無援だった僕の唯一の味方になった。しかもほんの少しとはいえ、戦後に江戸川君が発表したいくつかの作品にも登場しているのだけれどもなあ」と言って、明智は首をかしげた。

「その戦後の作品ですが、『黄金豹』に登場するネコ夫人は、実は文代夫人ではないかという説もあります」

「ハハハ、それはいい。確かに文代の顔は猫に似ているかもしれないな。目は大きいし、八重歯は牙のようだ。しかしネコ夫人はあの事件当時、三十歳ほどだったと記憶している。文代に三十歳にしか見えないと言ってやったらさぞ喜んだことだろうが、あのときは既に四十歳になっていた。しかもネコ夫人はネコ娘を産んでいるのだから、それは戦時中のことになる。文代とネコ夫人は別人なのは間違いないさ」明智はニヤニヤしながら肩をすくめてみせた。

簑浦は手帳のページを繰りながら、話題を移した。

「すっかり明智先生のご家庭の話ばかりになってしまいましたが、この頃の事件で、何か特筆すべきことはありませんか？」と、面白い逸話をねだった。

「そうだねえ。それでは『蜘蛛男』や『魔術師』と同じ頃に僕が扱った『猟奇の果』事件の裏話でもしてみようか」

「あの事件は、前半と後半がすっかり様変わりして読者も面食らっているようです」

「それはそうだろう。まさか変態趣味の高等遊民の火遊びから、国家転覆を狙う秘密結社の計画が暴露されるとは、誰も思うまい。僕だって、大滝で女性の片腕が発見された『美人片手事件』には、それほど興味があったわけじゃない。あの当時たまたま警視庁に居合わせたのは、前の月に起きた『黄金仮面』事件の捜査に関連してやってきていただけだったんだ。しかし品川四郎にまんまとしてやられて、こちらも本気にならざるを得なかった。江戸川君の表現を借りると、

『青木の日記帳でわかった池袋の怪屋をしらべたり、麴町の例の淫売宿の主婦をたたいてみたり、できる限りの捜査をつづけたが、幽霊男の方ではそんなことはとっくに予期していたところ、どこを探しても、髪の毛一本の手掛りさえなかった』といったところだ。しかし犯人の逮捕には結びつかなかったものの、面白いおまけがくっついてきた」

「ほう、それはどういうことでしょう」

＊　＊　＊

まずは青木氏の足取りから丁寧に追っていった。もちろん「ポンピキ紳士」が紹介する「麴町の例の淫売宿」も確かめなくてはいけない。品川四郎そっくりの男が出没するのだから、当然だ。幸い青木は妙なところに几帳面で、日記帳に「秘密の家」への行き方が丁寧に記してあった。麴町の平凡な仕舞屋というだけで、手がかりなしでは、雲をつかむようなものだからね。おかげでカフェ街でポンピキ紳士を捜しまわらずにすんだ。

当時の僕は「黄金仮面」事件の捜査が主だったから、青木の日記の裏取りは警視庁の刑事諸君に任せて、時々顔を見せる程度だった。「秘密の家」も一週間ほど刑事が張り込みを続けて、偽品川四郎が姿をあらわさないかと期待をしていたのだが、一向に芳しくない。そこで思い切ってその家の主婦を問い詰めてみるかということになった。別にこちらが主目的ではなかったのだが、やはり現行犯で押さえておけば口を簡単に割るだろうということで、わざと客を招き入れた頃を見計らって手入れをした。

　裏手から三人、正面から五人の警察官が突入し、そのあとに僕も続いて屋内に入った。青木の日記の詳細は、すでに警官諸君には打ち合わせで十分に周知してあったから、いきなり玄関から二間《ま》ばかり駆け抜けると、茶の間らしい部屋に押し入った。四十がらみの、普段だったらさぞ品の良さそうな丸髷婦人が呆然として僕たちを見送っていたが、ハッと気がついたらしく、わけのわからないことを叫びながら、僕の腰に後ろからしがみついてきた。青木の日記には、低音電鈴が仕掛けてあると書いてあったけれども、それを押す知恵もはたらかないほど、動転したのだろう。反射的に目の前にいた僕に襲いかかってきた。しかしなんの役に立つわけでもない。僕は片手で婦人を振り払った。

「天井の上蓋だ。その棒を使え」

　押入れの隅に何気なく立てかけてあった心張り棒を、警官の一人が手に取ると、力任せに天井を突き叩いた。すると屋根裏部屋から思わず漏らした「ヒッ」とでも言うような声がする。

「構うな、どんどんやりたまえ」

　僕が命じると、別の警察官は腰に下げていたサーベルを外すと、鞘《さや》の先で同じようにして天井を突きまくる。やがて上げ蓋がバタンと音を立てて開いた。心張り棒で穴の周囲をまさぐると、どたりと縄ばしごが落下する。青木の日記にある通りだった。

　縄ばしごを発見した一番槍の警察官が、真っ先に屋根裏部屋へと上って行った。それに僕も続いた。上げ蓋から差し込む真四角の光にぼんやり照らし出されたのは、畳敷きに派手な布団が一組敷いてある、奇妙な隠し部屋だった。窓一つなく大きな桐の火鉢はあるものの、季節柄火を熾すこともなく、隅に追いやられている。風通しが悪いせいか、空気がこもっていた。天井からぶら下がる明かりは、なぜか赤い電灯が使われていた。

一番奥の隅に、こちらに背中を向けて頭を抱えているポンピキ紳士とポンピキ婦人に案内された男女の客の姿が、照らし出された。低音電鈴を鳴らす暇はなかったけれども、あれだけ騒いでしまったら、気がつくのは当然だろう。女は三十がらみの長襦袢姿、男も醜悪にでぶでぶと太った裸体をそのままに、顔だけはどうしてもこちらに向けようとしない。たとえ丸髷婦人が口をつぐもうとも、この二人は我が身可愛さに、いくらでも口を割ることだろう。その事実を丸髷婦人に突きつけて、ポンピキ紳士、さらに偽品川四郎の正体を芋づる式に手繰り寄せてやろうという計画だった。

すっかり怯えきって足元もおぼつかない二人を、縄ばしごで一階に下ろすのには難儀した。ようやく口々に目こぼしを懇願したり、不運を嘆いたりしている声が遠ざかったときだった。誰もいないはずの隠し部屋の奥の方から、微かな物音が聞こえた。ネズミかとも思ったが、これだけ人が出入りしているときは、ネズミは大人しくしているはずだ。そのとき僕は、再び青木の日記を思い出した。彼によると、この密会部屋のさらに奥には、手入れがあった万一のために逃げ込む、屋根裏へ通じる隠し扉があるという。警察官と僕たちは、ポンピキ紳士が活動をするだろう、歓楽街に明かりが灯る頃からこの仕舞屋を監視していたのだけれども、それ以前に誰かもう一人、この建物に足を踏み入れた人間がいたのではないか。それも、青木の日記に書いてあったように、その目的は密会などではなく、さらにその奥の部屋の小さな節穴から、何も知らずにこっそりと罪を犯す婦人と紳士の痴態を覗き見ることにあったのではないだろうか。

最後に残っていた警察官と目配せをした。彼も、物音には耳ざとく気がついていたらしい。うなずきあうと、彼は隠し戸に手をかけて押し開いた。ギイと音を立てて、簡単に開いた。そこは手の込んだ先ほどの部屋とは違い、ただの屋根裏に過ぎなかった。斜めに屋根が迫り、とても立っては歩けない。埃とネズミの糞がうずたかく積もっているのが、懐中電灯の丸い明かりに照らし出される。

そしてその一番奥に、背広姿の男の背中が映し出された。かなり大柄のようだ。長い手足を曲げて、できるだけ小さくなろうとしているが、怯えているのか小刻みに震えている。警察官が首筋を捕まえて、こちらへ引き出そうとしたのだが、梁にしがみついて抵抗し、動こうとしない。何度も警官は叱咤するものの、大の大人とあろうものが、イヤダイヤダと首を振り、思わず僕も吹き出してしまった。

一階から応援を呼び、この出歯亀紳士をようやくのことで覗き部屋から引きずり出して、密会部屋の赤い電灯の下に引きすえた。その瞬間、僕はあっと驚いたね。その丸眼鏡をかけた長い顎の顔には、はっきり見覚えがあった。麻布の龍土町に引っ越してから、時々外食に出かけた近所の山形ホテルのグリルで見かけた、ご近所さんだったからだ。ホテルの玄関のそばからグリルに入れるのだが、この細長いレストランの店内で、ホテルの主人や、鼻眼鏡のいかにも作家然とした青年と、よく話し込んでいたのを覚えていた。そのときには、気難しそうな顔をした傲慢な男だな、どこかの大学教授かしらと思っていたのだけれども、こうして畳にひれ伏し、両手を合わせて震えながら拝み倒して慈悲を乞うている姿は、実に哀れを誘うものだった。

＊　＊　＊

「で、その覗き屋は誰だったのですか？」

　簑浦は思わず身を乗り出して、もったいぶっている明智に先を促した。

「君の後ろの本棚の、下から四段目、左から五冊目を取り出してごらん。しおりが挟んであるだろう。その右側のページ、鉛筆で印がついているから、そこを読み上げてみたまえ」と、明智はニヤニヤ笑いながら、指を差した。


　六月十九日。朝来淫雨。午下《ごか》に霽《は》れ凌《しの》ぎ易《やす》くなり、物貫ひも痛まず。中洲に往く。帰途酒楼太訝《タイガ》にて夕餉《ゆうげ》をなし、懇意になりし某より、麹町の路地に三浦××といふ門札出せし家あると聞く。素人の女を世話し、祝儀を過分に取らすれば閨中の秘戯をも窺ひ見せしむるといふ。地獄宿の女の如し。案内を請ひしに、四十ばかりなる品好《ひんよ》き主婦取次に出で屋根裏隠座敷に導き、さらに深奥なる窃視部屋に案内される。塵埃《じんあい》甚だし。其《そ》れより一時間ばかりにして、僅に赤光漏れ来《きた》る狭小なる節穴より隣室を観察するに、女、年は三十余り、洋髪に身体はやや小作りなり。男は五十を越す肥満大兵、醜悪なる商人とおぼす。帯を解きて間もなく、階下より怒声叫喚響き渡り、官憲の「臨検」と発する言葉を聞く。やがて上蓋を破壊し、巡査数人を率ゐる彫深き私服刑事乱入し、男女尾籠《びろう》なる姿のまま連れ去られる。窃視部屋にて息を潜めしに、刑事鋭敏にも余を発見し、麹町警察署まで連行さる。取調の後、払暁鶏鳴聞ゆる頃、釈放となる。雨ふる。風冷なり。

＊　＊　＊

「ああ、行っちまったよ」

女はへなへなと、足元から崩れ落ちてしまった。三十過ぎ、いや半ばは超しているだろうか、一見どこかの良家の奥様かと思われるようななりをしていた。六月も半ば、蒸し暑い時期が訪れて、鮮やかな色合いの単衣《ひとえ》に一転して渋めの帯を合わせていた。しかしその口調と、抜け目のなさそうな鋭い目つきが、ただ者ではないことを窺わせる。

彼女の視線の向こうには、飛行場から今飛び立ったばかりの、フランス人飛行家シャプラン青年が操縦する世界一周機が、見送りの群衆の上を数回旋回したあとに、北へ向かって飛び去って行った。鴎《かもめ》ほどの大きさに見えていた飛行機が、みるみるうちに小さくなって、雲雀《ひばり》ほどになり、さらに蝶々のようになり、蠅や蚊のごとくになって、視界から消えてしまった。

女のそばには、他にも数人の男どもが、立ったり膝をついたりしながら、同じような呆けた表情を浮かべて、飛行機を見送っていた。彼らは世界一周の偉業を見届けようという野次馬たちとははるか離れた藪の中から、こっそりその姿を見守っていた。どの顔も、一癖も二癖もありそうな連中ばかりだ。中には腕を首から吊っている者や、足を引きずっている者もいる。しかしその中に一人だけ、つるりとした顔をした少年が混じっていた。顎を突き出して、魂を奪われたようになっている大人たちをせせら笑うような顔つきをしながら、ついこの間背丈を追い越したばかりの女に、声をかけた。

「姉《ねえ》、みっともない顔をするなよ。どうせおいらたちは、捨て駒だってのは、わかってたじゃないか」

妙に大人ぶった口ぶりだ。すると女はきっと振り向いて、「何言ってやがんだい」と、言い返した。

「どんなに粋がってたって、ルパンのお頭《かしら》は、不二子《ふじこ》お嬢さんに首ったけだったんだから、姉《ねえ》のことを真面目に相手にするわけがないだろう。そうじゃないか。あっちがそうくるなら、こっちもそれなりのつもりでいなくちゃ、バカバカしくてやってらんないや」少年は肩をすくめると、唾を吐いた。

「生意気なことを言うんじゃないよ。昨日今日ようやく裏稼業に入ったばかりだってのにさ、一人前の口をきく」女は思わず片手を上げた。少年はさっと後ろに飛びすさり、

「おっと、そいつはご勘弁、ご勘弁。そんなことを言うけど、こっちは真面目に骨董商で小僧をしながら、美術の勉強をしてたというのに、姉弟《きょうだい》だからと、半ば無理やりに手伝わされたのを忘れたのかい」少年、いや平吉は、歳の離れた姉であるお勢に向かって啖呵を切った。「好きでもないのに堅気から悪党一味に引きずりこまれて、こっちはおお迷惑してるんだ。これくらいのこ

とは、言わせてもらうぜ」

お勢は、長持の中に隠れた夫を見殺しにして出奔し、そのままかつて浅草で悪さをしていた仲間うちに転がり込んだ。最初は田舎者の袖を引いたり置き引きをしたりという程度だったが、次第に欲が出て、よそ様の懐に手を突っ込むようになった。ところが仕立屋銀次が下獄していたとはいえ、東京市内を仕切る掏摸《すり》の縄張りを破るような真似が、見逃されるはずもない。巡査刑事の目はごまかせても、浅草を根城にする同業者ども、特にお秀《ひで》、おこんなどという女掏摸《めんびき》は許しておかなかった。あっという間に捕まって、さあ腕の三、四本も叩き折ってやろうかというところで、いやいやこの目つきには性根があると仲裁を買って出たのが浅原六造《あさはらろくぞう》、裏の社会では〝エンコの六〟という名前で通っている掏摸だった。普段は仲間を作らず一人で呑気な仕事をしている六だったけれども、どこをどう間違ったのか、お勢に同情して名乗りを上げてしまった。おかげでお勢は危ないところを救われて、しばらくは六の色まがいのふりをしていたが、やがてふいと姿を消してしまい、盗みの方に足を踏み入れたと、風の便りが流れてきた。お人好しの六は、いい面の皮である。

一方平吉はといえば、上野の博物館の総長に気に入られて木戸御免になり、毎日のように仏像を眺めに行っていたが、そんな悠長なことが続くわけもなく、尋常小学校を終えるとすぐに奉公に出された。すでに総長は亡くなっていたが、顔見知りになっていた博物館員の紹介で、団子坂にある骨董店に勤めることになった。

「これだったら、毎日仏様を観ることもできる」と、平吉には渡りに船の仕事場だった。人より増して美術骨董に興味があった平吉は、貪欲に目利きの知識を頭に詰め込んでいった。まず博物館で無心に一流の作品を見つめ続けた後に、有象無象の二流品、三流品、はては贋造物が流れ込む骨董店で奉公をしたのは、平吉にとって何よりの勉強となった。そしてしばらくすると、真面目な勉強ぶりが旦那に気に入られて、平吉は時々銀座に出す露店を任されるようになった。

そんなある夜のことだった。銀座通りの東側、いつもの場所に薄べりを敷き、アセチレンランプに火を灯すと、平吉はもっともらしい顔つきで木箱に座った。並べる品物は、当然店には並べる場所がないような半端な品物ばかりで、主人自慢の青磁の硯屏《けんびょう》など、望むべくもない。露店を任されているときは、親父譲りの百面相のほんの一端を利用して、実際の年齢よりも年上に見えるように工夫する。相手は掘り出し物を狙う海千山千の骨董病患者なのだから、どうしても年若い丁稚では、馬鹿にされるのだ。

先ほどから、三十過ぎの小柄な男性が、じっと目の前にある一枚の皿を見つめている。大きな目は人を刺すように鋭く、横に突き出た耳はいかにも聡明そうである。そうしたまま、男はもうしばらく身じろぎもしなかった。

「買うのか買わないのか、はっきりしてもらいたいものだ」と、平吉は内心で毒づいた。もっともこうした冷やかしの客は、骨董店で珍しい存在ではない。しかし一言も発せずにただ睨みつけているというのは、あまり気持ちのいいものではなかった。

すると、男の肩越しに、ひょいと女が露店を覗き込んだ。いや、平吉と視線を合わせた。

「あ、姉《ねえ》」と、思わず平吉はつぶやいた。母親の葬式以来の再会だった。どこで聞きつけたのか、行方知れずだったのが、ふらりと通夜に現れて、野辺の送りを済ませると、またいつの間にか姿を消してしまった、お勢だった。流行りのモダンな赤いコートにハイヒール、濃いめの化粧のおかげで、ずいぶん若く見えた。

「平吉、話があるんだよ、ちょっとこっちにおいで」彼女は手招きをした。

「今は仕事の最中だよ。お店から離れられるわけがないだろう」小声で平吉は拒絶する。気ままに暮らしている姉への反感も手伝っていた。

「いいから来るんだよ。そんなしみったれた露店なんて、ほっときな」お勢は平吉の手を引っ張った。言い出したら聞かないわがままな性格は、生まれたときから嫌というほど知っていた。目つきの鋭い客は、ここ数日毎日のようにやってきている顔馴染みだったので、

「すいません、お客さん、ちょっと店を見ておいてもらえませんか?」と頼むと、男は黙ってうなずいた。

お勢は平吉を近くの薄暗い裏道に引き入れると、肩を抱いて耳元でささやいた。

「平ちゃん、かなり苦労をしたようだねえ。すっかり老け込んじまったようじゃないか。若い者がそんなんじゃいけないよ。あんた、一山当てる気はないかい?」いやらしい猫なで声だ。悪事の誘いだと、一瞬で平吉は気がついた。

「嫌なこった。そんなことをしちゃ、仏様の前に顔出しができやしないよ」

「何言ってるんだい。とんでもない運が回ってきたんだよ。西洋の大盗賊団のお頭が、わざわざ日本にやってきて大仕事をなさろうっていうんだ。手が足りないから助けてくれないかと、お声

がかかったんだよ。ありがたいことじゃないか」

「そんなのは、おいらには関係ない。ほっといてくれ」平吉は、姉の手を振りほどいて店に戻ろうとした。

「お待ちよ。その親方が狙ってるのは、鷲尾《わしお》侯爵家をはじめとする名家富豪の名だたる美術品だっていうんだよ。あんたは美術品が三度の飯よりも好きなんだろう？　その手に取ってみたいと思わないのかい？」

平吉の足が、止まった。

それが、彼の運命を変えたのだった。もしここで歩みを止めずに露店に戻り、大きな目をした客に古びた皿か掛け軸でも売っていれば、平凡な一生を送ることになっただろう。しかし彼はそうしなかった。美術品の魔力が、彼を誤った方向へ一歩踏み出させてしまったのだ。

日本の美術品をアルセーヌ・ルパンが狙ってわざわざ来日したのも、わからないでもない。かつて十九世紀はジャポニスムの時代であり、日本から輸入された美術品、工芸品がヨーロッパでもてはやされて、一大ブームが巻き起こった。その後日本美術に影響を受けた印象派やアール・ヌーヴォーをへて、日本の西洋美術への影響は拭い去ることができなくなった。だからこそ、美術品マニアのルパンが来日する意味があるのである。

ルパンと彼が連れてきたフランス人幹部たちに率いられ、お勢と平吉らが参加した、国を超えた窃盗団は、当初は華々しい成果を上げていた。ルパンと言えば、美術品を心から愛し、ありとあらゆる美しいものを蒐集するというので、平吉もなんとなく親しみを感じていた。そして一味に加わることで、それまでは遠くから眺めるしかなかった仏像や鎧兜、手の込んだ工芸品や古美術、磁器陶器を、手に取って眺められるのは、またとない喜びだった。

しかし犯行を重ねるにつれて、平吉は違和感を感じるようになった。本や雑誌で伝わり聞いていたルパンの姿と、実物のずれである。物語の中のルパンは、ヨーロッパ大陸で活躍をする怪盗というだけではなく、名探偵、そして愛国者でもあった。しかしここ日本で盗みを働くルパンは、日本の美術品は手放しで称賛するものの、それらを生み出した日本人には侮蔑の眼差しを隠そうとしなかった。彼のフランス人部下と日本人部下への接し方の違いから、小さなほころびが平吉の胸の中で生じて、それが少しずつ大きくなっていったのだけれども、決定的だったのは、鷲尾侯爵家の召使い、小雪を仲間に引き込みながら、彼女が明智小五郎に捕まりそうになったときに、なんの躊躇もなくその命を奪ったことだった。平吉は小雪と一言も言葉を交わしたことはなかったけれども、実は年下の少年の憧れの対象だった。さらに明智の命を狙い、自分の身が危うくなれば、部下の浦瀬も殺害して、「浦瀬は日本人だ。おれはかつてモロッコ人を三人、一時《いちどき》に射《う》ちころしたことがある」とうそぶいたのを、同じウェイター姿で大夜会の会場に潜入していた平吉は、直接耳にした。

平吉がルパンに対して抱いていた幻想は、打ち砕かれた。同じ美術品に心を奪われた人間と思っていたのに、相手はこちらを畜生並みにしか考えていなかった。姉のお勢はすでに両手が汚れていたので、さほど気にする様子はなかった。しかし平吉は少年らしい潔癖さで、親方の偏見を身震いするほど嫌った。有色人種の、しかも一番の下っ端の少年の心中など、相手は推し量る気もなかったので、まったく気がつかなかったけれども、平吉はあわよくば首領の鼻を明かしてやろうと、手ぐすねを引いていたのだ。

そんなところに、あの逃走劇である。ルパンと不二子とフランス人部下が乗るオープンカーを先頭にして、二台目の車は美術品を満載して後に続いている。その後を警察車両が必死になって追いかけていた。ただしルパンにつき従えたのは、フランス人部下だけで、最後まで残った日本人部下二人は、隠れ家に取り残された。

「やっぱり使い捨てかよ」そのうちの一人、平吉は呟いた。「姉《ねえ》、さっさとお宝を持って逃げようぜ」

もう一人の日本人部下、黒っぽい上着に鳥打ち帽を被った小柄な男性に見えたのは、お勢だった。姉弟が、最後までルパンに付き従っていたのだが、結局見捨てられてしまったのだ。しかしこの二人がやすやすと騙されるわけがなかった。隙を見て、平吉は五つの木箱に厳重にしまわれているはずの骨董美術品を、なんの価値もないガラクタにすり替えていた。それらは二人が頼みの綱にしていた、オンボロトラックにすでに積み込んであったのだ。

トラックはこっそり、ルパンが逃走したのとは反対方向へ出発した。そしてもう一つ二つの隠れ家を回り、やはり負傷して動けなくなり、見捨てられていた日本人の仲間を拾い上げ、放置されていた美術品、金塊、現金などを手当たり次第にかき集めた。

このまま散り散りになって逃げ出してもよかったのだが、まだ最後の未練が残っていた。聞いていた通り、ルパンが世界一周の飛行士に変装して、華々しく日本に別れを告げることができるか自らの目で確かめるべく、少し離れた藪の中から見守っていたのだった。

　結局、首領は使い捨ての手下どもなどには目もくれなかった。悪人どもはがっくりうなだれた。彼らは警察に知られていない隠れ家に戻ると、始末のしやすい品物を中心に山分けをして、一味を解散することにした。仏像や甲冑といった、かさばって闇の市場でも現金にしにくい美術品は、月並みな悪党どもは敬遠した。しかし平吉は、それらが喉から手が出るほど欲しかった。金塊や現金は他人に譲り、自分はそうしたお眼鏡にかなう骨董品を優先して、我が物にした。

「平吉、もう他人に使われるのはこりごりだよ。今度は、あたしがお頭になってやるから、あんた、手伝いな」と、お勢は上目黒の洋館の隠れ家を乗っ取ると、弟に告げた。

「そんなこと、できるわけがないだろう。文字通りの女子供についてくる悪党なんて、いるはずがない。おいらだったら、父ちゃん譲りの変装術で老け顔になれるけど、姉《ねえ》には無理だ」

「だからあたしは考えたんだよ。ほら、この雑誌をごらん。アメリカの秘密結社でＫＫＫ《クー・クラックス・クラン》というのがあるそうだけど、会員同士顔を知られないように、こんな覆面をかぶっているそうだ。だからあたしも同じような覆面をして、謎のお頭ということでやってみようじゃないか。平吉はあたしの右腕として、まずは仲間を集めておくれ。お前の大好きな古美術品も盗んだげるからさ」

　こうしてお勢は東京から大阪に股をかけた窃盗団の首領におさまり、平吉を右腕にし、アルセーヌ・ルパンが放棄した隠れ家や資金を元手にして、一年ほど世間を騒がせ続けた。ところが伊勢長島の岩屋島に隠された黄金を奪い取ろうとして、上目黒の「今井きよ」名義の隠れ家を生意気な少年探偵に引っ掻き回されただけでなく、ついには小島の地下洞窟に閉じ込められて逮捕されてしまった。

幸い平吉は島に渡らずに、金塊を本土に運び込んでからの運搬を担当していたので、逮捕されなかった。あわてて逃げ出した残党をまとめて、平吉は命からがら東京に逃げ帰った。

しかし地下洞窟では、あの忌々しい少年探偵たちだとはいえ、危ういところで死にかけていたというのを後から聞いて、平吉は驚いた。やはり姉もルパンと同じ、いや同じ日本人を手にかけようとしたのだから、それ以下だったのではないだろうか。そう言えば最近のお勢は、平吉の知らないうちに仕事をしていることが多くなった。普通の強盗、泥棒には平吉も参加していたのだけれども、それ以外にも何かコソコソと盗み溜めているような気がした。姉が逮捕されたのをいいことに、平吉は今まで一度も訪れたことがなかった、東京湾の豊洲埋立地にあるもう一つの地下の隠れ家を調べてみることにした。彼女はここを「美術館」と呼んでいた。自分がお気に入りの美術品でも並べているのだろうと、平吉は高をくくっていたのだが、必死で押しとどめようとする手下を殴りつけて中に入ってみて、腰をぬかさんばかりに驚いた。

「ああ、これはいけない。もう姉《ねえ》とは一緒にはやれない」と、思わず叫んだ。するとそのとき、平吉は背後にハイヒールの靴音を聞いた。振り向くと、夜叉のような顔つきになっているお勢が、そこにいた。捕まって間もないのに、まんまと脱獄をしてきたのだ。髪の毛は乱れ、青白くぬめぬめと光る額には、流れた血液が固まっていた。狂おしいほどの眼差しが、平吉を睨みつけた。

これは異常だ、と弟は感じた。

「平吉、お前は見てしまったんだね」

「姉《ねえ》、なんてことをしてくれたんだ。人間を剝製にするなんて」

平吉はここまで言うと、一気に胃の中身を戻し、しゃがみこんでしまった。

「やかましい、あんたの知ったこっちゃないよ。第一お前は、いつも一番美しいのは人間の肉体だって言ってたじゃないか。その通りのことをしてるだけだってのに、何の文句があるのさ。さあ、どこが間違ってるって言うんだい。悔しかったら何か言い返してごらんよ、さあ」

姉はおかしくなったと、平吉は確信した。これでは何を言っても仕方がない。よろよろと立ち上がると、お勢と視線を合わせようとせず、そのまま背を向けて出ていった。平吉はそれきり、お勢の窃盗団との縁を切った。

同じように思っていた部下たちが、何人もいた。彼らも平吉とともにお勢と袂を分かつようになった。こうして組織は二つに分裂した。平吉は、美しいものをただこの手に取って鑑賞したいだけなのに、そうした単純な願いを実現するのが、いかに困難であるかと途方にくれた。美術品を盗むにしても、その準備や仕込み、手下の生活もある。彼ら彼女らは、平吉のように美術品さえあればいいというわけではない。いやむしろ、美術品などさっさと処分して、現金で山分けにしてもらいたいというのが本心だろう。だから部下が満足するような、金目のものも一方で確保しなくてはいけない。

そして血に汚れた美術品を、平吉は認めなかった。アルセーヌ・ルパンも、姉のお勢も失格だ。二人は平吉の夢をいとも簡単に破り捨てた。おいらは絶対に血を流さない。ルパンのお頭さえできなかったことを、必ずやり通してみせる。そうしないことには、有色人種を見下し嘲笑したあの男への復讐は、できなかった。自分よりも年上だったが、物静かで慎ましやかな小雪に、平吉はほのかな憧れを抱いていた。小雪はこんな小僧など相手にせず、ひたすらルパンに恋い焦がれ、そして簡単に殺されてしまった。そんなことも、平吉の憎しみを煽り立てたのかもしれない。

「とにかく、おいらは黄金仮面なんか相手にならないほどの、大盗賊になってみせる。世界一の悪党になってやろうじゃないか」と、平吉は心に決めた。

さて、大盗賊なら、それにふさわしい名前が必要だ。まず思いついたのは、父親が舞台で名乗っていた「百面相」だった。しかし「いやいや、まだおいらの芸は、父ちゃんを超えるどころか、追いついてもいない。同じ名前を名乗ったりしたら、あの世の父ちゃんから笑われる」と思った。

「そう言えば、昔雑誌で読んだ探偵小説で、四十面相という盗賊がいたな。しかし、いきなり同じ名前を名乗ったら、ただの偽物だ。今のおいらの実力は、父ちゃんの半分の半分、まだそれより下というところかな。だったら、二十五足らず。そうか、二十面相だったら、四十面相の半分にもなるから、ちょうどいいや。いずれ腕を上げたら、少しずつ数字を増やしていってやろうか」

そう考えると、平吉はニヤリと笑みを漏らした。

十二

「昭和六年ごろから」と、簑浦は手帳をめくりながら言った。「明智先生は出張が多くなられるようですね。例えばこの年の秋から冬にかけては満洲に出張されたと、乱歩先生の『怪人二十面相』には書いてありますが、これはどういった関係なのでしょうか?」

外は、冬にもかかわらず激しい雨が降っていた。昨日までの雪で汚れた道路も、これで綺麗に洗い流されることだろう。その雨音にじっと耳を傾けている様子の明智だったが、ふと思い出したように、

「前にも言ったように、僕は陸軍とのつながりがあった。従兄の本郷義昭少佐をはじめとして数多くの軍人が、諜報活動を行い、特務機関と呼ばれる組織を各地につくっていた。そして大陸の軍閥や国民党の諜報組織の謀略を暴くには、民間の探偵の協力が必要なこともあった。なにしろ軍と警察の仲はよくなかったからねえ。少し後になるが、『ゴーストップ事件』なんて騒ぎもあったじゃないか。

この年、満洲は激しく揺れていた。僕が満洲の地を踏んだのは九月の初めだったが、きっかけは六月二十七日に発生した、中村大尉事件だった」

＊　　＊　　＊

当時日本が大陸に置いていた各種の特務機関の中でも、ハルビン特務機関が最大、最強の規模を誇っていたと言えるだろう。満洲だけでなく蒙古各所に置かれた特務機関の中心的存在で、ソ

満国境の向こう側である、西シベリアの状況を見守る役割をはたしていた。

このときは、張作霖亡き後を受けた張学良が軍閥を率いて満洲を睥睨《へいげい》していたのだが、彼は国民党の蔣介石の麾下《きか》に入り、我が国の関東軍や満鉄と対立をしていた。日系の商店や商品の不買運動はもちろんのこと、日本人や朝鮮人が迫害されたり殺されたりといったことが繰り返されていた。満鉄に対する破壊工作だけでなく、満鉄の存在自体を無意味化するために、並行する新しい鉄道を引こうとするなど、排日運動が激しく行われていた。

僕はそんな満洲に急遽呼ばれた。

中村震太郎《しんたろう》陸軍大尉が大興安嶺東側を調査旅行していた際に拘束され、軍事探偵と見なされて裁判もなしに銃殺されてしまったのだ。身につけていた金品は奪われ、遺体は焼き捨てられた。しかも日本側が抗議をしても、相手はそんな事件は存在しない、日本側の捏造であるとシラを切った。日本人を対象にした犯罪が数多く行われていたとはいえ、さすがにそれまで、現役将校、しかも参謀の身分にある軍人が、当局に拘束され殺害されたことはなかったので、大事件になった。急遽ハルビン特務機関から三名の機関員が派遣されて調査に当たったのだけれども、情報蒐集や防諜には長けていても、こうした事件の捜査は勝手が違う。このとき奉天特務機関の責任者についていた土肥原《どいはら》賢二大佐が、張作霖暗殺事件の際の僕と義昭兄、本郷少佐の報告書を思い出してくれたおかげで、急ぎ東京から飛行機で呼び寄せられた。この頃、すでに事件の概要は新聞で報道されて、国民党の無法ぶりに国内世論は激怒していたけれども、未だに彼らは知らぬ存ぜぬを続けていた。

先に現地に入っていた三人の特務機関員はすでにハルビンに帰還していたので、彼らから事件の状況や現場の写真や証拠品などを見せてもらい、実際にどのように事件が推移していったかを、綿密に再構成した。それらを相手に突きつけたので、ようやく事件を認めて実行犯の取り調べを開始したという連絡があったのが、九月十八日だった。ところがその夜に、奉天郊外の柳条湖付近の満鉄の線路で爆破事件が起きた。これが満洲事変の始まりで、結局中村大尉事件の捜査は、うやむやになってしまった。

ハルビン特務機関で捜査に当たった三人のうちの一人が、元《もと》賢太郎という、歳とっているのか若いのかよくわからない不思議な特務機関員だった。以前海軍系の特務機関に所属していた彼は、長年大陸を中心に国際貿易商連合機密調査部員と称して活動をしており、北京や上海に出没していたそうだ。北京に軍閥が迫ってきたときに起きたイギリス人探検家殺人事件も、彼が指揮をして解決したと聞いている。しかしそれほどの切れ者にもかかわらず、見た目は冴えなかった。背が低く丸顔に眼鏡をかけ、笑うと前歯の金歯が目立つ。隙のないおしゃれはしているものの、なにぶんスタイルが悪いので、借り物のようにしか見えない。しかもいつも「申し訳ございません」と辞を低くして頭を下げているので、初対面の人間はつい侮りがちだった。ところが柔道は有段者、射撃の腕も大したもので、うっかり油断をしてとんでもない目にあわされた国民党の幹部や租界の外国人有力者は、枚挙にいとまがなかったそうだ。

満洲事変が起きても、僕はそのまま大陸に居残っていた。実は土肥原大佐からいろいろ相談を持ちかけられて、帰るに帰れないことになってしまったのだ。坊主頭の多い陸軍の軍人にしては珍しく、豊かな髪の毛を七三にきっちりと分けて口髭を生やした大佐は、温厚な語り口で相手を引き込む魅力があった。

「明智先生もご存じのように、満洲とシナは別の国であり、満洲がシナを侵略して清王朝を打ち立てたのです。しかしついに清朝は倒れ、退位した溥儀《ふぎ》皇帝は天津で、我が国の保護下にあります。そこで考えたのですが、溥儀を戴いて再び満洲に国家を再建したらどうでしょうか。すでに蒙古の諸王、軍閥を率いる将軍たちの支持をとりつけてあります。張学良と国民党を満洲から駆逐し、そこに満洲、シナ、蒙古、ロシア、日本の五民族が手を携えて繁栄する平和な国家を建設したらいかがでしょうか」

彼の突然の提案に、僕は驚いた。清朝時代の満洲は父祖の地として満洲人以外の立ち入りが固く禁じられていたものの、最近はどんどんシナ人が流れ込み、あっという間にもとからいた満洲人の姿がかき消されてしまいかねないほどになっているというのは、知っていた。また孫文は、袁世凱《えんせいがい》に革命の成果を横取りされて日本に亡命した時に、満洲を日本に与えるから次の革命の援助をしてほしいと申し入れたとも、聞いている。孫文にとって満洲は他人の土地だなと、そのとき感じたのを思い出した。

「それで、僕にそのような重大事をうちあけたのは、どういう意図なのでしょう?」と質問をすると、大佐はこう答えた。

「溥儀皇帝には、なんらかの方法で現在滞在している天津から脱出されて、満洲に入っていただきたい。しかし周りは国民党ばかりです。いかにしてその網の目をかいくぐり、万里の長城を越えて満洲にお入りいただくかが、問題なのです」

「それなら当然のことですが、天津から船で旅順《りよじゅん》か営口《えいこう》へ移動するのが、一番の近道でしょう。時間がかからなければ、そのぶん狙われる危険性も少ない」と、僕は提案した。しかし大佐は、

「それはもちろんのことです。しかし水上にも国民党軍の監視があります。天津租界の港から海河《かいが》を通って河口の塘沽《タンクー》に出るまでの間には、軍糧城関門があり、五千人の兵士が駐屯しています。ここを閉鎖されてしまったら、万事休すでしょう」

土肥原大佐は首を振りながら、煙草を灰皿に押し付けて火を消した。

「それならば、おとりを使って相手の目をよそに引きつけておけばいいのです」

「はて、それはどういうことでしょう？」大佐は首をひねった。

「つまり、皇帝とお妃の偽者を仕立てて、わざと目立つようにするのです。そうすれば国民党軍の目は、自ずからそちらに引きつけられます。その間に、本物はこっそり船で脱出すればいい」

「なるほど、その手がありましたな」

土肥原大佐はにっこり笑って、うなずいた。新しい煙草にマッチで火をつけながら言う。

「では、そのおとりをお願いできますか」

僕は目を丸くしたよ。まさか自分にお鉢が回ってくるとは思っていなかったからねえ。大佐はそう僕に言わせようとしていたことに、今更ながら気がついた。もちろん断った。別にそこまでする義理もないと思ったのだが、土肥原大佐は温和な表情を崩さずに、巧みに僕を説得しにかかった。

「いやいや、明智先生。ちょうど先生は皇帝陛下と同じくらいの背の高さだし、体格も似ていらっしゃる。しかも大陸広しといえども、陛下そっくりに変装ができるほどの腕前があるのは、我が日本の明智小五郎探偵を措いて、誰がいると言うのですか」

結局僕は言いくるめられてしまった。しかも秋鴻《しゅうこう》妃の身代わりも必要だと言われたので、東京からわざわざ家内の文代を呼び寄せた。さすがに男ばかりの陸軍では、いくら変装をしても婦人の身代わりはできないだろうし、そこまで肝の据わった女性といえば、家内以上の存在を思いつかなかった。

思いの外、文代は喜んでいた。同じ年の四月に発生した「人間豹」事件では、恩田親子に捕まって命を失いかけるという散々な目にあったにもかかわらず、彼女はやる気十分だった。むしろあの失態を取り返したいと思っていたのかもしれない。

僕たち夫婦は、清皇室駐津弁事処と呼ばれる日本が皇帝夫妻を匿っている建物を訪れて、溥儀帝と秋鴻妃に拝謁した。皇帝はすらりとして背が高く、僕と同じかそれ以上の背丈があった。しかし線が細くて筋肉もなく、ひ弱な印象を与えた。二十五歳という年齢の割には額が広く、丸眼鏡をかけ、口元は緊張をしているのか、小刻みに震えていた。かなり特徴のある容貌なので、これなら変装するのは容易だと感じた。

秋鴻妃も同じ二十五歳、こちらも線の細い子供のような体格だけれども、よく言えば貴族的、正直に言えば何事にも無関心らしい無表情な女性だった。目はぱっちりとして鼻筋が通り、美人と言ってもいいのだけれども、どこかボタンの掛け違えがあるような違和感があった。もしかしたら、この国ではよくあることだが、アヘンに手を出しているのかもしれないと内心疑った。後で確かめてみると、その通りだった。

　僕たちは直立し、皇帝と妃は上座に着座され、脇には考古学者であり皇帝の家庭教師でもある、長い白髯を蓄えた忠臣の羅振玉《らしんぎょく》、土肥原大佐、そして黒い背広姿の小柄な少年のような人物がいた。それが川島芳子だった。彼女は皇帝と同じ一族の出身であり、清朝皇族の一人としてお守りするという自負心に満ちている様子だった。その気負いが有り余りすぎて、はたから見ていると少し滑稽でもあった。

　皇帝は天津に滞在している間は、かなり現代的な生活を身につけて、ご夫妻でこっそり租界のキャバレーに遊びに行くこともあったらしい。そうしたさばけた面もある一方で、封建君主としての残渣《ざんさ》もまだ十分残っていて、こうした皇帝としての座では、僕に向かって直接話すことをせず無表情で座ったまま、すべては羅老人が代弁をした。

「陛下におかせられましては、賊軍の目をくらますための貴公の協力をお喜びであります。よくよく忠勤のこと、よろしく頼みますぞ」

　羅老人は小さな眼鏡越しにじろりと僕たちを睨みつけた。文代と僕は、無言の最敬礼で答えた。

「畏れながら申し上げます。お二人に変装をするには、詳細な観察が必要であります。まことに失礼ながら、ご竜顔を拝したく存じます」

　すると川島芳子がきっとなって、「不敬なことを言うな！　探偵ふぜいが失敬な！　そんなことはボクが許さないぞ！」と甲高い声で叫んだ。

一瞬その場に緊張が走ったけれども、溥儀が突然大きな声で笑い出し、芳子に向かって手を振り、「別にそんなことは構わないではないか。さあ、明智、会見もここまでにしよう。あちらに食卓を用意している。ともに楽しもうではないか」と言った。

おかげでお二人の姿を四方八方から十二分に観察をすることができたし、話し方、歩き方、すべてを詳しく頭の中にたたきこんだ。文代にも変装術の要点はかねてから教え込んでおいたので、彼女も妃の人となりを一晩のうちに会得することができた。

皇帝自らも、

「明智は我々の言葉が上手だが、どこで学んだのだ」などと、親しく声をかけてくださったりもした。一方秋鴻妃はほとんど喋らずに、物憂げにナプキンをいじり回しているだけなので、かえってなりすましをするには簡単だろうと、文代はあとになって言った。

ところが事件が起きたのは、晩餐が済んでデザートの段になったときだった。かねてから皇帝と親しかったある日本人実業家からの贈り物として、果物を盛り合わせた籠が届いた。陛下はことのほかお喜びだった。

「客が来たときに届くとは、なんと間の いいことか。妃も果物を大いに好んでいるのを、覚えていてくれたようだ。さっそく開けてみようではないか」

皇帝は籠の一番上に載っていたリンゴに手をかけようとした。そのとき、僕は籠を持って来た召使いの両手の筋肉の緊張具合を思い出した。あれは果物の籠にしては、重量がありすぎる。

「陛下、おやめください！」

畏れ多いことと思いながら、僕は席を蹴り、溥儀皇帝に飛びついた。周りに立っていた召使いや護衛もその場を動けなかった。皇帝が真っ赤なリンゴから手を離すと、ころころと下に落ちた。僕と皇帝は、もつれるようにして床に倒れ伏した。その瞬間、籠から真上に火柱が立ち上り、耳をつんざくような破裂音が響き渡った。女官たちは悲鳴をあげ、羅老人は四つん這いになった。川島芳子は小さな体で必死になって、床にうずくまった秋鴻妃の上に覆いかぶさって守ろうとした。幸い、爆発力は予定していたよりも小さかったのだろう。僕を含むほんの数人が、火傷を負っただけで済んだ。

皇帝が果物に手をかける直前に慌てて食堂から出ていった、籠を持って来た召使いを、文代は追いかけた。男は爆発の音を聞いて、任務の成果を確かめようとしたのか、立ち止まって振り返り、ニヤリと笑っていたと、文代は言っていた。その瞬間に彼女が部屋から飛び出して、ハンドバッグを一閃、男の鼻に命中させた。そのまま男は気を失ってくたくたと倒れた。実は彼女のハンドバッグには、鉄板が仕込んである。いつもだったら婦人用のピストルを忍ばせているところだが、まさか陛下の御前にそんな飛び道具を持ちこむわけにはいかない。だからあれが精一杯だった。土肥原大佐の命令で、この男は連行されていったので、その後どうなったかわからない。張学良の便衣隊や、南京政府の意を受けている秘密結社藍衣社《らんいしゃ》の暗殺隊も、天津に潜入していると聞いていたから、おそらくそれらのうちの一人だったのだろう。

実際に皇帝夫妻が天津を脱出したのは、十一月十一日の晩だった。まず皇帝だけが数人の従者を連れて、一台の自動車に乗り込み、フランス租界にある郵船埠頭へ急行した。その際自動車を運転していたのは、川島芳子だったとも言われているけれども、それはどうだろうか。ヘッドライトを消したままだったのが怪しまれたのか、途中で公安に誰何《すいか》されたが、そのまま振り切り、ようやく比治山丸という貨物船に乗り込んで天津を離れた。

その後しばらくしてから、川島芳子は続いて秋鴻妃も埠頭まで自動車で送ったそうだ。そのとき秋鴻妃は自動車のトランクに、愛犬とともに隠れていたのだけれども、埠頭についてみたら彼女が腰を抜かしていたのを見て、芳子は「日本の皇后様なら、こんな意気地なしではないのに」と叱責して、蹴飛ばしたとも言われている。ともかく、ご夫妻は彼女の活躍で、無事満洲に到着した。

一方、おとりになった僕と文代はどうしていたかと言うと、皇帝が出発するより前、ようやく夜の帳《とばり》が降りてきた頃に、わざと人目につくようにして、二人揃ってダイムラーに乗り込んで出発した。もちろん素人目にはまったくわからないくらいには、皇帝皇妃そっくりに変装をしていた。僕は日本陸軍の大佐の軍服、文代は洋装にコート、帽子をかぶり、一見すると日本軍の要人夫妻の外出に見えるようにした。そしてダイムラーのハンドルを握っているのは、元賢太郎だ。彼は運転手の制服を着て、小さい体で大きなハンドルにしがみつくようにして自動車を操っている。しかし外から見えないところにはルガー拳銃が備えてあり、自動車の車体は完全防弾仕様になっていた。建物が国民党のスパイに見張られているのは、当然のことだ。自動車が出た瞬間に、連絡の無線が飛んだことだろう。

自動車が租界の中をぐるぐる回っていると、次第にその前後に二台ずつ天津特務機関の自動車がつきそいはじめ、合計で五台の車列になった。そこでおもむろに租界を離れて、東北方向の郊外へとスピードを上げて走り出し、陸路で満洲に向かうように見せかけた。次第に建物がまばらになり、荒地の真ん中を五台の強力なエンジンを積んだ自動車が、ライトもつけず月明かりだけを頼りにして、傍若無人に突き進んでいく。唐山《とうざん》市を横目に見ながら海岸近くをひたすら直進して、のちに中華民国と満洲国の国境となる山海関《さんかいかん》を目指した。

しらじらと夜が明けてくる頃に、秦皇島《しんのうとう》市が近づいてきた。山海関はここにある。天津からずっと一台のクライスラーが執拗に尾行してくるのには、気がついていた。おそらく国民党の監視だろう。もちろん振り切ってしまったら、せっかくのおとりの意味がなくなる。振り切らない程度に相手を焦《じ》らしながら、僕たちの車列は、人一人いない道路を突き進んだ。

「申し訳ございません。少々揺れますです」と、元は運転しながら恐縮していた。癖なのだろうか、半分口を開けたまま、歯の間からシューシュー音を立てて息をしきりに吸い込んでいた。天津周辺の道路の情報は、すべて彼の頭に入っているのだろう。言われた通り、僕たちが乗っている自動車はガタガタと激しく揺れはじめ、やむなく速度を落とさざるを得なかった。

そろそろ東の空が明るくなってきた。海から朝日が昇る頃だ。あと少しで山海関だというところで、僕たちの前を進んでいた二台の自動車が、みるみる速度を落とした。

「どうした?」うつらうつらしていた僕は、はっと目を覚まして元に訊いた。

「連中が、待ち構えているようでございますよ」彼はこんなときにも馬鹿丁寧な態度を崩さない。

「ほら、ごらんなさい」

彼が指差す前方には、材木を組んだバリケードが路上に据えられていた。その間から、機関銃が一丁こちらを睨んでいる。国民党軍の兵士が十数人、ライフルを構えて僕たちに狙いを定めていた。

「やられたね」と、僕が言う。

「計算のうちです」と、元は答えた。

振り返ると、僕たちの後についてきている二台の自動車の背後から、それまでのクライスラーに加えて軍用トラックが二台、砂塵を巻き上げながら肉薄してきた。挟み撃ちにするつもりらしい。

前方の二台の自動車は、敵の機関銃の弾がさほど脅威にならない程度に離れた場所で、道路をふさぐように横に停車した。僕たちが乗るダイムラーは、そのままま っすぐ停まる。背後の二台は、前と同じようにして横向きに車を停めて、ダイムラーを囲む形になった。西部劇映画で、幌馬車が円陣を組んでインディアンの襲撃を迎え撃つだろう。あの要領だよ。

「明智先生、文代さん、お二人はどうぞ自動車からお出にならないよう、どうぞ、どうぞ、くれぐれもお願いいたしますです。お二人のお命に万一のことがあってはいけません」と、元は言う。

しかし僕は、

「溥儀皇帝がピストルを振り回したりしたら、いくら下っ端の連中でも、僕が偽物だとすぐにばれてしまうかもしれないが、死んでしまったら元も子もない。それが君たちと僕との立場の違いだよ」と答えた。

元は深くうなずくと、ルガー拳銃に銃床を取り付け、運転席から降りていき、僕は護身用のブローニングを革帯のケースから取り出した。文代には頭を低く座席に伏せているよう、命じた。

国民党のトラックが数十メートル後方で停まると、後部からばらばらと兵士たちが下車し、僕たちを取り囲むように散開し始めた。前方のバリケードから、機関銃を一連射してみたものの、まったく効果がないほど距離が離れているのに気がついて、前方の兵士たちもライフル片手にバリケードを乗り越えて、こちらに前進してくる。両方から我々をとり囲もうというつもりらしい。

僕と文代を守ってくれているのは、前後の自動車に分乗した天津特務機関員が十二人、そして僕の自動車を運転してくれていた元、合計で十三人だ。相手は五十人以上いるだろうか。ダイムラーも、前後の自動車も防弾仕様だそうだから、十分な盾になってくれるに違いないが、果たしていつまでもつか。朝が来て騒ぎになったら、彼らは引き上げるだろうか。そこまで僕たちは抵抗できるのか。いろいろな考えが、頭をよぎった。

やがてライフル銃が発射される音が、茜色の空に響いた。

あちらから手を出して来た。

しかし僕たちは沈黙を保っている。

右からも左からも、不揃いな銃声が鳴る。彼らは思いついたように勝手に発砲をしているらしい。統率がとれていない軍のようだ。しかしこちらが怯えていると誤解したのか、それまで岩や茂みの陰に隠れて発砲をしていたのが、次第に包囲の輪を縮めていこうと、じりじりと中腰になって前進し始めた。

それでも我々は、自動車の背後で小銃を構えたまま、微動だにしない。敵兵の姿が、手を伸ばせば届くかと思うほどに近づいた。しかしそれでもまだ百か二百メートルは離れていただろう。相手はむやみにライフルを撃ちだした。やられるという恐怖が、そうさせるのだ。今までかすりもしなかった銃弾が、こちらの自動車の車体に命中し始めた。しかし防弾なので、塗料が飛び散り凹みが生じるものの、貫通することはない。元は、周囲に停めた自動車のタイヤに寄りかかりながら、煙草をくわえてニヤニヤ笑っていた。

国民党軍の兵士は、僕たちが何の抵抗もしないので、高をくくったらしく、それまで中腰で物陰から物陰へと前進していたのが、次第に腰が伸び、小銃の構えが腰だめになってきた。僕たちが丸腰だと思い込んだのかもしれない。

彼らの顔どころか、目の表情までしっかり読み取れるほど近づいてきたときだった。後からトラックで追いかけて来た部隊を拳銃片手に指揮していた若い将校は、気が緩んだのか、ふと背後を振り返った。

そのとき、乾いた破裂音が鳴り響いた。

元が構えたルガーの筒先から、青い煙が立ち上る。その瞬間、若い将校は棒立ちになった。全身を硬直させたのが、背伸びしたように見えた。そして首筋から血煙を噴き上げると、くるりと一回転してまっすぐ地面に倒れた。

間髪を容れず、残りの特務機関員も三八式歩兵銃の火蓋を切った。軽めの銃声が連続して四方を取り囲む。国民党軍の兵士は、目と鼻の先と言ってもいい距離で狙い撃ちにされていた。最初の斉射の銃弾が無駄になることは、ほとんどなかった。兵士たちは、ばたばたと倒れた。弾が当たっていない者は、慌てて地面に伏したり、岩陰に飛び込んだ。

彼らはいきなり指揮官を失って、気勢が削がれたようだ。しかし烏合の衆というわけでもない。バリケードからやってきた前方の部隊を指揮している下士官が、大きな声を張りあげた。訛りが強いので何と言っているのかまったく聞き取れなかったが、叱咤鼓舞していたのだろう。国民党軍の兵隊は、利あらずと見れば、さっさと逃げ出すと噂で聞いていたが、こんな原野の真ん中では、逃げればかえって背中を撃たれかねない。たぶんそう言っていたのだろう。彼らは通常の軍隊の第一線の後ろに、「督戦隊」と称する第二線の兵士がいて、第一線の兵士が持ち場を捨てて逃亡しようとしたときに射殺するのが役割だとも言う。また兵士は塹壕に足輪で拘束されて、死ぬまで戦うよう命じられた場合もあったそうだ。いずれにしても、兵士の質が劣悪なのは否めない。

それと比べると、特務機関員たちは歴戦の勇士と言っていいだろう。まず彼らは自ら判断ができる。行動に隙がない。無駄な弾を撃たない。そして、命を粗末にしない。四方を包囲されているにもかかわらず、彼らの表情には余裕が窺われた。

味方の中で一番射程距離が短い拳銃しか持っていない僕は、一番最後に発砲をした。ボルトアクション式の歩兵銃は、どうしても連発がきかない。一瞬の間があくことがある。その隙を狙って、敵の兵士は発砲したり、移動したりする。しかしたとえ弾が届かなくても、発砲音さえ響いていれば、彼らはその場に釘付けになって動くことができない。

敵兵も、ようやく自分たちの隠れ場所を確保して、順次応射するようになった。僕たちが盾にしている自動車の車体には、数え切れないほどの凹みが生じ、窓ガラスには蜘蛛の巣のようなヒビが入る。すると前方から来た下士官が、バリケードで待機していた残りの兵隊たちに腕を振って合図をした。すると後詰《ごづ》めの三人は、重機関銃を分解し、銃身、架台、弾薬とそれぞれが分担をして担ぎ上げると、こちらに向かって走り出した。小銃勝負では埒が明かないとみて、切り札を投入するつもりらしい。

僕は元の肩を叩いてそれを知らせると、嬉しそうな笑みを浮かべて、彼はうなずいた。銃床つきルガー拳銃を小銃のようにして構えると、そっと引き金を引く。すると真ん中を走っていた銃身を持った兵隊が、もんどり打って倒れた。あとから続く弾薬を持った兵隊が、それに躓つまずく。こちらは死体の上にうつ伏せになって倒れた。もがきながら無防備に上半身を起こしたところに、元の発した二発目が飛来して、額の真ん中にぱっと真っ赤な牡丹の花を咲かせた。背後がどうなっているのか見る余裕もなく、架台だけを持った兵隊は、必死になってこちらへ走ってくる。しかし架台だけ持って来ても、何の役にもたたないのだ。

軍用トラックがやってきた方向から、小さな土煙が近づいてきた。そちらを向いていた機関員が、「またトラックだ!」と叫んだ。敵の援軍が到着したらしい。また新たな敵が、わらわらとトラックの荷台から飛び降りて来た。

このまま包囲されていたら、いずれ弾薬は尽きてしまう。相手はじっくり待つだけでいい。この間に皇帝夫妻が旅順に到着されれば目的は達成できるけれども、できれば無事戻りたいものだ、

と思った。そんな表情を読み取ったのか、元はのんきそうな顔つきで、

「なに、大丈夫でございますよ。見ていてごらんなさい」と言った。

するとそのときだった。

僕たちが走っていた道路はずっとクリークに並行していたのだが、行く手のほうのそのクリークの底から、水煙とも土煙ともつかぬものがもうもうと立ち上り、とどろくような地響きが伝わってきた。その煙と揺れは、みるみるうちにこちらに近づいてくる。まるで巨大な土モグラか水《すい》龍《りよう》が、こちらに襲いかかってくるようだ。

国民党軍の兵士たちも、銃でお互い狙いあっているのを忘れたかのように、顔を上げてあたりを見回した。中には腰を浮かしてしまう兵士さえいる。あたりは土煙と水煙が舞い上がり、天の光を覆い隠し、あと少しで朝日が昇り切るというところで、一瞬にして夜明け前に引き戻された。

そして轟きが最高潮に達したときに、クリークの底からわらわらと無数の馬と人が湧き出して来た。いや、溢れ押し寄せて来たと言ったほうがいいかもしれない。今までクリークの底を進んで来た騎馬隊が、僕たちのいる場所近くで一気に地上に駆け上ったのだ。その数は三百とも四百とも、いや数え切れないほどだった。

馬賊の群れだ。彼らは奇声をあげながら数百メートルの距離をあっという間に突貫した。

いきなり背後に思いもよらぬ敵を迎えて、国民党軍は、なすすべもなかった。騎乗からの発砲に倒れる者、青龍刀の一閃で首を刎《は》ねられる者、馬の蹄《ひづめ》にひっかけられる者、様々だったけれども、彼らが一瞬にして壊滅してしまったのは、間違いなかった。

僕もあっけにとられて見ていると、元がにっこり笑って言った。

「このとおりでございますよ。ご心配をおかけして、申し訳ございません」

数分後、僕たちの車列は何百頭という騎馬に囲まれていた。馬賊の頭目が前に進みでる。コサック帽に長いマント、口髭を生やした長身の男性は、馬から飛び降りると、元としっかり握手をした。二人は並んで立つと、大人と子供のようだ。

「伊達さん、あいすみません。わざわざここまで出張《でば》ってくださるとは、まことに申し訳ありません」元はぺこぺこと頭を下げた。

「やめてください、元さん。あなたにはずいぶん借りがあるのだから、当然のことです。こちらが、名を明かせない要人の方ですな。これは失礼いたしました。自分は張宗援《ちょうそうえん》と申します」

僕は自分の役割を思い出して、何も言わずに会釈した。これがあの大陸浪人として有名な、伊達順之助なのかと、思わず見入ってしまった。

さっそく自動車に乗り込むと、出発した。特務機関員は三名が負傷、自動車は二台故障して動かなくなっていたが、代わりに伊達の率いる馬賊数百騎が、車列を取り囲んだ。

再びハンドルを握った元に向かって、僕は質問した。

「たしか、伊達順之助はシナに帰化して、現在では張学良の奉天軍の一員になっていると聞いていますが、それがどうして僕たちを助けてくれるのでしょう?」

元はにっこり笑って金歯を光らせながら、答えた。

「おっしゃる通りでございますよ。しかしそこが、シナの複雑怪奇なところでございましてね。

彼は今、満洲の営口の守備隊長をしているのですが、このわたくしが頼めば、こうして山海関まで出迎えに来てくれるのです」

「営口は、天津と旅順を陸路で行ったときに、ちょうど真ん中にある港町ですね。しかしこれは張学良への叛逆行為にはならないのですか」

「彼は、張学良の直接の部下ではなく、奉天軍に属する王殿中《おうでんちゅう》将軍の部下なのです。なかなかそこいらへんの関係が、難かしゅうございましてね」また元はニヤニヤと笑う。「そして、明智先生だからこそ、打ち明けますが、どうぞこれから話すことは、ご内密に」

「ほう、どういうことですか?」僕は身を乗り出した。

「実は、伊達順之助は立教中学の学生時代に、喧嘩相手をピストルで射殺しているのです。相手が匕首《あいくち》で斬りかかってきたので、正当防衛だったのですが、それが本当かどうかということが問題になり、当時岩井探偵事務所に勤めていたわたくしが、明智先生もご存じの安藤と二人で調査をして、無事執行猶予を勝ち取ったのでございますよ。それ以来、彼はわたくしに恩義を感じているというわけでして」

元は、声を出さずに笑った。

なんと世間は狭いのだろうと、僕は驚いた。学校を出たてで探偵の修業をしていたときに世話になった安藤先輩が、元賢太郎さらには伊達順之助と関わり合いがあったとは。

伊達の騎馬隊のおかげで、僕たちは無事営口まで到着し、そこで変装を解いた。文代はここでお役御免となって、一足先に日本に帰国した。僕は海路営口に到着して旅順へ向かった皇帝の後を追いかけて、無事任務を成し遂げたことを報告した。

そしてようやくのことで帰国し、東京駅に小林君が出迎えに来てくれたが、その直後に二十面相との出会いがあったというわけさ。

十三

「さて、いよいよ怪人二十面相の登場ですね」と、簑浦は身を乗り出した。いっそう興が乗って来た様子だが、反対に明智はそれほど気乗りしない表情を浮かべた。

「いや、あれは僕というよりも、小林君や少年探偵団が活躍したのだからね。僕が言うべきことは、それほどない」と、手を振った。

「それでも、この事件は一番親しまれているし、なによりも二十面相という……」と、簑浦は食い下がるが、

「君の言いたいことはわかるけれども、本来だったら小林君が語るべきことだ。まあ、それらについては、後にまとめてということにしよう」

不満げな簑浦はさらに食い下がろうとしたが、それを無視した明智は席を立って、紅茶を淹れなおしに台所へ姿を消した。しばらくして湯気の立ったカップを二つと、ビスケットを盆に載せ

て戻ってくると、再び話を始める。

「実際、この頃から政府や軍関係の仕事が多くなってきたのは事実だ。だからあまり面白い事件はなかった。昭和七年の『少年探偵団』事件の冒頭で、五月五日まで僕が東北に出張していたというのは、実はその直前、二月、三月に発生したいわゆる血盟団事件に関連するものだった」

資料を繰りながら、しぶしぶ簔浦は答える。

「井上準之助前大蔵大臣は二月九日、本郷の駒本小学校にて小沼正《おぬましょう》に射殺されました。そして三月五日に、三井財閥を率いる團琢磨《だんたくま》を、菱沼五郎が三井本館前で射殺しましたね」

「うん。最初はこの二つの事件はまったく関係がないと思われていたけれども、犯人の二人が茨城県の同郷であることから、井上日召《にっしょう》の信奉する日蓮宗の宗教団体と繋がりがあると、警察は看破した。井上日召は最初逃げ回っていたけれども、結局三月十一日に一味の十四人とともに自首をした。彼らが狙っていたのは他にも三井の池田成彬《しげあき》、元老の西園寺公望《きんもち》、前外務大臣の幣原《しではら》喜重郎などなど、大物多数の名が挙がっていた。幣原の妻は三菱の岩崎一族だったから、三井、三菱と財界を挙げて僕に独自の捜査を依頼して来たのだ。井上日召らが自首をしてきたけれども、それで一件落着だとは、誰も信じていなかった。だから彼らの地元の茨城県から東北にかけて、僕は警察と協力しながら捜査をしていたんだ。そしてある程度の成果は挙げたものの、結局彼らの残党が五・一五事件を起こしてしまったのだから、捜査は失敗と言われても仕方がない」

「具体的には、先生はどのような成果を挙げたのですか？」と、簔浦が訊く。しかし明智は首を横に振った。

「勘弁してくれたまえ。関係者はまだ多数生存しているし、社会で立派に活動している人もいる。それは警視庁の記録を調べてみればわかることで、僕が取り立てて言うべきことではない」

簑浦はさらに手帳をめくって質問をした。

「『少年探偵団』事件が五月末に解決する少し前、アメリカから喜劇俳優のチャールズ・チャップリンが五月十四日に来日し、その翌日の十五日には犬養毅首相が暗殺される五・一五事件が発生します。チャップリンも暗殺の対象の一人だったとも言われていますが、こちらにも先生は関係されていたのでしょうか？」

「いやいや、それは違う。さすがに日本で起きたすべての事件に僕が手を染めていたと思ったら、それはかいかぶりだ。五・一五事件は血盟団事件に引き続いて起きた、つまり僕の捜査が行きとどかなかったせいだから、悔しい思いはした。しかしまさか〝アルコール先生〟を狙うなんて、誰も予想していなかったし、実際チャップリンを殺してみたところで、なんの意味があったのだろうか。合理的に考えてみれば、理解できないことばかりだ。もし実行されていたら、彼らの思惑通りに日米関係は悪化しただろうが、国内的には、映画好きの一般大衆に軍が嫌われるだけのことでしかなかったんじゃないかな」明智は肩をすくめた。

「もっとも、この年の十月に起きた大森銀行ギャング事件は、日本で初めての銀行強盗事件だったし、襲われた大森銀行は川崎財閥系で、僕は川崎財閥とも懇意にしていたから、事件当日の六日にはさっそく連絡が来て、小林君とともに現場に急行した。犯人は三名、覆面をして銀行に乗り込むと、拳銃を突きつけた。ところが襲われたほうも、なにしろ日本で初めての銀行強盗なので、何が起きたのかよくわかっていなかった。ちょうど支店長が本店と電話をしていたので、犯人が『電話を切れ』と命じても、『今話し中だからちょっと待ってくれ』と答える始末だ。苛だった犯人は床に向けて発砲をして行員を脅したので、ようやく事態の深刻さが理解された。彼らは三万円あまりを強奪し、待ち構えていた自動車で悠々と逃げ去った。

後から犯人を尋問して判明したのだが、実行犯である西代《にししろ》、中村、立岡の三人は、奪った金と変装道具を自動車内に残し、目と鼻の先の大森駅で車を降りた。入れ替わりに実行犯の責任者であるモーニング姿の大塚有章《ゆうしょう》、訪問着を身にまとった河上芳子、ドレスの井上礼子の三人が乗車した。いかにもブルジョア然とした三人の乗る自動車に、奪った現金と犯行の証拠が隠されているとはつゆ知らず、即座に設けられた検問も二回にわたって通過して、無事彼らは党のアジトにたどりついたというわけだ。

ブルジョア然と言っても、実は文字通りブルジョアだったのだから、そのさまが板についているのは当たり前だ。大塚は河上の側近であり、姉が河上肇京都帝大教授夫人で、妹も末川博京都帝大教授夫人だ。河上芳子はその名前からわかるとおり、河上肇の娘、井上礼子は元京都市長で元京都帝大法科大学長の井上密《ひそか》の娘だった。まさにお嬢様ばかりだ。ここまでは、見事な手際だと言っていいだろう」

「河上教授は立派な大学の先生かと思っていたら、周りは危ない連中ばかりですなあ」簑浦は呆れたように言った。

「昭和三年には大学教授を辞して、四年後に共産党に入党している。この頃の共産党は、資金集めのために窃盗やら美人局《つつもたせ》やら恐喝やらが許されていたのだから、呆れるばかりだ。大学教授がそういう組織へ転じるとは、まるでホームズの宿敵、ジェームズ・モリアーティ教授ばりだね」と言うと、明智は乾いた笑い声をあげた。

「強盗犯の逮捕のきっかけになったのは、暴力団からの拳銃の密売の流れを追っていたら、今回の犯人たちが浮上したからだと言われていますね」

「うん。あれは牛込神楽坂署の手柄だった。僕は大森警察と一緒になって、犯人が逃亡した自動車の線を追った。ちょうど出入り口のところで小使いが、彼らが車で逃走するのを見送っていて、ナンバープレートの番号も覚えていた。幸い偽物のナンバーをつける知恵はなかったようで、調べてみたら、円タクを開業するという口実で、共産党の関係者が購入したものだとわかった。残念ながら一足違いで、さきほど言ったように検問を突破されてしまっていたけれども、拳銃の一件がなくても、いずれは逮捕の憂き目にあうのは間違いなかった」

「当時の共産党の動向は、スパイによってすべて明々白々だったとも言われていますが」と、簑浦が促す。

「と、特高の毛利課長は言っていたねえ」明智は苦笑した。「それはいくらなんでも、手柄を誇張しすぎだよ。ある程度、わかっていたのは本当だけれども」

「共産党は、当時の党が引き起こした数々の犯罪は、すべて官憲のスパイの扇動によるものであると、弁明していますが」

するとと明智は、いかにも愉快そうに高らかに笑い声をあげた。

「それではまるで、当時の共産党は木偶《でく》の坊《ぼう》であると告白しているも同然じゃないか。あの頃は、党の規模としても戦前では最大だったのだよ。スパイによって組織を大きくし、スパイのせいで数々の犯罪を重ねて資金を調達し、スパイのせいで党は壊滅をする。では、他の連中はなにをしていたと言うんだ。おしゃぶりでもしゃぶって惰眠を貪っていたとでも言うのかね。くだらない。いくらなんでも、そこまでひどくはなかったよ。それは党の先輩に対して失礼というものだ。

本当にすべてがスパイのお膳立てだと言うのなら、強盗が銀行に一足踏み入れたところで現行犯逮捕してしまえばいい。わざわざ金を盗ませて、非常線を張るような手間をかけることはないじゃないか。そんな万能の警察がいたら、僕などとっくの昔に用済みになっていたさ。昭和維新にしろ主義者にしろ、警察をかいかぶりすぎだ。しかし毛利課長の大口にこれ幸いと乗っかって言い訳にするとは、恥も外聞もないのかねえ」

「そう言えば、警視庁もK無産党の犯罪にはまったく無警戒でした」蓑浦は頭をかく。

「もっとも、まさか整形手術で他人になりすまして、国家転覆を図ろうなんて、誰も思いつかないから仕方がないがね」

＊　＊　＊

この年の末に起きたのが、「黒蜥蜴《くろとかげ》」事件だった。

事件の概要は、江戸川君が記録した通りだが、突然事件の主な舞台が大阪になっているので、驚いた読者諸君もいたことだろう。覚えているだろうか、この事件を依頼した宝石商の岩瀬庄兵衛というのは、かつて伯父の店で大番頭をしていたあの岩瀬だ。彼は地元の大阪に戻り、小さな店から始め、次第に頭角を現して、ついには大阪でも指折りの富豪に成り上がったのだ。僕とはしばらく音信が途絶えていたけれども、たまたま財界の人脈で再び交際が始まり、黒蜥蜴の脅迫状が届いたことで、僕に捜査を依頼してきた。しかしそのような古い人間関係は、事件そのものにはそれほど影響しなかったので、江戸川君の記録では省かれているし、僕のほうからあえて明かすこともしなかった。

黒蜥蜴が、どうして岩瀬早苗令嬢を執拗に狙ったのか、わかるかね。

彼女の美貌がそうさせたのだというのが、江戸川君の小説での解釈だけれども、実はそれだけではない。その中では黒蜥蜴の正体は謎のままで終わっているけれども、僕は気がついていた。

黒蜥蜴は、僕がよく知っている女だった。

最初は、まさかと思った。これでも変装術には長けていると自任している以上、変装を見破る力も蓄えているつもりだ。だがさすがに今回は、はるか昔の思いもよらぬ人物が、素知らぬ顔をして仮面の下に身を隠して登場したのだから、まず自分の直感を疑ってしまうほどだった。

帝国ホテルで岩瀬氏から緑川夫人として紹介された美貌の女性は、すっかり姿形は変わっていた。しかし瞳は同じだった。あの酷薄な瞳、人を見下す独善的な眼差しは少しも変わってはいなかった。僕は子供の頃、さんざんあの瞳に苦しめられたものだ。

そう、黒蜥蜴は、僕の従妹の勢子だったのだ。

もちろん向こうは、僕のことを十分知っていた。面と向かっては何も言わなかったけれども、それを面白がっている様子だった。いや、ついに念願がかなったというような、喜びようだったと言ったほうがいいかもしれない。ありきたりの犯罪者だったら、探偵を目の前にしたらいくらかでも怯え、不安を覚えるのが、当然だ。ところが彼女は違っていた。僕と戦い、僕を翻弄し、僕をうち負かす、そういう自信に満ちあふれ、必ず最後の勝利は自分が摑むものだと確信しているのが瞳に現れ、キューピッドの弓形に真っ赤に塗られた唇の端に浮かんでいた。そこまでの過剰な自信はどこから来るか。それは、子供時代に僕をさんざんいじめ抜いても、ただ黙ってなされるがままだったという経験からだったのではないだろうか。彼女のほうが年下だったにもかかわらず、僕は抵抗をしなかった。あの頃は、すべてがガラスの向こうで起きている別世界であるように、僕は心の内から排除していた。だからいくら勢子が悪態をつこうが、物差しでひっぱたこうが、無関心でいられた。

もしかしたら、それが悪かったのかもしれない。あのとき僕が、年長者らしく物差しを取り上げて、勢子を厳しく叱りつけていれば、彼女がこんな方向へ悪の枝葉を伸ばしてしまうこともなかったのかもしれない。たとえその後、僕が伯母に手酷《てひど》く折檻《せっかん》されたとしても。

しかし僕はそんなことはしなかった。あくまでも、傍観者のままでいた。いじめられている自分を、僕自身が傍観していた。それがいけなかったのだ。

そうそう、どうして勢子が岩瀬親子をつけ狙ったのかということだった。それは、そもそも岩瀬の妻が原因なのだ。彼女は、かつて勢子づきの子守り、そして小間使いをしていた。それはもうよく懐いていた。しかし年頃になり、岩瀬に見初められ、義一伯父の許しを得て所帯をもった。そのことで勢子は、親がわり姉がわりをもぎ取られたような悲しみを覚えたのだろう。表面上は平気なふりをしていたけれども、その後も店に出ている岩瀬に対して執拗に嫌がらせを続けていたのを、僕は知っていた。僕たちは同じ標的になったということで、ある種の連帯感が生まれたとも言えるかもしれない。しかしそれは口に出すことではなかったし、表情にさえ浮かべることはなかった。

岩瀬もその娘の早苗も、黒蜥蜴にとっては、幼少期に慕っていた大事な女性を自分から奪った憎い相手なのだ。だから彼女はあそこまで、執拗に親子をいたぶり続けたのだ。もちろんダイヤモンド「エジプトの星」は、勢子にとって垂涎《すいぜん》の的であっただろう。しかし今回は、手段と目的が逆転していた。

そして、捜査をしていく過程で、彼女が二年前の昭和五年に起きた「大金塊」事件の主犯「今井きよ」と同一人物であることに、僕は気がついた。あの事件の捜査の主役は小林君だ。彼が今井きよの隠れ家に潜入し、暗号文をまんまと盗み出したのが事件解決の大きな手がかりになった。そして逃げ出す際に犯人を挑発するようなまねをしたせいか、岩屋島であやうく命を落としかねない羽目になってしまった。そのことを思い出し、万一小林君に危険が及ぶようなことがあってはいけない、と考えて、「黒蜥蜴」事件では小林君を実際の捜査から外すことにした。

その代わりに僕は、妻の文代を大阪に連れて行った。通天閣の上の売店の夫婦を、覚えているだろう。僕は主人に、文代は店のかみさんに変装して、黒蜥蜴を待ち構えていた。彼女が文代に、着物を取り替えようと提案したのにはびっくりしたけれども、幸い正体がばれることもなかったので、ほっとした。

黒蜥蜴は僕のことを本心ではどう思っていたのかと、知りたいだろう。それは僕も同じだ。小説の中では、僕を海に放り込んで、てっきり死んだと思った彼女が、早苗さんと二人で手を取り合いながら泣き伏す場面が描かれている。実際に僕は衣装戸棚の中に隠れながら、あの姿を節穴から覗き見ていた。奇妙な心持ちだった。絶望した早苗さん、いや替え玉の葉山桜子が、僕が死んだと悲観するのは当然だ。しかしどうして勢子までもが、と腑に落ちないまま眺めていた。あれが心からの涙だったのは間違いない。ふと、子供の頃に僕を物差しで叩いているとき、目に涙を溜めながら口元に笑みを浮かべていた、彼女の顔を思い出した。彼女の生まれ持った残虐性が、ああいう形でしか感情を表せなかったのだろうか。それとも僕の情けないありさまが、別の方向への感情を爆発を誘ってしまったのだろうか。ともかくあのときの彼女は、僕の顔をしっかりと見据えていた。目を逸らしていなかった。あれが勢子なりの愛情表現だったのだろうか。彼女なりに僕に向かって全身でぶつかってきていたのだ。たとえそれが、僕には理解できない言語であったとしても、そういう表現方法しか彼女は知らなかったのだろう。それに僕は応えてやらなかった。そのエネルギーは、意識の下にひそやかにたまり続けた。そして何らかのきっかけで、ねじくれた方向に勢いよく噴出し始めた。ひとたび間違った方向に飛び出すと、もう正すことはできない。発散すれば発散するほど、おびただしい毒気が底から湧いてくる。そうした力を、彼女は自分でも制御できなかったのだろう。わけもわからず、その力に振り回されながら生きてきたに違いない。そして、「黒蜥蜴」事件の最後、彼女が服毒自殺を図った瞬間、ようやくその毒気が抜けたのだ。そして僕に向かって、子供の頃から言えなかった言葉を告げようとしたのだけれども、最後まで言い切れなかった。

そのとき、僕は心の中のもやもやが晴れたような気がした。それは、彼女を愛していたというようなことではない。そんなふうに江戸川君は小説の中で解釈しているようだけれども、それは間違っている。彼女のほうはいざ知らず、僕は一瞬たりとも勢子を愛したことなどない。むしろ怖気《おぞけ》をふるうほどに嫌っていた。そして、彼女が命を失ったあの瞬間、感じたのだ。やはり勢子と僕は、同じ明智の血脈を受け継いでいるのだ、と。そしてその血脈の一つが、ついに終止符を打たれたという安堵感が、じわりじわりと心の隅に黒雲のように湧き出した。

彼女は、心の底にわだかまり続けた欲望を間違った方向に発散してしまった。美のためなら、あれほど人は残虐になれるという見本を示した。勢子は思うがままの人生を送った。それが最終的な破滅を招こうとも、躊躇することはなかった。それに比べてこの僕は、躊躇と迷いと諦めの連続だった。自分の人生を切り開こうとはしなかった。探偵という仕事も、あくまでも犯罪ありきが前提だ。世間の出来事がまず先にあり、僕はうしろからとぼとぼと伴走していく傍観者、マラソン選手が必死の形相で走りこんでくるのを、涼しい顔で見つめている審判員でしかなかった。ただ、僕の心の底にも、勢子と同じような欲望と情念が渦巻いていたのは間違いないのだ。

明智小五郎は、なにかに取り憑かれたように一気に熱を込めて語り終えると、力尽きて椅子にぐったりと身を委ねた。

息を詰めて耳をそばだてていた簔浦も、いつの間にかメモをとる手が止まり、返す言葉も発する言葉もなく、ただ下を向いていた。その表情は、硬く凍りついていた。

二人の男は、そのまましばらく身じろぎもせず、黙りこくっている。マントルピースの上の置き時計が刻む時の音だけが、大きく響き渡っていた。

＊　＊　＊

十四

日を改めて、簔浦は再び明智を訪問した。前回の思いもよらない重苦しい告白を忘れたかのように、明智は上機嫌だった。その雰囲気を壊さないためだろうか、簔浦もあえて前回の内容に触れなかった。

「さて、年が明けて春になると、また新しい事件でしたね」と、簔浦は明智の機嫌を損ねないように注意しながら、「黒蜥蜴」事件の後の出来事を促した。

＊　＊　＊

この後、昭和八年四月には「妖怪博士」事件、五月には「暗黒星」事件と続いた。そう、この頃から次第に、僕は一般の刑事事件を取り扱うよりも、かねてから付き合いがあった、陸軍の防諜関係の組織に関係するようになっていった。その当時に兵務局長に就任したのが阿南惟幾《あなみこれちか》少将で、義昭兄と士官学校の同期で以前から知り合いだったので、なにかと相談を受けていたのだ。

ただ、当時僕が扱った数少ない一般の事件の中でも記憶に残っているのは、その年の冬に起きたいわゆる文士賭博事件だ。歌人の吉井勇伯爵の妻である徳子が、いわゆる不良華族というやつで、夫も子供もいるにもかかわらず、毎晩のようにダンスホールだ、芝居だ、映画だと、遊び歩いていて、かなりの噂になっていた。当時の警視庁不良少年係はダンスホールの取り締まりに重点を置いて、当時有名なダンスホール、フロリダのダンス教師を検挙して取り調べをし、彼女や牟礼《むれ》恒子ら有閑マダムたちのご乱行が暴露された。そしてついに十一月十七日に吉井徳子本人が警視庁に呼び出されたのだが、何の反省の色もなく、すべてぺらぺらと喋ってしまった。

そのなかで明らかになったのが、徳子が里見弴《とん》ら多くの有名作家たちと、麻雀や花札で賭博を行っていたという事実だった。他に累が及んだのは、佐佐木茂索、久米正雄、川口松太郎、洋画家の小穴《おあな》隆一らだった。前にも話したと思うけれども、久米正雄は高等学校と大学で一年先輩だったから、警視庁に出頭する前に電話がかかってきた。

「こんな夜中にどうしたというのです」いきなりのことで僕は驚いた。

「実は、花札賭博でお縄になってしまうんだよ」弱々しい声が受話器の向こうから聞こえてきた。いつものように人の良さそうな顔に微苦笑を浮かべながら、寂しくなってきた頭をつるりと撫でている様子が目に浮かんだ。

「警察からかけているのですか」

「いや、これから家内と一緒に出頭する。他にも里見君や佐佐木君など、ずいぶんたくさんいるようだ。一網打尽でやられてしまったよ。さっき文藝春秋の菊池君に電話をかけて身元引き受け人を頼んだから、明日には出られると思うのだけれども、悪いが明智君からも、警視庁の上のほうに口をきいてもらえないか。僕たちと違って、いろいろ顔が広いだろう」

「それは無論です。警視庁ですか。これから僕も行きましょう」

他にも読売新聞の三宅正太郎記者も奔走してくれて、結局、科料を科されただけですんだ。しかし当時鎌倉の町会議員をしていた久米さんには、大いにこたえたようだ。

当時の警視庁は賭博の蔓延に神経をとがらせていたようで、さっそくその翌月の十二月にも、大学野球のスターである慶応の水原茂らが麻雀賭博で検挙され、野球部を除名になってしまった。さらに翌年の三月には再び文士賭博が摘発されて、前回身元引き受け人になっていた菊池寛、広津和郎、さらに探偵小説作家の大下宇陀児《うだる》、甲賀三郎、海野十三《うんのじゅうざ》が捕まってしまった。今度は、久米さんと江戸川君から電話がかかってきて、また奔走させられたよ。

実際菊池さんは、日本に麻雀を広めた張本人だからね。もともと賭博好きで競馬の馬主もしていて、日本麻雀連盟の初代総裁になるほどだった。実は僕も銀座にあった連盟まで行って麻雀牌を購入し、文代たちとこの遊びに凝っていたことがある。これは戦後の話になるが、「透明怪人」事件で、僕と文代にそっくりな替え玉が登場したことがあっただろう。僕たち夫婦とあの二人で雀卓を囲んでいたら、たまたまやってきた中村警部が目を丸くしていたのを、思い出した。

＊　　＊　　＊

「明智君、やっぱりきみのほうがえらかったね。おれは負けた。きょうこそほんとうにおれはきみの前に頭をさげるよ」

平吉は疲れ果てていた。顔色は真っ青だった。大コウモリの着ぐるみを着て、顔は老猟師のまま、鍾乳洞の中で降参をした。ああ、やっぱりまた負けてしまったのかと、無力感にとらわれていた。しかも明智小五郎は俺とまともに勝負をしてくれない。いつも少年探偵の小林芳雄が前面に立ち、明智は背後で微笑んでいるだけだった。今まで一度たりとも正体を見破られたことはなかったはずなのだが、平吉がまだ若造に過ぎないということを、明智は先刻承知なのかもしれない。だから大人の自分はまともに相手をせず、小僧には子供で十分と、小林や少年探偵団をぶつけてくるのかと、疑念が湧いた。

それが平吉は悔しかった。

だからついに「妖怪博士」事件で、明智、小林、そして少年探偵団全員を鍾乳洞の中に閉じ込めてやったときに、「勝ったぞ、勝ったぞ」と小躍りして喜んだ。そのときの彼の心の中には、かつて伊勢長島の岩屋島で同じようにして地下洞窟に彼らを閉じ込めた姉が、蘇っていたのかもしれない。血を見ることを毛嫌いしていたはずの平吉に、餓死するなら勝手だと暴言を吐かせたのも、勢子の亡霊だったのかもしれない。

いや、それだけではない。ほんの一瞬、明智の顔に必ず浮かぶ酷薄な表情を、平吉は見逃さなかった。それは姉の勢子の顔にもしばしば現れていたからだ。きっと自分以外は気がつかなかっただろう。明智本人も気がついていないのではないだろうか、と平吉は思う。もちろん姉と明智が従兄妹どうしだということは知っていた。明智の中に、平吉は姉の幻影を見ていたのだろうか。

とにかく、平吉は明智に三度挑んだ。そして三度とも、みごとに敗れ去った。このとき、彼の心の中で何かが切れた。

いくら警察につかまっても、身軽な彼にとって脱獄するのは簡単だ。今度も一週間もたたずに、自由の身になっていた。

三度警察に捕まって、部下のほとんどはいなくなってしまった。ある者は獄につながれ、ある者は金よりも美術品という彼の方針についていけず、姿を消した。いくつもあった隠れ家も、そのほとんどに警察の手が入り、せっかく集めた美術品は取り戻されてしまった。

しかし部下の誰にも教えなかった最後の隠れ家の洋館に、平吉は戻ってきた。ここなら誰にも見つかることはない。彼の美術品コレクションの中核中の中核が、ここには隠されていた。二日、三日と平吉はその前に座り込み、飲まず食わずで、仏像を食い入るようにして見つめていた。

そしてついに平吉は、ふらりと立ち上がった。

台所に行き、汗と垢にまみれた顔を洗った。ごしごしとこすり続けた。今まで被っていた二十面相という仮面を、剝ぎ取ろうとしているかのようだった。顔も胸もびしょびしょに濡れたまま、平吉は夜明けの街に出て行った。

それ以来、怪人二十面相は姿を消した。数年前の恐慌からようやく経済が復活して、繁華街も賑わいを取り戻していた。世間に金が出回るというのなら、今こそ泥棒どもの稼ぎどきのはずなのだが、平吉は背を向けた。もともと彼は金には興味はない。部下を養うため、美術品を盗むための費用として、やむなく盗むだけだった。

六月の雨が、ポツリポツリと降ってきた。埃っぽい道が、あっという間に泥道に化ける。買い物客でにぎわっていた通りから、人影が消えた。

傘もささずに平吉は歩き続けた。

霧雨にけぶる灰色の空に、ぼんやりと巨大な赤白のだんだら模様が浮かび上がった。テントだ。サーカスの天幕が、町外れの空き地にかかっているのだ。心が躍るような文字で、「グランド＝サーカス」という看板が見えた。

平吉は、雨粒に打たれるのもかまわず、顔を上げてテントを見つめていた。そしてその中に吸い込まれるようにして姿を消した。

＊　＊　＊

その翌年、昭和九年春は、江戸川君の小説では、僕はある国事犯を追って朝鮮へ出張していたことになっているが、実はもう少し先まで足を延ばしていた。三月一日に愛新覚羅溥儀が満洲国皇帝に即位したが、その即位式に招待されていたのだよ。ほら、僕も皇帝の天津脱出にはいささか協力をしたからね。しかし同時に国民党のスパイも紛れ込んでいた。彼らを摘発する捜査の手伝いも、少々やった。もちろん、京城で国事犯の捜査の手伝いもしたよ。

そして日本に戻ってきて、その春に「悪魔の紋章」事件と「地獄の道化師」事件を解決したが、それらは江戸川君が記録を残した、戦前の最後の事件だ。このころ小林君は通信教育で中学校卒業資格を取得し、さらに士官学校の入学試験に合格した。そしてこれを機会に一般の刑事事件を扱うのはやめて、参謀本部第二部第五課の暗号担当部門、そして秘密戦資材研究室の嘱託になり、まだ未整備だった日本陸軍の防諜機関設立のお手伝いをすることになった。

第八課の影佐《かげさ》禎昭《さだあき》中佐、岩畔《いわくろ》豪雄《ひでお》少佐、それからハルビンで見知っていた秋草俊《しゅん》中佐、福本亀治郎憲兵少佐らと協力をして、まずは昭和十一年十二月に軍事資料部防諜班として、第一陸軍病院の向かい側にひっそりとある組織を設立した。この機関は機密扱いになっていて、軍の中でも存在を秘匿され、「ヤマ」という符丁でしか呼ばれることはなかった。それまでは大陸の特務機関では、それぞれ別個に行われていた仕事が、内地でも正式に組織立って実行されるようになったわけだ。電話の盗聴、手紙の検閲、無線通信の探査、要注意外国人の監視などが主な仕事だった。

この年に起きたのが二・二六事件だったが、まだ「ヤマ」機関が立ち上がる前の準備段階で忙しく、ほとんど僕は関係できなかった。ただ当日は偶然陸軍省に居合わせていて、真崎甚三郎大将が勲章を煌めかせながら得意満面で登庁してきたのを、階段の上から目撃をしたのは覚えている。この異常事態だというのに、よくもまああんな態度でいられるなと、呆れたものだ。

そうだ、それから義昭兄の士官学校時代の同級生で、当時流行作家だった山中峯太郎が陸軍省にやってきた。反乱を起こした近衛三連隊は、彼が若き日に所属していたので、居ても立ってもいられず、反乱軍に原隊に戻るよう説得に来たと言っていた。従兄の縁もあったので護衛がてら同行したけれども、首相官邸に行っても、陸軍大臣官邸に行ってもてんで相手にされず、がっくり肩を落としていた。

このような大騒ぎをしていたので、平河町に屋敷を構える蒲生《がもう》憲之《のりゆき》予備役大将が、表向きは自決と言われている不可解な死を遂げていたことは、後になって知った。すぐそばを自動車で通り過ぎていたのだが、まったく気がつかなかった。

＊　＊　＊

平吉はその身軽さが認められて、さっそく軽業師としてグランド＝サーカスの一員に加えられた。若手の生きのいい団員が、そろそろ不足していた頃でもあり、身元がいささか怪しいところなど、団長は文句ひとつ言わなかった。

それからしばらくしてからのことだった。

本当はやるつもりはなかったのだけれども、仲間内の酒の席で気が緩んで余興として披露した百面相が評判になり、団長の耳にまでとどいた。

「平吉、お前、今度の興行から百面相をやれ」どら声の団長は、平吉を呼びつけると頭ごなしに命じた。

「でも、あんな芸は広い客席からは見えませんよ」と、平吉は抗弁をする。彼としては、過去を封印しておきたかったのだ。

「いや、ピエロと絡ませれば、客は笑い転げるだろうよ。筋書きは二人で相談して、決めておけ。もう軽業はしなくてもいいからな。わかったか」

髭面の団長は、用が済んだとばかりに手を振って、平吉をテントから追い出した。

その日から、平吉は軽業師からピエロの手下に格下げになってしまった。新入りだから文句を言うこともできない。堅気として食っていくためには、しぶしぶ従うしかなかった。

もうひとつ、平吉の足を止める理由があった。

それは団長の十七歳になる娘だった。それまで一心不乱に盗みの世界で生きてきた平吉には、まぶしいほどの素直で伸びやかな存在だった。彼が入団したときにはまだ乳臭い子供で、空中ブランコの練習でもすぐに落下して、安全網の上を転がりまわっているだけだったのに、いつの間にか大人びて一人前のサーカス団員、いや花形スターになっていた。平吉は、仏像以外に美を愛でる対象を初めて見つけた。目が細くて瓜実顔のミサコは、観音像に似ていた。それが平吉の心を揺さぶったのかもしれない。

彼の心の中に一番大きく巣食っていた女性像は、姉の勢子だった。女と言えば、何人もの命を奪っても恥じることのない彼女の印象が、どうしても拭えなかった。

しかしミサコは違った。彼女が空中ブランコで、白い羽根のついた黒い帽子をかぶってテントの中空を、ゆあーん、ゆよーん、ゆやゆよんと自在に飛び回るとき、隅から見つめている平吉のところまで、お気に入りの蠱惑的なネロリ油《ゆ》の香りが伝わって来るような気がした。無事、芸を終えてはるか高い台の上から観客に満面の笑みで手を振る彼女に、こっそり人知れず彼も小さく手を振った。

平吉は、ときおりミサコと言葉を交わしたり、練習の後に皆と連れ立ってソーダファウンテンに行ったりした。裏の世界では大胆不敵だった彼も、生身の女性相手では、いささか奥手だった。

そんな彼の前に立ちはだかったのが、笠原という曲芸オートバイ乗りだった。お椀型の舞台の上を、猛スピードで縦横無尽に走り回るスリルは、自動車さえ田舎道をのんびり転がって行く田舎では、観客を驚愕させていた。

満洲生まれで子供の頃からオートバイに乗って大平原を走り回っていたという彼は、軍の特務機関に所属して興安嶺の奥深くにまで潜入し、ソビエトのスパイと戦ったという自慢話を語った。その最後には、いつも必ず、敵の爆弾で壮絶な戦死を遂げた隊長の形見だという毛皮の帽子を見せびらかす。サーカスの女団員たちは、見たこともない大陸の殺伐とした光景を想像しながら、忠勇なる隊長の最期に涙をするのだった。

もちろんミサコも笠原に夢中になっていた。背が高く彫りの深い笠原は、オートバイだけでなく射撃も巧みであり、猛獣の扱いも心得ていたが、サーカスのあちらこちらの興行先で、おぼこ娘を食い荒らしているという噂も、平吉の耳に入ってきた。しかしなぜか女団員たちは、決してそれを信じようとしない。彼女たちは見たいものを見、聞きたいことを聞くのだ。男たちのあいだでは、ミサコをものにした団員が、次の団長になるのは間違いないだろうとささやき合っていたし、中には早々と笠原におべんちゃらをつかって、とり入る真似をする連中さえいたほどだ。

ある夏の晩のことだった。

平吉はどうしても眠りにつけなかった。もともと盗みを働いていた頃は、夜と昼が逆転したような生活を送っていたから、寝たいときに寝て、起きたいときには起きることができる習慣がついていた。悪事から足を洗ってからは、激しい労働のおかげで夜はぐっすり眠れるようになったはずだったのが、これは虫の知らせだったのかもしれない。

蒸し暑いテントから、仲間を起こさないようにこっそり外に出た。夜風にでも当たろうと思ったのだ。町外れの広場に建てられたテント群は、すっぽりと闇に包まれていたが、それでもかつての商売柄、夜目のきく平吉は、昼間と同じように何不自由がなかった。

それが、不幸だったのかもしれない。

向こうの大テントの端のほうに、人影が二つ見えた。男と女だ。平吉はいつの間にか、昔のように足音も気配も消しながら、近づいていった。笠原とミサコだった。二人は互いに顔を寄せ合いながら、睦言《むつごと》をささやき合っていた。すると、平吉の耳にこんな言葉が飛び込んできた。

「おい、あの百面相の平公《へいこう》、お前に気があるような目つきじゃないか」笠原はニヤニヤした。

「ええ、いやらしいわ。ほんと、イヤンなっちゃう。ぐにゃぐにゃした顔で、若いんだか年寄りなんだかよくわからないし、むっつりじろじろ見るばかりで、あの男は変態だわヨ」ミサコは平吉のことを罵ると、口を尖らせた。

「いい加減に諦めればいいのにさ。団長も俺のことを認めてくれているんだから、あいつの力じゃどうにもならないぜ」

「そうよ。あんたがお婿さんにきてくれて、グランド＝サーカスの二代目の団長になれば、今よりもっと大きな興行も打てるだろうし、いずれは朝鮮や満洲へもまわるようになるわ」

ミサコは、甘えるような声を出して笠原の胸に顔を埋めた。

平吉がおどおどと手をこまねいているあいだに、すでにミサコは笠原の手中に落ちていたのだ。しかもサーカス団まで、彼のものになるのだ。

なんだかむかむかと腹が立ち、やるせない気持ちが込み上げてきた。ここでも俺の居場所は見つからなかったのか。

平吉はすぐさま自分の寝台にとって返し、寝間着から、サーカス団員なら誰でも持っている黒のタイツに着替えた。さらに黒覆面を被って全身黒ずくめになると、大テントの端へ戻った。

まだそこでは、笠原とミサコが別れがたく手を繋いで立っていた。ごうと一陣の風が吹く。天空の雲が二つにわかれ、満月が顔をのぞかせて、銀色の光が差し込むと、男女二人の影がくっきりと大テントの横腹に浮かび上がった。

これ以上留守にしていると両親に感づかれると、ミサコは名残惜しげに一歩後ろに下がった。笠原も芝居がかって一歩下がる。二人が差し伸べた手の、指と指の先が離れようとした。ところが、笠原の影は動かない。二歩めを下がった二人が、それに気づいた。恐ろしさのあまり三歩めを踏み出せないうちに、笠原の影がむくりと大テントの腹から抜け出して、白い歯をむき出しにして、ケラケラと笑い出した。

ミサコと笠原はぎゃっと叫んで、足をもつれさせながら右と左に逃げ出していった。黒い影はひとしきり笑い声をあげると、再び闇の中に消え、二度と姿を現さなかった。

＊　　＊　　＊

我々が直面したのは〝秘密戦〟、つまりスパイをしたり相手のスパイを捕まえたりする人材の不足だった。軍ではそういう教育をしてこなかったのだから、仕方がない。今までは義昭兄や土肥原さんのように、個人として志がある軍人がそれぞれ活動をしたり、特務機関を育てたりしていたけれども、それではいけないということになり、昭和十三年に「後方勤務要員養成所令」が出されて、その年の七月には九段牛ヶ淵の愛国婦人会本部別館に、のちの陸軍中野学校が設立された。僕は兼任ということで、そちらの教官に任命された。同僚の教官の中には、「フランス事情」ということで作曲家の山田耕筰がいたり、「忍法」という術科では甲賀流忍法十四世の藤田西湖《せいこ》がいたのには、びっくりした。ちなみに藤田師範はなんでも巧みにこなす器用さを持ち合わせていて、ある酒席で興が乗って踊りを披露したところ、その後芸者衆が「先生の前では恥ずかしくて」と、名取揃いのはずなのに誰も立とうとしなかったほどの腕前だった。

僕が担当したのは変装術と科学犯罪捜査などだ。もちろん授業のなかには、いかにして捜査当局の目をごまかして不法侵入をしたり、相手の情報を盗み取ったり、相手スパイを抹殺したりするかということも、含まれている。いわば僕がそれまでにやってきたことの、反対を教えるのだ。どうやったら明智小五郎の目をごまかせるかということだ。

軍人くささがない予備士官学校出身者の若い少尉ばかりを、学生として集めた。入学後、彼らには軍服を着ることを禁じ、髪の毛を伸ばしてまったくの一般人として通用するようにした。

学生らの中でも特に優秀だったのが、椎名次郎少尉だった。彼は細身で大人しく、どう見ても軍人という匂いがせず、黙って座っていれば銀行員か役人にしか見えなかった。しかし子供の頃からやっていた柔道は有段者であり、拳銃も天性の腕前があった。

彼らの実習として、僕が神戸の英国領事館の暗号コードブックを盗み出す計画をたてたときも、椎名少尉をその中心にした。領事館近くに偽の仕立て屋を椎名に出させて、領事館員には特別に廉価で背広を仕立てると売り込みをして近づかせた。この謀略はまんまと図にあたり、ダビッドソンという領事館員とトランプ賭博という共通の趣味で親しくなり、領事館にも自由に出入りできるようになった。そして見事暗号帳をすべて写真に取り、僕が指導する班の学生たちは、卒業の資格を得られた。

　ところが暗号帳を入手した途端、なぜか英国領事館に気がつかれたらしく、すっかり暗号を一新されてしまった。参謀本部から余計なことをしてくれたと大いに怒られて、草薙《くさなぎ》校長の首が飛びそうになったのだけれども、結局直接の指導者だった僕が辞任することで、決着がついた。

　これには後日談があって、実は暗号を入手したという情報が漏洩したのは中野学校の責任でなく、僕たちを叱責した参謀本部の前田大尉からだった。僕がいなくなった後に、椎名少尉はみごとその事実を解明して学校の名誉を晴らしてくれた。

　その後、僕は「ヤマ」機関で防諜の実務に戻った。また登戸《のぼりと》研究所での新兵器の開発にも嘱託として参加した。中でも僕が興味を抱いたのが、無線の発信源を突き止める新方式の探査法だった。逓信省の無線局が時々不審な電波を拾うことがあったのだが、それがどこから発信されているのか、長年突き止めることができなかった。暗号化されていることから、外国のスパイの通信だというのは間違いないのだがね。そこで登戸研究所の高野少佐が発明した「不法電波探知用方向探知機」が、大いに役に立った。それまでのものとは比べものにならないほど装置を小型化し、かつ精度を高めており、乗用車に乗せて移動しながら、不法短波放送を突き止めるのだ。この装置を装備した自動車を三台用意して、お互い無線で連絡を取り合いながら、発信源を突き止めていくやり方だ。今までは数キロ圏内でしか範囲を狭められなかったのが、この方法のおかげで、スパイの巣を正確に特定することができるようになった。

　実際にこの探知機を運用したのは、「ヤマ」機関の乙班という組織だった。逓信省から不審な電波が出るおおまかな場所の連絡があると、乙班が出動して綿密な捜索を行う。昭和十六年の六月から、本格的に東京市内の不法電波狩りが始まったが、どうも目黒から麻布にかけてが怪しいというので、しらみつぶしに調べて行くと、僕の自宅がある麻布区周辺から怪電波が出ているというじゃないか。大いに驚き、僕も本格的に乙班に協力をすることになった。自宅を根城にして毎日周辺を探ったところ、麻布区広尾町に住むマックス・クラウゼンが浮かび上がった。がっしりした体格のこのドイツ人は、スパイ団の無線技師として、広尾の自宅だけでなく、小型無線機を持ち運んで一味の首魁《しゅかい》、新聞記者でドイツ大使の深い信頼を得ていたリヒャルト・ゾルゲの麻布永坂町の自宅や、アメリカ共産党員の宮城与徳《よとく》の龍土町の自宅といった我が家の目と鼻の先からも、暗号無線を発信していた。様々な場所から短時間に限って発信するという、とても用心深い手法だった。しかし我々のほうが、一歩先をいっていた。

このクラウゼンは、嵐で自宅に被害が出て引っ越すまでは、やはり新龍土町に住んでいたというから、僕の近所にゾルゲ・スパイ団のうち三人までもが住んでいたことになる。しかも麻布には歩兵第三連隊があり、さらに目と鼻の先にはソビエト大使館が居を構えている。なんと大胆不敵な連中だろうか。それほどでなくては、スパイは務まらないということかもしれない。

電波の情報を特高警察に連絡し、後は彼らがクラウゼンの自宅の張り込みを始め、その年の後半には一味を逮捕することができた。そのうちの一人に、近衛文麿首相の側近、尾崎秀実《ほつみ》がいたのには驚いた。近衛さんは高等学校の先輩だから、僕も一度朝食会に招かれたことがある。そのときの席は、左隣は矢部貞治《ていじ》帝大教授、右隣が尾崎だった。彼は元朝日新聞記者で、満鉄の嘱託も務めていたことがある。のっぺりとした顔で如才なく、ぺらぺらと口数が多い男だった。愛想がいいと言えばいいのだろうが、やたらと僕ごとき在野の浪人にもお世辞をつかい、信用ならない人物だという印象だった。しかしああいう人間が、かえって気に入られて重用されるのだろうね。

こうした活動の一方で、中野学校を辞めたあと、大陸にも活動範囲を広げていた。本拠地は上海だ。まだ大東亜戦争の開戦前だったから、アメリカ人、イギリス人、白系ロシア人、フランス人など、様々な国から来た外国人が、上海の租界で蠢《うごめ》いていた。欧州大戦勃発前のパリに並ぶ、スパイの天国と言ってもいいだろう。その中で、新たに防諜を目的にした特務機関を設立した。

当時は藍衣社やCC団といった国民党の秘密諜報機関が暗躍し、日本人やこちらに協力的なシナ人の暗殺が頻発していた。見せしめとしてあからさまな犯行もあったし、お互いの利益のためにこっそり自然死に見せかけた場合もあった。さらに国民党と我々をさらに反目させて漁夫の利を得ようという意図で、まだ勢力は弱小だった八路軍《はちろぐん》がなりすましのテロを行うこともある。そういう場合、僕が現場を捜査して、正確な犯人像を追及した。そうしないと、まんまと謀略に乗って見当違いの相手と戦い、消耗するだけだからね。国民党側の捜査官と協力して現場を調べたこともあった。裏ではあちら側とこちら側でつながっていたり、思いもよらぬところで反目しあっていたり、実に当時の上海の情勢は複雑怪奇だった。もつれた糸を解きほぐす役目を担っていたのが僕の明智機関、それをもとにして敵にこちらから仕掛けるのが、影佐大佐の梅機関と親日派シナ人によるジェスフィールド76号という役割分担だった。

もちろん、僕がやっているようなことは面倒でうるさい、さっさと国民党だろうが八路軍だろうが殲滅《せんめつ》してしまえばいいのだ、と言い放つ軍の幹部もいた。むしろそうした猪突猛進の連中のほうが、現場には多かったかもしれない。辻政信《まさのぶ》少佐とは、その問題で何度か口論をしたことがあった。そう言えば上海事変のきっかけになった、日本人僧侶が襲われた事件は、日本軍側が川島芳子と一緒に仕組んだ謀略事件だったと田中隆吉《りゅうきち》が暴露していたから、もしかしたらそういう事情を辻参謀も知っていたのかもしれない。もっとも田中は、特務機関の長になったり中野学校の校長になったりしていたから、僕も見知っていたけれども、はたしてどこまで信用していいものやら、不気味で肚の底が知れない男だ。東京裁判では検察側の証人として出廷して、被告人たちの怨嗟の的になっていたじゃないか。

この頃、僕の手足となって働いてくれた部下には、陸軍少尉に任官したかつての小林君、いや小林芳雄少尉がいた。彼は歩兵少尉として隊付き任務をしばらく務めた後に、自ら志願して僕の特務機関にやってきてくれた。さらに土肥原中将に特にお願いして、溥儀皇帝脱出劇のときに活躍してくれた元賢太郎氏にも参加してもらった。彼は長年大陸にいた後に、ハワイ、そしてカリブ海で諜報活動に従事していたが、現地で墜落したアメリカ軍用機に関する調査を終えて、帰国していた。

さらにもう一人、長年アメリカで諜報活動に従事していた橋村東吾《とうご》君が日本に引き上げて来たのを聞いて、さっそく上海に呼び寄せた。彼はカリフォルニアやシアトルやニューヨークで、夜学に通いながら昼間は従僕として働いていた。昔は日本人の青年が、執事や従僕としてアメリカの上流階級の邸宅に住み込んで働いていたのが、珍しくなかった。かつて自身が若い頃にアメリカでボーイとして働いた経験のある高橋是清《これきよ》氏が、日露戦争の戦時公債募集のために再び渡米した際に、現地の日本人会に招待されて、そうした若者たちが政府要人や財界人の家庭に多数入り込んでいるのに気がついた。彼らから主人の動向や意見を詳しく聞き取ったのが、多額の債券を売り切ることにつながったという裏話を関係者から密かに聞かせてもらったことがある。その後外務省と大蔵省が協力して、在米日本人執事の秘密連絡網を構築した。

なにしろ白人たちは、有色人種を一段下に見ているし、日本人執事たちの訛りのある英語のせいで、彼らの面前で何を喋っても理解していないだろう、大丈夫だろうと高をくくっている。しかし執事たちは、会話は多少訛りがあっても、聞き取りができなければ仕事が務まるわけがない。それに、もとはと言えば向学心に燃えて渡米して、夜学の高校や大学に通う者さえいるのだから、読み書きのほうは申し分ない。机の上に放置された重要書類はいくらでも読み放題だった。

そうそう、思いがけない人物にも、大陸で出会ったよ。

最近『宝石』などでシャーロック・ホームズについて随筆を書いている長沼という、大蔵次官だった男がいるだろう。彼は一時期大蔵省の上層部に睨まれて、大陸に飛ばされていたことがあった。長沼機関を設立して、いろいろ経済面での謀略に関与していたらしい。彼とは宏済善堂《こうさいぜんどう》、いわゆる里見機関の里見甫《はじめ》さんのところで、たまたま会った。度の強い眼鏡にシナ服姿だったが、柔道は五段だ。そのときは、近視のせいで僕の顔をじろじろと見ていたのだろうと思っていた。しかし後になって彼がホームズの熱烈なファン——シャーロッキアンと言うらしいが——だったことが、その理由だと知り、きっと僕と父の顔が他人の空似にしては似すぎているというので、不思議がっていたのだろうと、見当がついた。

この時期に上海でどのような謀略活動が行われたかについては、いくら警視庁の部外秘資料にするとはいえ、まだ関係者が数多く生き残っているのだから、勘弁してくれたまえ。そうした人々の危険を招くどころか、国際問題にさえなりかねないのだから。

ただ、一つだけ紹介しておくならば、上海を舞台にして暗躍した女スパイ鄭蘋如《ていひんじょ》の摘発には、僕も協力をした。彼女は近衛文麿首相の長男の文隆《ふみたか》氏が上海にある東亜同文書院に赴任したときに出会い、その美貌を武器にして交際をしていた。おそらく彼を籠絡して、日本の政治中枢の情報を盗み取ろうとしたのだろう。心配した近衛さんから、目を配っておくよう依頼されたのがきっかけで、彼女に不審なところがあると気づき、調べてみたら国民党との繋がりを発見したので、上海憲兵隊に連絡をした。

彼女とはパラマウントという租界にあるナイトクラブで同席したことがあり、率直に質問をぶつけてみた。

「君はお母さんが日本人、お父さんが中華民国の検事というじゃないか。だったらどうして日華友好の架け橋になろうと思わないのか」

するとも彼女は澄まし顔で、

「あら、そのつもりよ。だから文隆さんにお願いして、重慶《じゅうけい》にまで足を運んでもらおうとしたんじゃないの。これで一転して和平が結ばれれば、こんなに嬉しいことはないわ」と言って、グラスをからにする。

「近衛文隆君を人質にして、捕虜の交換を目論んでいたんじゃないか？　いやそれよりもっと大きな獲物を狙っていたのだろう」

「まあ、失礼しちゃうわね。明智さんだって、きいたところでは、イギリス人と日本人の混血《あいのこ》だっていうじゃないの。だったら私と同じだわ。だからといって、イギリスと日本の間に立っているわけじゃないでしょう。すっかり日本びいきじゃありませんか」

勝ち誇ったような顔で言い返す。

「わたしも明智さんも、しょせんコウモリなのよ。都合がいいときにはあちら、そうでなくなったらこちらと渡り歩き、決して鳥の仲間にもけものの仲間にもしてはもらえない。その周りを飛び回って、おべっかを使ってお情けをいただくしかないのだわ。そうでしょ？」

彼女は高らかに笑い声をあげて、トンとグラスをテーブルに置くと、すらりとした背を向けて僕の席から立ち去った。真っ赤な口紅の跡が残ったマティーニのグラスの中で、オリーブの実に刺さったピックが、縁に沿ってぐるりと回転する。それまでの静かなダンスナンバーから、ジャズバンドのトランペットが突然陽気に歌い出した。彼女の両側から、タキシード姿の男どもが言い寄るのが、目の端に見えた。僕は顔を背けて、華やかに両手を広げて満面の笑みで登場した歌手、波多野まどかを見つめるふりをしていた。

その後、彼女はジェスフィールド76号の主任丁默邨《ていもくそん》に言い寄り、心を許したときに暗殺しようとしたが失敗し、南京政府に逮捕処刑されたのは、ご存じの通りだ。

十五

普段なら簑浦は、数時間明智の話を聞き取れば終わりにしていた。しかしこの日の明智は興が乗り、いつまでも上機嫌な饒舌が続いていた。最初は紅茶だったが、サイドボードの上のウィスキーに変わり、頬を赤らめながらの明智の回顧談は、終わる様子を見せなかった。

「それで、先生は終戦時には内地にいらしたのですか。それとも上海から引き揚げられたのですか」簑浦もついつい、先を促した。

「それがね、僕としたことが、結果的に大きな間違いを犯してしまった」

突然明智は真顔になって、グラスをテーブルに置いた。額に手を当てて椅子の袖に肘をつき、しばらく考え込んでいた様子だったが、それまでとは打って変わった小さな声で、つぶやいた。

「終戦時には上海にいた。悔しいとか残念とか、後ろを向いている場合ではなかった。なにしろ敵の土地にいるのだから、ひと時も気を許すわけにはいかないのは当然だったが、こちらが負け犬になったのだから、なおさら気を引き締めなくてはいけなかった。あちらの諺では、水に落ちた犬は叩けというものがあるとか、ないとか、聞いている」

何よりも優先しなくてはいけないのは、日本人を安全に帰国させることだった。なかでも僕が関係をしていた特務機関や憲兵隊は、こういうときには真っ先に狙われ、復讐の血祭りにあげられるのは言うまでもない。当時の僕の組織には、末端まで入れればおよそ七十人の部下がいて、そのうちの三十人が日本人、残りはシナ人や蒙古人や白系ロシア人だった。日本人以外の部下には、前から準備をしていた新しい身分証明書と現金を与えて、八月十五日の夜には逃亡させた。彼らには日本に渡らず、広大な大陸の中で身を潜めてもらうしかなかった。

彼らのなかには、僕の元を離れがたいと泣いて訴える者もいたが、無理やりのようにして追い出した。そしてその晩のうちに、僕は自宅兼事務所を引き払った。そうしたら案の定、夜明け前に国民党の軍事委員会調査統計局、いわゆる〝軍統〟の急襲があった。きっと彼らのうちの誰かが、畏れながらと密告したに違いない。スパイ戦などというものは、所詮そんなものだとわかっていたから、別に驚きもしなかった。

日本人の機関員とは、秘密裏に連絡を取り合いながら、彼らにも新しい身分証明書を与えて、引き揚げ者の群れに紛れ込ませることにした。軍服で街を闊歩していた憲兵隊は、面が割れていたから、国民党軍が進駐してくるとまっさきに拘束された。しかし僕たちの半分以上は、軍属や民間企業の会社員という身分で活動をしていたので、安全に引き揚げることができた。

＊　＊　＊

もっとも、僕や一部の主な機関員は、あちらの犯罪捜査の専門家としょっちゅう顔を合わせていたので、すっかり身元が割れていた。だから変装をさせて別人になりすまさせた。そのためには、悪くもない歯を抜いて二十歳も年取ったように見せたり、頬にわざと刀傷をつけたりもした。ただ、国民党のスパイ狩りの手を緩めさせるには、彼らが満足するような餌を投げ与える必要がある。だから僕は自ら出頭して、わざと逮捕された。

その日のうちに、身柄は上海市監獄に放り込まれた。どうやらここに、主要な日本人を監禁しておくつもりらしい。ユダヤ人街の中に建つ、立派なヨーロッパ式の建物の近代的な独房が、僕の世界となった。

取り調べに当たったのは元工部局の警察官で、のちの上海市警察で警部になった顔馴染みの相手だった。日本に留学した経験があり、江戸川君の小説の愛読者でもあったそうだから、雰囲気は悪くはなかった。彼の勧める煙草をくゆらせながらといった様子だったよ。こちらにしても任務で行ったのだからということで、我慢をしていればいずれ釈放されるだろうと思っていた。

ところが九月になって、突然担当が変更になった。新しい軍統の責任者が重慶から送り込まれた。朝から晩まで取り調べが続き、食事もろくに与えられないようになった。どうやら正式な裁判で有罪にする証拠が不十分だったようで、この青二才は僕を獄死させようという魂胆らしい。ちなみに当時青島《チンタオ》の監獄に入れられていた伊達順之助は、その後上海のこの監獄に移送されて、死刑に処せられたそうだ。

一日に一回、運動の時間があった。そのとき囚人たちは中庭に集められ、三十分ほどぶらぶらしながら日光に当たることを許される。知り合い同士はそのときに、こそこそと言葉を交わしたりできる、数少ない機会だった。僕は一人でぽつねんと塀際に座っていたのだが、何気ない様子を装って、一人の監視が近づいてきた。ロイド眼鏡をかけた中年男だ。しかし一瞬視線があったときに、僕はすぐにわかった。あれは小林君、いや小林芳雄少尉の変装だと。

彼も終戦後すぐに国内に帰れるよう、手配をしておいたはずだった。ところがなぜかまだここにいる。僕の身を案じて、上海にひそみ隠れていたのだ。ほとんど口を動かさずに、僕にだけ聞こえる小声で、

「今夜、午前二時に」と伝えると、後ろ手に組んだ手から、細い金属の棒を落とした。地面に達する前に僕は受け取り、上着の襟の裂け目に押し込んだ。僕が発明して、少年探偵団時代の小林君に渡していた万能鍵だった。これさえあれば、独房の扉などいともたやすく開くことができる。

監獄中がすっかり寝静まったときだった。ところどころから、野放図な鼾《いびき》だけでなく、不安にかられて悪夢を見ているのだろう囚人たちのうなり声も聞こえる。がらんとした通路に、その声はさらに大きく響き渡る。

二時間おきの見回りの靴音が遠ざかると、僕は寝床から起き上がり、独房の扉ににじり寄った。鉄格子でできていて、間に手を差し込めば鍵穴に届く。その姿は外から丸見えだが、幸い向かい側の独房から、こちらを見ている囚人はいなかった。

一分もかけずに錠は開いた。音が立たないようにそっと扉を開け、廊下に忍び出た。ここは二階の独房で、向かいの独房との間は吹き抜けになっている。左右に目をやると、角に見張りを装

った制服姿の小林君が待っていた。この建物は中央から四方に房舎が伸びていて、一目であらゆる方向を監視することができる。

　小林君は目配せをすると、僕に両手を後ろに回させ、後ろから銃を突きつけて、いかにも夜中に突然連行命令が出た、というふうを装った。正門から外に出るまで、関門は四つある。かつては僕が囚人を連行してきたのだから、構造は熟知している。そのうち三つまでは、小林君が軽く敬礼をするだけで、難なく通過できた。まだこの監獄を国民党軍が接収してから日が浅く、看守同士も顔見知りは少なく、厳格な規則が行き渡っていないのだ。

　しかし最後の正門には、門衛が十人近くいた。大きな焚き火を焚いてあたりが明るい上に、火を囲んでいる輪の中に、僕を取り調べていた軍統がいた。炎の明かりに、生白い顔が浮かんでいた。近視の目をしかめながら立ち上がる。

「おい、お前、どこに行く？」と、慌てたように彼は誰何した。小林君は聞こえなかったふりをして、ずんずん門へ向かい、「移送だ。開けてくれ」と叫ぶ。兵士どもはどちらに従っていいものやら、いぶかしげに見比べていた。

「脱獄だ！　捕まえろ！」軍統は甲高い声をあげて、ピストルを抜いた。僕と小林君は、事ここに至っては仕方がなく、門に向かって必死に走った。拳銃の弾丸が背後から襲い掛かる。我を取り戻した兵士たちのライフル銃の発砲音が、それに続いた。あともう少しで門というところまで来た。そのとき、また別の破裂音とともに、目の前が真っ白になった。照明弾がすぐ近くで破裂したのだ。それと同時に、

「アッ、やられた！」という小林君の悲鳴が聞こえた。

わけもわからないまま、誰かが僕の手首をしっかと掴み、ものすごい力で引っ張った。あいかわらずライフル銃の発砲音と怒号が響くなか、正門の脇のくぐりを抜け、そのまま前に突き飛ばされた。そこは自動車の後部座席だった。エンジンがかかる音がして、全速力で出発をした。路上の荷物や屋台を、いくつか轢《ひ》き飛ばしたような衝撃が伝わって来た。

しばらく僕はめしいていた。いったい誰が僕を救い出したのか、小林君はどうなったのか。まったくわからなかった。

自動車が租界を抜けて郊外へ至る頃、ようやく僕の視界が元に戻って来た。

僕以外には、制服を着た運転手が乗っているだけだった。

「おい、君、君、ここはどこだ？」

僕が声をかけても、振り向こうともしない。手を伸ばして肩を掴もうとしたら、突然自動車が停まり、運転手がこちらを向いた。帽子のつばに手をかけて挨拶をする彼の顔には、何もなかった。真っ黒ののっぺらぼう、目も鼻もなかった。ただ、大きく裂けた口だけがあり、そこから真っ白な歯が覗いて、ニヤリニヤリと笑っていた。僕は思わずあっと声をあげた。すると黒い怪物は、

「脱獄は、俺の方が一枚上手のようだね」

次の瞬間、僕の顔に濡れた布が被せられて、気を失った。眠り薬を嗅がされたのだ。

そして目が覚めたときは、下関に向かう船の上だった。いつの間にか老人の顔の変装がほどこ

され、翌朝出発の引き揚げ船に乗せられていた。見ず知らずの一家が、具合が悪い年寄りに同情して世話をしてくれていた。

それが、小林芳雄君との別れだった。確かめたわけではないが、彼があの現場で射殺されたのは間違いない。僕が収監されて以来、身を潜めて様子を窺っていたのだ。そして取り調べの方針が変わり、下手をすると処刑されるかもしれないと判断して、急遽強硬手段に打って出たのだろう。

＊　＊　＊

しばらく窓辺に佇みながら、明智は黙っていた。再び雨の音が外から響いてきた。立木の葉を、大粒の雨が叩いて揺らしている。夜の静けさが深まったようだ。ジリジリというストーブの音が、響いている。

「その黒い怪物は、何者だったのでしょうか」と、簑浦が質問した。しばらく明智の返事はなかったが、

「いや、一瞬のことでわからなかった」としか言わない。

「それはもしかしたら」と、簑浦が言いかけると、明智は手を上げてそれを制した。沈黙が続いたまま、なんら変化もなかったので仕方なく簑浦は話題を変えた。

「それで、明智先生は無事帰国されたのですね」

「うん、着た切り雀で上陸すると、ようやくのことですし詰めの汽車に乗り、焼け野原の東京に戻ってきた。文代が疎開していたあいだに、麻布の自宅は空襲で焼けてしまったから、つてを頼りに千代田区、いや、まだ麴町区と神田区は合併していなかったが、ともかく焼け残った一戸建てを世話してもらって、そちらに移り住んだ。広い裏庭もある二階建ての住宅が手に入ったのは、幸運だった」

簑浦は、いよいよ顔を輝かせて身を乗り出した。「そして、さっそく昭和二十年の末には『青銅の魔人』事件が起きたわけですね。二十面相が復活をとげましたが、そのとき明智先生はどうお感じになりましたか?」

明智は眉をひそめた。

「君はずいぶん二十面相にこだわるね。この頃は、君もすでに警視庁に入っていただろう。もう本庁配属になっていたかな。だったら、戦後の事件は僕に訊くまでもなかろう」手を顔の前で振った。「これで終わりにしようじゃないか」

「しかし、明智先生のごらんになった二十面相像を、聞かせてもらいたいのです。先生にとって、二十面相とはどういう存在だったのでしょうか。やはり最大の好敵手だったのでしょうね。二十面相なくしては、名探偵明智小五郎は語れない存在なのではないでしょうか」

「いいや」

簡潔な答えに、簑浦は思わず言葉に詰まった。目を見開き、口を半開きにしたまま、次の言葉を期待していたが、いつまでたっても明智はそっぽを向いたまま、不愉快そうな表情を崩さなかった。

「そんなことはないでしょう。あれほどたくさんの事件で、二十面相と明智先生は対決してきたではありませんか」

簑浦は身を乗り出した。鋭い視線で明智を非難しているように見えた。

「別に」

この部屋の主は、新しい紙巻き煙草に火をつけると、わざとらしく天井に向かって大きく煙を吐いた。その行方をぼんやりと見つめて、相手の顔を見ようともしない。

「先生、どうぞお願いします。二十面相のことを聞かせてください」簑浦は、食いしばった歯の間から絞り出すような声で、明智に懇願した。ストーブの明かりが、簑浦の顔をどす黒く照らし出した。

「御免だね」

ぷいと、明智は向こうを向いた。立ち上がって数歩進み、窓辺で背を向けた。

「どうしてです。どうして二十面相について、語ってくれないのですか」

簑浦は叫んだ。右手で握りしめた鉛筆が、乾いた音を立てて二つに折れた。

「それは、君が一番よくわかっているのではないかね、二十面相君。いや、四十面相と呼んだほうがいいのかな」

明智はさっと振り向いて、鋭い瞳で簑浦を睨みつけながら、一気に叩きつけるように叫んだ。

あっと驚いた簑浦、いや二十面相は、椅子に座ったまま身をのけぞらせて目を見開くと、口をぱくぱくさせ、左手の手帳を床に落とした。

「驚いたかね。しばらく大人しくしていたと思っていたら、とんだいたずらをしてくれたものだ」明智は腕組みをする。

「いつから、気がついていた、明智」と、二十面相はかすれ声で訊いた。

「なに、最初からさ」明智は肩をすくめる。

「最初だって？」相手は驚愕した。

「当たり前じゃないか。さっき君が言ったように、僕たちは何度手合わせをしてきたと思う。いかに君が変装の名人だとはいえ、僕の目は誤魔化せない」

「それだけじゃないだろう」二十面相の額には、汗が浮かんだ。

「むろんだ。『警視庁史』の内部資料の編纂のために、私立探偵の談話をとりにきたと言っていただろう。だったら、形だけでも他の探偵諸君に接触をすべきだったね。引退したとはいえ、まだ昔の仲間とは連絡を取り合う仲だ。亡くなった探偵も少なくないが、戦後に登場した私立探偵には、僕を師として教えを請いにくる若手もいる。それに僕の知り合いの警察官も、まだ何人か現役がいる。彼らに一本電話を入れれば、済むことだ」

「ハハハ、これはしたり。かつてなら部下も大勢いたから、その辺はぬかりがなかったろうが、そこまでは手が回らず、やはり手抜きがばれてしまったか」

二十面相は手を打って笑い、目の前にあるウィスキーのグラスを飲み干した。自らボトルを手にして、グラスに二杯目を注いだ。

「ばれてしまったら仕方がない。もう少しご馳走になってもかまわないだろう。これはいい酒だ」

「好きにしたまえ」

二十面相は、グラスに半分ほど入ったウィスキーを一気に呷《あお》った。

「なぜ、俺の質問に答えてくれないんだ。お互い引退した身だろう。腹蔵なく語り合ってもいいんじゃないか」二十面相は、話題を引き戻す。思い出したように、グラスを持つ手が小刻みに震えた。

「本当に君は、僕の評価を聞きたいのか?」明智は眉をひそめながら、相手の顔を覗き込んだ。それは嫌気がさしているというよりも、彼のことを心配しているようにも見える表情だった。

「ああ」

二十面相は短く、簡潔に答えた。その目は真剣だった。

「改めて言う。やめておけ」明智はそう言うと、視線を逸らせた。がっくり下を向くと、ため息をついた。まるでかつての百面相の師匠が見せてくれたときのように、体が一回り小さくなり、みるみるうちに歳をとったように見えた。

「どうしてだ」二十面相は身を乗り出した。

「だって、君のほうが主役じゃないか。探偵の僕は、君の影法師に過ぎない。本体が影を気にするな。君たち悪党がいてこその、探偵なのだ。魔術師も、人間豹も、二十面相も、みな犯罪という舞台の上の主役であり、物語の進行役なのだ。君たちは闇の中の存在ではあるが、犯罪という芝居の中では、常にスポットライトが当たっている。

僕はそれを傍観しているに過ぎない。舞台の上に上がっているとはいえ、半分はそのスポットライトを操作している照明係や裏方のようなもの、なかには観客同然に呆然として見守るしかない探偵だっている。君たちのような看板役者がいなければ、僕たちは何をしたらいいのだろう。真っ暗な奈落で、薄明るい観客席で途方に暮れて、次の花形が現れるのを待つしかないのだ。畢《ひっ》竟《きょう》、僕たちほど犯罪を渇望している人間はいないのかもしれない。なんと嫌な存在なのだろう。しかもこっそり後ろから覗き見をしながら、スター役者の隙を見て、舞台から引き摺り下ろすのだから。

二十面相君、君は真っ当な道を歩んだとしても、きっと尊敬される実力を備えた人物だ。美術品の目利きは誰にも負けない。そして人を愛する心や指導者としての資質を持ち合わせているのは、香港のどろぼう会議を主催したことからも明らかだ。百面相の腕前は世界一と言っていいだろう。残念だ、本当に残念だよ。生まれた時と場所が悪かったのか、いや、そうじゃない。やはり君の姉の勢子が悪かったのだろう」

そう言うと、明智は顔を上げて二十面相、いや平吉の顔を見つめた。平吉の唇が震えていた。

「いつ、姉弟だと気がついたんです」ささやくように平吉は言った。

「最初はわからなかった。もちろん勢子は、顔を合わせたらすぐにわかった。君は赤ん坊の頃に一度だけ、師匠の楽屋で対面しただけだから、会ってもわかるはずがない。だが、黄金仮面と今井きよと黒蜥蜴、そして二十面相の手口の共通性。さらに勢子と君の顔がよく似ていることに気がついた。もしかしたらと、ずっと考えていた。そして『サーカスの怪人』事件で君がなりすますことになる笠原団長から、その三年前の事件の裁判のおりに、君の本名が遠藤平吉だと聞いた。その瞬間、すべての断片がみるみるうちに吸い寄せられて、あっという間に大きな絵が見えたのだよ。百面相の師匠小幡小平次の本名が遠藤、楽屋で伯母と出くわしたときに告げられた赤ん坊の名前が平吉、ああ、なんということだろう！　黒蜥蜴が死んで、僕以外に明智の血を受け継ぐものはいなくなった。ところが思いもよらぬことに、血は繋がってはいないものの、勢子の弟が二十面相だった。真っ当だったはずの弟の人生を捻じ曲げたのは、あの女に間違いない。勢子にここまで苦しめられるとは、腹立たしいとともに、やるせない思いでいっぱいだった。

だから君は、僕のことも勢子のことも気にせずにいればよかったのだ。そうすれば、もっとましな人生を送っていられたんじゃないか。しかし、君はずっと勢子の敷いたレールの上を走りながら、明智という影法師に怯え続けた。そして恨み続けた。少年探偵団も同じだ。どうしてそんなくだらない相手に拘泥する。君は君のやり方を貫いていればよかったんだよ」

明智は酒瓶を手にすると、うつむいている平吉のグラスにウィスキーを注いでやろうとした。彼の手も、細かく震えていた。あっ、と思わず明智が声をあげると同時に、酒が平吉の膝に溢れて服を濡らした。

「申しわけない」

明智はうろたえて、大判の真っ白なハンカチをポケットから取り出すと、汚れを拭いた。

平吉は、真っ赤になった目を見開いて、じっとグラスを見つめ続けた。

「それは、明智さん、あなたのせいだ」と、声を絞り出した。「どうして俺と正面から勝負をしてくれなかった。いつも小林の小僧や少年探偵団やチンピラ別働隊を繰り出して、あなた自身は後ろで笑っている。まともに俺に取り合おうとしない。それが悔しかった。馬鹿にされていると思った」

「だから、本来の目的だった美術品を忘れて、僕や小林君への復讐にかまけていたというのか？」

平吉は黙って小さくうなずいた。

「それがいけないのだ。僕なんてどうでもいいじゃないか」明智は言う。「鉄道ホテルで初めて君に会ったときのことだ。これは今まで誰にも打ち明けたことがないのだが、実は君の顔を見た瞬間、本当に嫌な感じがした。ああいうのを背筋が震えると言うのかもしれない。いや、それは君が悪いのではない。僕の問題なのだ。子供の頃に、勢子と顔を合わせたときと同じ感覚だった。どんな極悪人でもそんな気分になったことはない。自分でも不思議だった。あの頃の君は美術品を狙いながら他愛のないいたずらをするだけで、ことさら凶悪というわけでもなかったからだ。だから、僕はなるべく君とは関わり合いになろうとしなかった。命の危険があるわけではないから、小林君や少年探偵団でも大丈夫だと確信をしていた」

「それでは、若造の俺を半人前扱いして馬鹿にしていたのではなかったのか」平吉は顔を上げて、明智を見つめた。

「君がいくつなのか、知る由もなかった。まだ若いだろうということは、手を見ればわかったがね。半人前だから小林君で十分と思ったのではない。小林君は、君以外の大悪党にだって、堂々と立ち向かっていたではないか」明智は穏やかな笑みを浮かべた。

「そうか」

ぽつりと平吉は答えたが、身動きをしようとしなかった。そのまましばらく沈黙が続き、ストーブのジリジリという音と、外の雨音だけがかすかに聞こえる。

平吉は俯《うつむ》いたままだった。その肩がわずかに揺れる。その揺れは次第に大きくなり、さらに押し殺したような笑い声が漏れてきた。その笑いは止まることがなく、さらに大きく響きだした。

平吉は顔を上げる。どうしたことだろうか、満面の笑顔だ。笑い声は哄笑となり、天井を向いて高らかに声を発した。しかしその間中、彼の頬には大粒の涙が、とめどもなく流れていた。

「そうか、そうか」と平吉は繰り返した。「この俺は、いったい何をしていたのだろう。明智や、小林や、そして姉《ねえ》にとらわれて、こだわって、本当に自分がやりたいことをすっかり忘れていたような気がする。戦争が終わった後、俺はことごとく時間を無駄にしてしまったわけだ。ああ、ようやく目が覚めたよ。初めて自分の手で仏像を手に入れたときの喜びが、蘇ってきたようだ。そうだ、俺はもう一度、あのぞくぞくするような感激を味わいたくなってきた。あなたが引退したと知って、俺は力が抜けてしまっていたが、今の話を聞いて再び五体に活力がみなぎってきたよ。ああ、もう一度、国立博物館を空にしてみせるから、そのつもりでいてもらおうか」

二十面相は、ばね仕掛けのように突然立ち上がった。

「君は、再び悪事に手を染めようというのか？」

厳しい声を発した明智も続いて立ち上がり、二十面相をはっしと睨みつけた。かつてこの二人が対峙するさまを、江戸川乱歩は巨人対怪人と形容していたが、まさにその再現が今、行われていた。

「その通りだ。それもこれもあなたのおかげだ。悪く思わないでくれたまえ」と、二十面相は勝ち誇ったように胸を張る。「再び仲間を集めて、日本中の美術品を、いや世界を股にかけて、ありとあらゆる美しいものをこの手中に納めてみせよう。かつてアルセーヌ・ルパンがやったように、海を越えて、今度はフランスの宝物や美術品を、片っ端から二十面相美術館の収蔵品にしてみせようじゃないか。楽しみにしていてくれたまえ」

明智は、一転して悲しげな眼差しで二十面相を見つめた。しばらく黙ったまま相対していたが、ようやく口を開いた。

「君は引退した身だと思っていたからこそ、気づいていながら見逃していたのだが、君がそういう気なら、仕方がない」明智は窓を指差した。「見たまえ、外にはパトロールカーの赤色灯が輝いているのを」

二十面相は、思わず振り返った。

明智の言う通り、雨で曇った窓ガラスの向こう側には、いくつもの赤い光が集まってきていた。がやがやと声がするのは、警官隊のざわめきなのだろうか。

「僕の椅子には、今でも警視庁直通の非常連絡ボタンが隠されているのだよ。これを押すだけで、ただちに警察官が我先にと、このアパートメントに集まってくるのだ」

それまで自分の言葉に酔っていた二十面相は、思いもかけぬ罠に陥ったと知ってたじたじとなり、一、二歩後ろに下がった。その瞬間、彼の背後の書棚がくるりと回転し、中から人影が飛び出してきた。空色の洋服がよく似合う、明智の妻の文代だ。濃い眉、大きな目、鼻と口との間が狭い美しい顔にほほえみを浮かべながら、右手には婦人用ピストルを構えて、ぴたりと二十面相に狙いを定めている。

それと同時に玄関のドアが勢いよく開け放たれて、ばたばたと土足のまま駆けつける音が響いた。書斎の扉のノブが回り、数人の男たちが乱入してきた。

「先生、大丈夫ですか」先頭の若者が、声をあげた。

「無事だよ、小林君、いや小林刑事。君も二十面相とは、久しぶりの対面だろう」

そう言う明智の言葉を聞いて、若い小林刑事は驚きをあらわにした。

「周囲は警察が包囲している、観念しろ、二十面相」

雨に濡れた小林刑事は、ずいと一歩前に進み出た。追い詰められた二十面相は、さらに後ろに下がったが、さっと振り返って素早い身のこなしで文代の利き手を摑むと、上にねじりあげた。思わず彼女はピストルをとり落とす。二十面相は、片方の手を上着の内ポケットに突っ込むと、小型拳銃を引き抜いて、彼女のこめかみに当てがった。

「さあ、道を開けろ」と二十面相は叫びながら、もがき抵抗する文代を引きずってドアへ近づく。銃を抜く間も与えられなかった警察官たちは、じりじりと後退するしかない。ところが二十面相と相対していた明智は、いかにも愉快そうに軽やかな笑い声を立てた。

「二十面相、何度やっても、君は覚えようとしないね。さっき酒を酌み交わしていたときに、うっかり君の膝にこぼしてしまっただろう。まだ気がつかないのか」

明智は、右の拳を前に突き出すと、ゆっくり下に向けて開いた。その中からばらばらと、拳銃の弾丸が床に落ちた。

「ああ、ああ、またか」二十面相は天を仰いで叫ぶとピストルを捨て、文代の手を離すと、力が抜けたようによろめいた。両手を膝について俯いたかと思うと、顔を上げて鋭く力強い眼差しで明智を睨みつけ、文代を前に突き飛ばす。と同時に突然跳躍して、背後の大きな窓ガラスに体当たりをした。大きな音を立てながら、あたりにガラスの破片が飛び散る。一座の人々は、反射的に顔を背けて腕を上げ、我が身を守ろうとした。その隙に二十面相は、窓の外にそびえるニレの木に飛び移り、枝先から木の幹へ、さらに木のてっぺんへと、猿のような身軽さで駆け上った。

急いで明智や文代が窓辺に駆け寄ると、真っ暗な夜空の上方から、ブルンブルンという大きな音が響いてきた。

二十面相のプロペラの音だ。いざというときのために、彼は抜け目なく樹上に隠しておいていたのだ。強い風が梢の葉を震わせ、撒き散らす。明智も文代も小林も、思わず腕を上げて顔を隠した。

そのとき、高らかな笑い声が聞こえたように、小林は思った。あの、子供の頃に何度も聞いたことがある懐かしい哄笑だった。プロペラの音とともにその笑い声も次第に小さくなっていき、やがて彼らの耳に届くのは、雨音と慌て騒ぐ警官隊の喚き声だけになった。

はっと我に返った小林刑事は、書斎の電話に飛びついた。「こちら明智探偵事務所の捜査一課小林、一課小林。緊急手配願います。緊急手配願います……」

大わらわの小林を余所目《よそめ》に、窓辺に立ち尽くす明智小五郎は、文代の肩を抱いたまま、二十面相が消えていった雨の夜空を見つめていた。

「あなたも、また現役に復帰するのかしら？」と、文代は小さな声で尋ねる。

それを耳にした明智は、かすかに首を振った。

「僕たちの時代は、もう終わったんだ。それは二十面相にも、最初に伝えておいたつもりだったんだがね。きっとそれは、すぐに思い知らされることだろう」

文代は明智の胸に顔をうずめた。

しばらく口を噤《つぐ》んでいた明智だったが、文代にさえ聞こえないほどの声で、こう呟いた。

「二十面相君、君は僕の話を信じるのかね？」

参考文献（著者名五十音順）

愛新覚羅溥儀『わが半生』上・下（筑摩書房、一九七七）
秋庭太郎『考証永井荷風』上・下（岩波現代文庫、二〇一〇）
芥川龍之介「身のまはり」（『芥川龍之介全集第四巻』筑摩書房、一九七一）
浅田次郎『闇の花道　天切り松闇がたり』（集英社文庫、二〇〇二）
吾妻隼人『真澄大尉』（「大阪毎日新聞」一九〇六年三月十五日―五月二十六日）
鮎川哲也『りら荘事件』（講談社文庫、一九九二）
石川啄木『啄木・ローマ字日記』（岩波文庫、一九七七）
宇沢美子『ハシムラ東郷――イエローフェイスのアメリカ異人伝』（東京大学出版会、二〇〇八）
宇野浩二「屋根裏の法学士」（『日本文学全集30　宇野浩二集』集英社、一九六八）
海野十三『蠅男　名探偵帆村荘六の事件簿2』（日下三蔵編、創元推理文庫、二〇一六）
海野十三『深夜の市長』（日下三蔵編、創元推理文庫、二〇一六）
江口渙『わが文学半生記』（講談社文庫、一九九五）
江戸川乱歩「明智小五郎事件簿」全十二巻（集英社文庫、二〇一六―一七）
江戸川乱歩「江戸川乱歩全集」全三十巻（光文社文庫、二〇〇三―〇五）
江戸川乱歩「江戸川乱歩推理文庫」全六十五巻（講談社文庫、一九八七―八九）
黄金髑髏の会『少年探偵団読本』（情報センター出版局、一九九五）
大谷敬二郎『二・二六事件』（図書出版社、一九七三）

小栗虫太郎『黒死館殺人事件』（現代教養文庫、一九七七）
尾崎秀樹『夢いまだ成らず――評伝山中峯太郎』（中央公論社、一九八三）
加藤康男『謎解き「張作霖爆殺事件」』（PHP新書、二〇一一）
川島芳子『川島芳子――動乱の蔭に』（日本図書センター、二〇一二）
川端康成『浅草紅団』（中公文庫、一九八一）
菊池寛『真珠夫人』上・下（新潮文庫、二〇〇二）
北沢楽天『楽天全集』（アトリエ社、一九三〇―三一）
串田和美監督／映画『上海バンスキング』（一九八八）
クラーノフ、アレクサンドル『東京を愛したスパイたち　1907-1985』（村野克明訳、藤原書店、二〇一七）
胡桃沢耕史『闘神――伊達順之助伝』（文藝春秋、一九九〇）
警視庁史編さん委員会『警視庁史（明治編）』（一九五九）
礫川全次『浮浪と乞食の民俗学』（批評社、一九九七）
後藤朝太郎『支那及満洲旅行案内』（春陽堂、一九三二）
小林峻一／鈴木隆一『昭和史最大のスパイ・M――日本共産党を壊滅させた男』（ワック、二〇〇六）
小針侑起『あゝ浅草オペラ――写真でたどる魅惑の「インチキ」歌劇』（えにし書房、二〇一六）
小谷野敦『里見弴伝――「馬鹿正直」の人生』（中央公論新社、二〇〇八）
小谷野敦『久米正雄伝――微苦笑の人』（中央公論新社、二〇一一）
今和次郎／吉田謙吉『モデルノロヂオ――考現学』（学陽書房、一九八六）
斎藤充功『昭和史発掘――幻の特務機関「ヤマ」』（新潮新書、二〇〇三）
斎藤充功『日本スパイ養成所――陸軍中野学校のすべて』（笠倉出版社、二〇一四）
斎藤充功『陸軍中野学校――情報戦士たちの肖像』（平凡社新書、二〇〇六）
佐々木邦『ガラマサどん』（大衆文学館文庫コレクション、講談社、一九九六）
佐々淳行『私を通りすぎたスパイたち』（文藝春秋、二〇一六）

佐藤垢石『謀略将軍青木宣純』（墨水書房、一九四三）
佐藤八郎『ヱンコの六』（内外社、一九三一）
サトウハチロー『サトウハチロー――僕の東京地図』（ネット武蔵野、二〇〇五）
佐藤春夫『小説永井荷風伝　他三篇』（岩波文庫、二〇〇九）
佐野眞一『阿片王――満州の夜と霧』（新潮社、二〇〇五）
獅子文六『胡椒息子』（ちくま文庫、二〇一七）
島津保次郎監督／映画『浅草の灯』（一九三七）
千田稔『明治・大正・昭和――華族事件録』（新人物往来社、二〇〇二）
相馬勝『川島芳子――知られざるさすらいの愛』（講談社、二〇一二）
高橋信也『魔都上海に生きた女間諜――鄭蘋如《テンピンルー》の伝説　1914-1940』（平凡社新書、二〇一一）
立花隆『日本共産党の研究』一〜三（講談社文庫、一九八三）
谷崎潤一郎「途上」「柳湯の事件」「呪われた戯曲」（千葉俊二編『潤一郎ラビリンス8　犯罪小説集』中公文庫、一九九八）
樽本照雄編訳『上海のシャーロック・ホームズ――ホームズ万国博覧会　中国篇』（国書刊行会、二〇一六）
都筑道夫『新顎十郎捕物帳――甦ったスーパースター』（講談社、一九八四）
戸板康二『團十郎切腹事件　中村雅楽探偵全集1』（創元推理文庫、二〇〇七）
ドイル、アーサー・コナン『新訳シャーロック・ホームズ全集』全九巻（日暮雅通訳、光文社文庫、二〇〇六―二〇〇八）
ドイル、アーサー・コナン『ドイル傑作集2（海洋奇談編）』（延原謙訳、新潮文庫、一九五八）
永井荷風『摘録断腸亭日乗』上・下（岩波文庫、一九八七）
長沼源太『長沼弘毅――長沼弘毅追悼録』（一九七八）
中原中也「サーカス」（『中原中也詩集』岩波文庫、一九八一）
夏目漱石「吾輩は猫である」（『定本　漱石全集第一巻』岩波書店、二〇一六）
夏目漱石「坑夫　三四郎」（『定本　漱石全集第五巻』岩波書店、二〇一七）
夏目漱石「彼岸過迄」（『定本　漱石全集第七巻』岩波書店、二〇一七）

西原征夫『全記録ハルビン特務機関――関東軍情報部の軌跡』（毎日新聞社、一九八〇）
野村胡堂『胡堂百話』（中公文庫、一九八一）
畠山清行『秘録　陸軍中野学校』（番町書房、一九七一）
畠山清行『続秘録　陸軍中野学校』（番町書房、一九七一）
ハルトマン、フランツ『生者の埋葬』（絹山絹子訳、黒死館付属幻推園、二〇一六）
久山秀子『久山秀子探偵小説選1』（論創社、二〇〇四）
藤田西湖『最後の忍者　どろんろん』（新風舎、二〇〇四）
文藝春秋編『天才・菊池寛』（文藝春秋、二〇一三）
ポー、エドガー・アラン「早まった埋葬」（田中西二郎他訳『ポオ小説全集3』創元推理文庫、一九七四）
寶來正芳『犯罪捜査技術論』（創造社、一九四〇）
マーカンド、ジョン・P『サンキュー、ミスター・モト』（平山雄一訳、論創社、二〇一四）
増村保造監督／映画『陸軍中野学校』（一九六六）
丸山三造編著『大日本柔道史』（第一書房、一九八四）
三島由紀夫「サーカス」（『文豪ミステリ傑作選　三島由紀夫集』河出文庫、一九九八）
水野悠子『知られざる芸能史　娘義太夫――スキャンダルと文化のあいだ』（中公新書、一九九八）
宮部みゆき『蒲生邸事件』（光文社、一九九九）
「谷中・根津・千駄木」七十七号所収「D坂の魔力」（二〇〇四）
柳沢隆行『美貌のスパイ鄭蘋如《テンピンルー》――ふたつの祖国に引き裂かれた家族の悲劇』（光人社、二〇一〇）
山中峯太郎『敵中横断三百里』（大日本雄弁会講談社、一九三一）
山中峯太郎「我が日東の剣侠児」（『亜細亜の曙』大日本雄弁会講談社、一九三二）
山本一生『哀しすぎるぞ、ロッパ――古川緑波日記と消えた昭和』（講談社、二〇一四）
吉行エイスケ「女百貨店」（『吉行エイスケ作品集』文園社、一九九七）
ローマー、サックス『悪魔博士フー・マンチュー』（平山雄一訳、ヒラヤマ探偵文庫、二〇一六）

ローマー、サックス『怪人フー・マンチュー』（嵯峨静江訳、ハヤカワ・ポケット・ミステリ、二〇〇四）
大和和紀『はいからさんが通る　7』（講談社、一九七七）
横光利一『上海』（岩波文庫、二〇〇八）
The Complete Mr. Moto Film Phile: A Casebook, Howard M. Berlin, Wildside Press, 2005
Buried Alive: The Terrifying History of Our Most Primal Fear, Jan Bondeson, W W Norton.& Co., 2002.
THANK YOU, Mr. MOTO (movie) 1937.

＊成蹊大学浜田雄介教授、「新青年」研究会湯浅篤志氏には、多大なるご教示をいただきました。さらに編集担当の増子信一氏のご指導に、この場を借りてお礼を申し上げます。

＊読者の皆さまへ

本書には「シナ」という言葉が頻出します。「シナ」は中国に対する侮蔑的なニュアンスのある言葉です。また「毛唐」「露助」など外国人を侮蔑する表現や「混血（あいのこ）」「乞食」「小使い」「女中」など、今日の人権意識に照らせば不適切と思われる表現や用語が使われています。ともに現在では使われませんが、本書に描かれている明治末から昭和二十年代という時代背景を正確に表すためにそのまま使用いたしました。また著者並びに弊社において差別を助長する意図は全くなくこの表現を使用していることを、ご理解いただきますよう、お願いいたします。

弊社は、これらの表現に見られるような差別や偏見が過去にあったことを真摯に受けとめたいと思っております。

ホーム社　文芸図書編集部

＊本書は書き下ろし作品です。

装画・挿画❖喜多木ノ実 Konomi Kita

装幀❖ミルキィ・イソベ（ステュディオ・パラボリカ）
本文レイアウト❖安倍晴美（ステュディオ・パラボリカ）

❖平山雄一（ひらやま　ゆういち）

探偵小説研究家、翻訳家。一九六三年生まれ。東京医科歯科大学大学院修了。歯学博士。日本推理作家協会、ベイカー・ストリート・イレギュラーズ、日本シャーロック・ホームズ・クラブ、「新青年」研究会、各会員。著書に『江戸川乱歩小説キーワード事典』（東京書籍）、翻訳にロバート・バー『ウジェーヌ・ヴァルモンの勝利』（国書刊行会）、バロネス・オルツィ『隅の老人・完全版』（作品社）など。

明智《あけち》小《こ》五郎《ごろう》回顧談《かいこだん》

2017年12月20日　　第1刷発行

著者❖平山雄一《ひらやまゆういち》

発行者❖遅塚久美子

発行所❖株式会社ホーム社

〒101-0051 東京都千代田区神田神保町3-29 共同ビル

電話　編集部 03-5211-2966

発売元❖株式会社集英社

〒101-8050 東京都千代田区一ツ橋2-5-10

電話　販売部 03-3230-6393（書店専用）

　　　読者係 03-3230-6080

印刷所❖凸版印刷株式会社

製本所❖株式会社ブックアート

定価はカバーに表示してあります。

ISBN978-4-8342-5316-0 C0093